U0139579

江西文化研究会组织编写

江西禅宗公案与开示

赖功欧　著

宗教文化出版社

图书在版编目（CIP）数据

江西禅宗公案与开示 / 赖功欧著 . -- 北京：宗教文化出版社，2022.1

ISBN 978-7-5188-1237-0

Ⅰ.①江… Ⅱ.①赖… Ⅲ.①禅宗—研究—中国 Ⅳ.① B946.5

中国版本图书馆 CIP 数据核字 (2022) 第 005591 号

江西禅宗公案与开示

赖功欧　著

出版发行：宗教文化出版社

地　　址：北京市西城区后海北沿 44 号　（100009）

电　　话：64095215（发行部）　64095358（编辑部）

责任编辑：袁　珂

版式设计：武俊东

印　　刷：中国电影出版社印刷厂

版本记录：787 毫米 ×1092 毫米　16 开　14 印张　200 千字

　　　　　2022 年 1 月第 1 版　2022 年 1 月第 1 次印刷

书　　号：ISBN 978-7-5188-1237-0

定　　价：80.00 元

目　录

五、曹洞宗

六、云门宗

七、法眼宗

前　言

禅宗是中国佛教八大宗派中的一个重要派别，是最具中国特色的佛教宗派。要透视禅宗的演化历程，就得认识并把握禅宗的公案与开示。

"公案"二字，原意指官府用以判断是非的案牍，是针对官府之文书成例及讼狱论定之文件而言；公案具有一定的权威性，可供人参阅而定夺是非，故在文化习惯上人们也称待决的事情、案件等为公案。而禅宗的公案则是指禅门内禅师们的言行、事迹、日常生活——禅师之间据一定情景而生或由对话产生的有一定情节内容的行迹或事件。但前提是有一定启示意义，可启示学人悟道——获得生命自在的禅悟案例。

作为禅门内的"开示"，则是指高僧大德为弟子及信众说法：开，点拨、点化之意，旨在使对方省悟；示，则为展示、指示、呈示或展显之意，宗旨仍在使学人当下获慧而开悟。

中国禅宗史上的公案与开示，二者之间有着极为密切的内在关联。不少禅门开示即是将"公案"本身作为开示之内容；更有具体情境下颇有生活情节的"开示"，其本身或成为公案。故本书将公案与开示一并诠释，即基于这一历史与学术、思想的统一。

事实上，禅宗自唐宋以来即已蕴成此风气，禅师们尤重前代宗师间公案及开示之典范的启迪意义。此类被记录下来的公案与开示，在禅宗史上极具权威性，可供学禅者作为入门资粮，同时又成为后学参禅之重要依据。禅宗"公案"在唐代即已有之，然"公案"的确立则在宋代圆悟克勤《碧岩录》之后，其为禅宗史第一部重点阐释禅门公案的专著，旨在以公案因缘方便设施而对机垂示。

需要强调的是：正如禅宗"五家七宗"出现极具地域文化特性那样，禅门的公案与开示也呈显出地域文化特性，此不言而喻。禅宗是在融于中国传统文化的历程中，逐渐形成其地域文化色彩的；如没有黄檗希运与弟子在江西宜丰的种种公案，何有河北临济义玄的崛起？禅门讲究内在传承，究其实，主要靠的就是这种极为具体而极具教化意义的公案与开示。本书作为江西禅宗的公案与开示的探寻与诠释，当然注重其地域文化的特殊性；但我们无论如何也不能忘记，这种特殊性并未无视或抹杀禅宗公案与开示的普遍意义。然而，江西禅宗文化中的众多公案与开示，无疑体现出其独特的价值所在，也无疑在历史变迁中保持其自身特色而呈显出地域文化的个性。作为江西的学人，笔者深知，地域文化其实是深藏着丰厚的人类普遍性精神文化资源的，江西禅宗文化公案与开示，仅其一例而已。但发掘此例，则显然是要让不同文化背景的人们更好地理解这一独特文化资源；虽然人们的思维方式与思维取向各有不同，但通过对独特类型的文化资源的发掘诠释，共性的精神价值才能更好地凸显。江西地域文化特别是禅宗的"五家七宗"，乃极佳之例。

须知，达摩所说的"一花开五叶"，实乃遍开于江西全省的东南西北。按印顺法师《中国禅宗史——从印度禅到中华禅》序的说法："江西禅法的盛行，已跃居禅法的主流了。"①中国禅宗与江西的渊源是如此之深，禅宗让唐代的江西境内道场林立、名僧云集。沩仰之"仰"即来自宜春的仰山，沩仰宗由沩山灵祐与仰山慧寂共同创立。临济宗的祖庭即今天的宜丰黄檗山，临济宗虽是由义玄创自河北镇州（今正定）临济院，但义玄却是在宜丰黄檗山受法于希运禅师，并广为弘扬希运倡导的新禅法而在临济院举扬黄檗宗风，才被名之为"临济宗"的。曹洞宗则创自宜丰的洞山（宜黄曹山稍后），它由洞山良价与曹山本寂师徒俩共同创立。云门、法眼虽分别由文偃、文益创自于广东韶关云门山、江苏南京清凉寺，但他们在正式创宗之前或在江西参学或在江西主持禅院，其法嗣们也多在江西大振宗风。临济分权，由方会开创的杨岐派，历史上也属袁州（包括宜春萍乡）地区；临济另一分权而出的黄龙派，其祖庭亦在江西修水，其宗师慧南，依止于江西靖安宝峰寺。那些开宗立派的宗师，如青原行思、道吾宗智、云岩昙晟、杨岐方会、黄龙慧南等，就生长并弘法于赣地；而像马祖道一、百丈怀海、沩山灵祐、黄檗希运、洞山良价、仰山慧寂等禅宗大师，虽未降生于赣地，却视赣地为风水宝地而创宗立派于斯，江西的确为南禅的孕育繁衍提供了充满生机的沃土。尤其值得称道的是，在"马祖创丛林""百丈立清规"的特殊历史条件下，江西当之无愧地可称为中国禅宗"五家七宗"的共同发源地与发祥地。禅宗重要文献《宝林传》的出现，就给马祖所创的洪州宗门下之"五家七宗"以有力支持。

最后，笔者仍要提及的是，如果没有江西地域文化中这些极具典范意义的禅宗公案与开示，中国禅宗史就无法支撑"五家七宗"的存在了。

---

① 印顺法师著：《中国禅宗史——从印度禅到中华禅》，江西人民出版社，1990年，第5页。

一、青原法派

不落阶级（青原行思）

六祖慧能大师门下，人才济济，而法脉传承最远的，一是青原行思系，二是南岳怀让系；这也就是禅宗史上的一脉分二支。青原系创始人为青原行思禅师。

行思，又名青原行思（671–738），庐陵（吉安）人，俗姓刘，为唐代禅宗高僧。《景德传灯录》称其"幼岁出家，每群居论道，师唯黙然"。《青原山志》则说他是于开耀元年（681）11 岁时出家。行思作为慧能的弟子，在曹溪十多年，遍览三藏，不仅受六祖器重，且深得法要。后住吉安青原山净居寺，四方禅客云集，世称青原行思。此系后衍生出禅宗的曹洞、云门、法眼三大宗支。

行思"不落阶级"的公案要从他拜见慧能说起。行思听说慧能大师继承了五祖弘忍大师的衣钵，在曹溪宝林寺弘扬"直指人心，见性成佛"的顿悟法门，心向往之；于是，千里迢迢，不辞辛苦，来到了曹溪宝林寺，向慧能大师请教佛法。据《六祖坛经》：

> 行思禅师，生吉州安城刘氏。闻曹溪法席盛化，径来参礼。遂问曰："当何所务，即不落阶级？"师曰："汝曾作什么来？"曰："圣谛亦不为。"师曰："落何阶级？"曰："圣谛尚不为，何阶级之有？"师深器之，令思首众。

此中所言"径来参礼"，是指行思一见六祖大师，即向大师顶礼。慧能见这位来自远方的年轻比丘，自然十分喜悦。年轻比丘果然不负大师所望，单刀直入，直取根本地问道："应该怎样做，才能不落于阶级？"这里所谓"阶级"，是指禅修中的阶次；佛教修炼其过程是有阶次即阶梯高下之分的。行思能直接而精要地触及这般问题，已然证明其是禅门难得的好苗子。六祖慧能见其出语不凡，未直接回答他的提问，而是反问到："你曾作什么来？"显然，此话亦可视作回答，六祖故用此语来激启年轻比丘；禅门启悟学人的特点就在其常以机锋巧语来激发对方之思维。果不其然，行思当下便得到省悟。为什么说行思当即得到了省悟呢，其回话信息中便透露无遗："圣谛亦不为。"这实质上是一句说得很透彻的话，意为我无所执著，甚至不执著于圣谛。此刻六祖慧能继又逼问道："落何阶级？"意谓：你若真的无所执著，那会是落入了哪个阶次呢？这短短四个字的问话，其实含义极为深刻：一是探出你是否真正彻底的无执，二是进一步看你如何认识自己。哪知这个沉默寡言的年轻比丘当即干净利落地再次作答："圣谛尚不为，何阶级之有？"这真正是掷地有声的话语啊！须知，不为圣谛等于是说不为佛，这可能吗？如果真正是佛都不作，当然无阶梯可言。然究其深意，决非最终不作佛，而是决不执著于"作佛"之念，当然更不执著于那中间的多个层次。事实上，一执著于某个层面，何有彻悟之境？落入执著，永无超脱。对禅修而言，终极的超脱才是彻悟之境，而这个彻悟之境本身也是不能执著的。行思这番回答，算是将其已然证悟的境界和盘托出了。

此公案需要进一步加以诠解之处在，行思所言"不落阶级"，并不能理解为社会层面的上下阶层等级。佛教确以"平等"为根本精神，但这已是不言而喻之理念了，然在此公案中，已不存在解释众生平等话题之前提；而恰恰是存在着对"圣谛""俗谛"阶梯之分的话题。须知，六祖时代，禅宗对此多有讨论，此为当时之一大背景，故其亦成为行思见慧能时急不可待的求教心理；行思一见六祖便脱口而出的"圣谛亦不为"，实际上就是这种禅宗文化背景下企求获得"超越阶次"的禅悟心理。当然其前提是：心中不存凡圣分别之见，才能不落阶次。这当中又要牵出一个圣谛、凡谛的话题：真谛明空，俗谛明有，本身并无高下之分；真俗不二，才是圣谛之第一义。当年梁武帝一见达摩，就把"圣谛第一义"这极为玄妙的问题提了出来。梁武帝问："如何是圣谛第一义？摩曰：廓然无圣！"梁武帝是想问：圣谛第一义是怎么一回事？达摩应声而答："廓然无圣！"可什么是"无圣"？我们的心性当像虚空一般灵明廓彻，无圣无凡；既无圣，当然也就没有凡了。达摩祖师说"廓然无圣"，是要梁武帝跳出有、无、凡、圣的窠臼而当下见性。而梁武帝显然是着相（执著于实相）之人，你说廓然无圣，连圣也没有，岂不落空？从这里我们也就可以看出《金刚经》中讲"应无所住而生其心"，就是在表达一种佛教的"无住"境界；六祖《坛经》里尤其凸显了这一境界。行思当然对这个历史背景了如指掌，故上来一问即是："当何所务，即不落阶级？"接着一句又是"圣谛亦不为"，这都说明了他的禅思、禅学储备中早有这种"无住"境界，或对此境界心向往之。故此来求教六祖大师，旨在"不落阶次"而了无挂碍。

本公案最为根本的精神就在"超越"二字；就在如何通过持续禅修获得禅悟而超越阶次。这才是南禅最为核心的精神。行思这一公案反映的正是这种精神——超越阶次的自由精神。行思径自参礼慧能，确实是希企慧能直示其道，而使自己不落阶次地获得禅悟。无论如何，对南禅而言，直入涅槃而成佛，是其"顿悟"特质之所在。一落阶次，何得顿悟？

但事实上顿悟之"顿"，多须有持续而不间断地"阶次"之修，才可能在种种因缘条件下开悟而终获生命之自在。当代禅学大师马哈希尊者就强调禅修者应该永不放弃，持续地全力禅修："在证得第一阶的道智、果智之后，快速证得第二阶的道智、果智，相对而言是容易的；但是在证得第二阶之后要证得第三阶的道智、果智，可能就会花费较长的时间。原因是，要证得前两个阶段的道、果，只有戒学需要彻底圆满，但要证得第三、第四阶的道、果，禅修者的定学需要彻底圆满。因此，已证得第一阶道、果的人，可以较轻易地证得第二阶的道、果，但是要证得第三阶的道、果，便不是那么容易。"可见，要不落于某一阶次，并非易事。青原行思早已悟透此点，他求教六祖慧能如何修行才能不落阶次，决非讨得便宜而一步登天。他的超越精神是以不执滞于边见而保持平日禅修为前提的。看了下面这个"庐陵米作么价"的公案，我们当更能理解行思禅法。

见性后的行思，又随六祖大师锻炼多年。后回家乡住持青原山的静居寺而开创出青原法派；行思门下又陶养出一位大禅师，此即开发出"五家禅"之三的石头希迁禅师（700-790）。有高徒接续，行思兴奋而称："众角虽多，一麟足矣！"此实至名归也。从禅宗思想史、学术史视角看，青原行思的"不落阶级"，不久即化为弟子石头希迁的"泯绝无寄"禅，终而在良价、本寂门下立为曹洞"偏正五位"之禅。然其源头仍在青原行思辨禅的阶位观。此中实可洞见门派承传，代代接继而终成大观的思想文化源流。此亦为本公案对今日学人、禅者的启示所在。

庐陵米作么价？（青原行思）

这是青原行思的另一则公案。

《祖堂集》《景德传灯录》等文献均载此公案：

> 僧问："如何是佛法大意？"师曰："庐陵米作么价？"

光看这段，难解其意。我们还得再看《景德传灯录》卷五所载另一段：

> 荷泽神会来参。师问曰："什么处来？"会曰："曹溪。"师曰："曹溪意旨如何？"会振身而已。师曰："犹滞瓦砾在。"曰："和尚此间莫有真金与人否？"师曰："设有与汝，向什么处著！"

行思住持青原山静居寺时，六祖门下另一大弟子神会专门来参访行思。这段记载即是他们之间的对话。当行思问神会曹溪宗旨是什么时，神会只是不作声，且起身而立，似高度自信。然而他却未得行思认可，行思还当即给出一句评语：身上还有瓦砾在呢！这当然是说其不够纯粹。哪知神会反唇相讥：你处就有真金与人么？显然，神会丝毫未有谦下之意。行思见此，知其未纯。故说：我处即使有真金与你，恐你也无法安置。

那么，这两段记载的内在关联何在呢？后来有学者将前段那个问话的"僧"视作神会本人，但即使不是神会本人，这两段的内涵亦可关联。所谓"庐陵米作么价？"正是针对着"如何是佛法大意"而来。行思要传达的是：佛法是无处不在的，你若存分别心，仅在"圣谛"处寻求佛法，那只能说明你佛法未纯；我这里是不存分别心的，无圣俗之分，在我这里，连米价的贵贱都是佛法之所在。须知，这样的说法，表征了行思深藏不露而又无处不在的禅机，而此禅机又透露出行思禅法纯之又纯，纯到可渗入生活之中的点点滴滴。相比之下，年轻气盛的神会境界就差得远了；不过神会此行，不仅大长见识，也让他对行思深为叹服。禅宗特别是南禅，其公案对话中多深藏禅机，几句下来，立见高下；而禅悟也就在那当下过程中完成。

这则公案的最大启示就在：真理是具有普遍性的，且真理是具现于万事万物中的；你若仅仅去追求并执著于几条抽象的原则或大道理，看不到万事万物中活生生的具体真理，而是偏执、固执于所谓最高的"圣谛"之所在，漠视"俗谛"中万有的存在，那无疑就是没有看到佛法的遍在性。那么，我们是否可据此而认为青原行思是将圣谛与俗谛统一起来了呢？至少，他是主张不存分别边见的：心中一存圣凡、高低之边见，甚至视自己是处于高阶次当中而窃窃自喜，怎能开悟而终归佛境之空观呢？我们从这则公案中，再一次看到了青原行思的禅风，是与六祖慧能"无念为宗""无相为体""无住为本"的禅法高度一致的。

这一公案还极佳地传达了行思禅风朴实之一面，其对神会之不认可，当表明他对那种好高骛远、虚张声势而执求"圣谛"的禅风，持反对态度。他告诫禅者：老实修行，脚踏实地，才能不生边见，"不落阶级"。

历史上有人将这个行思的重要公案，编成了禅门评唱，越到后来，评唱者越多，可见这则公案给人带来的无穷禅意。这里先举《禅宗颂古联珠通集》卷九中的二则：

庐陵米价逐年新，道听虚传未必真。大意不须岐路问，高低宜见本来人。

（黄龙南）

庐陵米价越尖新，那个商量不挂唇。无限清风生阃外，休将升斗计騋亲。

（白云端）

再看《愚庵智及禅师语录》卷七"颂古"部分所载的"庐陵米价"：

庐陵米，作么价，此语流传遍天下。佛法大意只这是，衲僧不用生疑怪。

可见，青原行思的"庐陵米价"确为当时流传极广的禅语与公案。行思总是以其最为实际的禅法提示弟子们：要致力于自修自悟，而不是脱离当下现实情境来执求成佛。

这则公案对现代人最大的启示就在：不要超离现实之外去一味追求什么至高无上的目标，理想与现实是统一的；普遍与个别是统一的。你若悟通了要从最为平常的当下现实提升自己、解脱自己，也就是透过具体的、个别的情境而超升到解脱的理想之境。

二、洪州宗

磨砖作镜（马祖道一）

洪州宗的创立者乃南岳怀让禅师的著名弟子马祖道一。

南岳怀让禅师与弟子马祖道一之间有一则著名公案，是怀让禅师以"磨砖作镜"的施设来启发弟子马祖道一悟道的故事。

马祖俗姓马，名道一（709-788），四川什邡县人。后世尊称马祖。唐大历七年（772）洪州刺史迎请道一来钟陵开元寺（今南昌佑民寺）坐堂说法，贞元四年（788）至建昌县寿安乡石门山（今江西靖安宝峰乡）宣扬禅宗教义，并在此圆寂，（一说圆寂于南昌，灵骨归葬靖安宝峰），享寿80春秋。马祖与其弟子们共同创立了洪州宗，这正是唐代（8世纪后期至9世纪中后期一百多年间）南宗迅速兴起的时期。洪州宗的得名，就因马祖在江西地区大扬禅风、大弘禅法而盛极一时的活动所致。后人又称"江西马祖""洪州禅"或"江西禅"。马祖之所以成为中国佛教史上的重要人物，当然不仅在于他所确立的"禅道自然"的生活禅之禅学思想，更在于他的佛教活动：他曾收徒139人，成宗84人，并各为一家宗主。如继承马祖禅法的沩仰宗、临济宗及从临济宗演化出的杨岐派和黄龙派，均属洪州禅系。马祖之后的整个洪州宗，是在得马祖的"大机大用"的禅道精髓后迅速发展壮大的。慧寂谓"百丈得大机，黄檗得大用"，确为至语。

《景德传灯录》《五灯会元》等禅宗文献均载有这一公案：

> 开元中有沙门道一，即马祖也。在衡岳山常习坐禅。师知是法器，往问曰："大德坐禅图甚么？"一曰："图作佛。"师乃取一砖，于彼庵前石上磨。一曰："磨作甚么？"师曰："磨作镜。"一曰："磨砖岂得成镜邪？"师曰："磨砖既不成镜，坐禅岂得作佛？"一曰："如何即是？"师曰："如牛驾车。车若不行，打车好是，打牛即是？"一无对。师又曰："汝学坐禅，为学坐佛？若学坐禅，禅非坐卧。若学坐佛，佛非定相。于无住法，不应取舍。汝若坐佛，即是杀佛。若执坐相，非达其理。"一闻示诲，如饮醍醐。（《五灯会元》卷三）

这说的是唐玄宗开元年间的事。怀让（677-744）禅师，是金州安康（今陕西省汉阴县）人，俗姓杜，是得法于六祖慧能的著名和尚。他出住南岳（湖南衡山）般若寺，世人以南岳为其法号。他与我们前面所讲公案人物青原行思，并列而为六祖慧能之后南禅的重要两大派系，此即青原系与南岳系，青原行思与南岳怀让二人自然就是这二系的开创者。

不过这则公案很容易遭到质疑：一是磨砖与作佛之间的内在关联在什么地方，也就是说，二者存在着可比性吗？二是打坐修行历来就是佛教禅宗的基本方式，或者起码可说是方式之一吧。如此将坐禅这样的修行方式也否定掉，那作佛的修行依据又是什么呢？对第一个问题，我们可以如此作答：磨砖与成佛之间的确没有逻辑关联点。但要注意的是，这里，怀让禅师的出发点其实是"功夫"二字，他整天在那用功磨砖，这是在显示一种时间上的持续"功夫"；此中可通于坐禅的地方，也即在"功夫"本身。马祖道一在受到怀让师启示之前，正是整天用"功夫"在那里坐禅。你看，磨砖与坐禅整天都在用"功夫"这一点上，总是相同的吧！但恰恰在这点上，怀让要告知道一的是：作佛不是你花多少功夫就可作成的，"功夫"本身不是成佛的条件——你在那坐禅和我坐在这磨砖，在花了功夫这点上，确实是一回事；但都成不了佛。

是的，对南禅而言，没有开悟之机，何有成佛之谈！而这个"悟"是可以在日常生活中随时可得的，就看你悟的缘分与悟的程度了。可借开花、可借落叶，可以饮茶，可以吟诗；生活中何处何时不有悟道之机？这叫触类是道：与万事万物的"触类"过程中，无悟即无作佛之可能。这样一来，磨砖之功与坐禅之功，有什么区别呢？

第二个问题，马祖道一与南泉普愿会用五个字回答你：平常心是道。这可是南禅的真髓！是故，要眠即眠，要坐即坐。此诚如马祖弟子大珠慧海所言："心真者语默总真，会道者行住坐卧是道。"

在这则公案中，我们必须注意的是，怀让禅师还用了"牛、车之喻"来进一步启发道一：就像赶牛拉车，如果半路上牛车停了，你是打牛，还是打车？此问依然大可质疑，因在常人看来这是不成问题的，但在这里怀让师确实让其成为了问题。马祖道一在此问面前，自然无语。他深知此中有玄机。其实怀让禅师是要借机说：禅是坐不出来的，佛也是坐不出来的。打车、打牛都是对功夫本身的执著——执于"边见"，两端之端都可谓之"边"，执于两端之偏见偏解，均属"边见"。怀让的玄机就在：你若持续地执于"打车"或"打牛"，显然是行不通的。禅宗强调的是：以无著心应一切物，以无碍慧解一切缚。所以，一切要自然而然。

须知，视角不同，关注点自然不同；焦点一变，变化中的问题就凸显了（前面的话题是坐禅）：现在你看，禅既不在坐卧，佛也无固定不变之象，那么，你能从中透见万事万物都是变化不定的吗？如果是变化不定的，你当然就不该存"边见"（执于两端而不取乎中道）而作取舍；一旦作取舍而成定见，坚认静坐方能成佛，那不恰恰扼杀了自己心中那活生生的佛性吗！须知，固执于坐禅之相，恰是拘执于形式，这是埋没灵性的作法。如何真正体悟佛法真谛呢？当知，怀让正是用六祖慧能的"无住"自由精神去启发自己弟子的。这里，我们还得附加说一句，日本禅学大师铃木大拙曾再三强调说，禅是不能用逻辑去考量的，逻辑思维是线性的。这里笔者想加上一句，禅的思维是一种自由灵动而跳跃性很强的思维，它自有其视角与境界；称其禅机为：自由精神为前提的"境界思维"似更恰当，其实这种思维更具艺术性。道一能在怀让禅师的启发下，甘露润心，醍醐灌顶，不正说明了这一自由精神与境界思维的有效吗？

当然，对真正的禅悟而言，又并非要专门执著于事半功倍的"一悟千悟"之境，尽管禅悟之境讲究直入禅道，但决不是一步到位后就万事皆休、直入涅槃而已。南禅是既重开悟，又重持续性禅修的。但这点恰恰为人们所忽视。

下面要讲到的马祖另几个公案与开示，可进一步为这一公案提供支撑。

道不属修　又非不修（马祖道一）

在南宗禅内部，马祖的洪州禅尤以主张顿悟而著称；而"道不属修　又非不修"则是马祖洪州禅非常著名的两句话。总体看，此话颇具辩证意味，亦深契于马祖"平常心是道"的禅道自然观。

据《古尊宿语录》卷1《道一》载：

> 道不属修，若言修得，修成还坏，即同声闻；若言不修，即同凡夫。

作为马祖的开示之语，这两句话其实并非太难理解："道不属修"之道，意谓其是本然存在的；在此，它指的是具足无量之清净觉性，即不生不灭的佛性。佛陀说："一切众生，皆具如来智慧德相，只因妄想执著而不能证得。"所谓"皆具"，显然指众生本来就已具足。此"道"当然不是你当下修来的，如果硬要说道可从修炼中得到，那么，即便修成了仍会失掉的。"即同声闻"的声闻之义，可从得道之因缘作诠释：闻佛之声教而有所悟解，称为声闻。禅者为"解脱苦"而求证涅槃，故依于有所修，有所证；此处非指证本体自性具足的"无修无证的圆满清净觉性"。显然，这是从本体论层面来说的。诚如《憨山老人梦游集》所言，悟有解悟与证悟之别："若依佛祖言教明心者，解悟也。多落知见，于一切境缘，多不得力，以心境角立，不得混融，触途成滞，多作障碍。此名相似般若，非真参也。若证悟者，从自己心中朴实做将去，逼拶到山穷水尽处，忽然一念顿歇，彻了自心。如十字街头见亲爷一般，更无可疑；如人饮水，冷暖自知，亦不能吐露向人，此乃真参实悟。然后即以悟处融会心境，净除现业、流识、妄想、情虑，皆镕成一味真心。此证悟也。"马祖道一的洪州禅，强调的是证悟，而不是从"声闻"入手的解悟。

"不属修"，亦可从方法论层面看，指不用向外求法，不必以"坐禅"等固定方式去修。然不用修，决非全然不修，而是在日常生活中自然而然地修；显然，此即将禅与生活融为一体。如果说不修道，那你就等于一个凡夫了。这明明传达出，"修"还是必须的，讲究禅悟，不等于抹杀禅修。当年六祖慧能在湖北黄梅求教于五祖弘忍时，五祖弘忍甚至向慧能讲述了"大厦之材，本出幽谷"的道理，其主旨即在不断习禅、不断修炼。马祖的洪州禅正是承接了六祖慧能有修有证的禅旨，而开创出一条新路，从而有了沩仰、临济的接续。

必须看到的是，"道不属修"就是洪州禅的一个基本主张，而与"道不属修"这一主张最直接相关的洪州禅法的核心，那就是"触类是道而任心"。再追究下去，其思想前提可归为"自心是佛""触境皆如""顺乎自然"；归属于"直显心性宗"范畴。

禅佛的"自性"，是形而上的绝对体；如果仅用分别意识和语言去揣测并诠释，必然要落入逻辑陷阱，与自性之本真乖违偏离，甚至不着边际。因此，马祖的"道不属修"是在平常心是道的禅学理念下，必然要得出的另一个结论。

马祖的开示与公案不少，都不离日常生活，且倡以平常之心在生活中获取一种超越的直觉体验。故其时在别处不能得悟，转而至马祖处便立时获悟者亦有不少。如药山参访石头，未能见性，石头指示他参礼马祖，则立获证悟。百丈参马祖之前，亦未能见性；马祖以"野鸭子"公案接引百丈，就使其当下省悟。后百丈再参马祖，则在盖天盖地的喝声中获得了禅悟慧命，成为自信自立的禅者。而"日面佛，月面佛"一公案，则让悟道者感悟永恒在瞬刻、当下即永恒的生命情趣。可见南禅"自心是佛""触境皆如"的内在魅力是巨大无比的。

现代人很容易对"道不属修"这样的命题产生质疑，认为这是中国文化负面因素中的贪便宜、偷懒、不愿下工夫。不知此中原有一种辩证思维，且此种辩证思维中深涵着中国文化中极富特色的"道体"精神与境界。此种精神与境界——既证（悟）又修，且证且修，是南禅自慧能以来对禅修的一种极深刻理解，这种理解一旦落实于日常实践功夫中，便有了"触类是道而任心"的生活禅。对"生活禅"，当代人已渐成共识。记住：我们每个人都是自性具足的，都有具足无量的清净觉性，但莫污染这本然就存在的自性。

平常心是道（马祖道一　南泉普愿）

马祖在慧能"明心见性"、性净自悟的基础上，提出了"平常心是道"这一禅学命题，其成为洪州禅的核心理念，突出了禅道鲜明而强烈的生活意味，从而无处不在地显示了极其自由活泼的独特宗风。下面这一开示之语，或可诠释马祖道一顺乎自然的禅道理念：

> 道不用修，但莫污染。何为污染？但有生死心，造作趋向，皆是污染。若欲直会其道，平常心是道。何谓平常心？无造作、无是非、无取舍、无断常、无凡无圣。经云：非凡夫行，非圣贤行，是菩萨行。只于今行住坐卧，应机接物，尽是道。道即是法界，乃至河沙妙用，不出法界。（《景德传灯录》卷28）

在另一则马祖弟子南泉普愿对弟子从谂禅师的开示中，也出现了这一著名的禅学命题："他日问南泉：'如何是道？'泉曰：'平常心是道。'师曰：'还可趣向也无？'泉曰：'拟向即乖。'师曰：'不拟怎知是道？'泉曰：'道不属知，不属不知。知是妄觉，不知是无记。若真达不疑之道，犹如太虚，廓然虚豁，岂可强是非邪？'师言下悟理。"（《五灯会元》卷4）

从上面二则资料我们可知，在禅宗史上出现的"平常心是道"命题，原是马祖禅系道一与南泉二人的共同杰作。的确，在马祖禅系中，禅是没有什么不自然或超自然甚而超越我们日常生活的东西。所谓"平常心"，所谓"无造作"，正是禅的一种内在精神：困了就休息，饿了就吃饭。一切都自然而然，一切都自由自在；正如铃木大拙提出的那样：禅乐于自由，因为禅就是自由。质言之，随缘任运，日用是道，这正是马祖道一禅道自然观的出发点及前提条件。"平常心是道"这一命题正是从这个前提发展出来的。然而关键的是：只有在毫不造作的自然而然的活的机趣中，以平常之心去除一切客障，才能达到自由自在的境界，真正在"自性清静"中做到无造作，无是非，无取舍，无断常，无圣无凡。自然而自由，先是以平常之心在直面事物本身时自然而然，才有随机妙用，即俗即真，即凡即圣的平常之心的自由。不自然如何自由，就如一个运动员或一个演奏家，他的每一动作都须保持最大程度的自然与放松，才能达到自如而自由的境界。所以演奏家们有一句格言：放松放松再放松。用禅的话来解释，自然而自由的平常心是从无所住的，真正的禅者是活在一个没有限制的世界里。禅强调活动的无目的性或摆脱目的性，故行住坐卧，应机接物，尽是道。马祖道一的这一禅道自然观，成为后来洪州禅门的不二法门。后来临济义玄即有"不劳分别取相，自然得道须臾"（《临济录》）的"自然得道"一说，其源头即在"平常心是道"。吕澂指出：即心即佛，不假修成的平常心是道，实际上也就是"当行就行，当止就止，自然合泊而成为随缘任运的生活"[①]。此外，我们不仅要看到，马祖承继了慧能"去来自由，心体无滞"的宗旨、同时还要看到，他的禅道思想又正是在中国传统思想"天道自然"的深刻理论背景中，才可能有"行住坐卧，应机接物尽是道"的顺乎自然。然而这种顺乎自然"触类是道"的哲学又恰是生活禅的理论基石。理解这点，才能透视到马祖的理论命脉之所在。

　　《五灯会元》卷3《江西马祖道一禅师》中又有一开示可说明马祖对自由自在才能入佛入禅的"平常心"的理解：

　　　　洪州廉使问曰："吃酒肉即是，不吃即是？"师曰："若吃是中丞禄，不吃是中丞福。"

　　马祖对这位官人想说的是：你且按你的本来面目，自然而然，自由自在，就可入佛入禅，何必执于吃不吃酒肉这一表面问题的束缚之中呢，你的自由才是最重要的，吃不吃并不是问题的关键所在。这确如宗密总结洪州禅思想特点所说的"任运自在"（《圆觉经大疏钞》卷3）。此外，如怀让与道一师徒间"磨砖作镜"的公案，马祖与怀海师徒间一个升堂一个卷席的公案，都在在表征了不执著修为而将玄妙禅旨落实于平常生活之中的禅道自然之理念。宗密的总结值得高度重视，他说："起心动念，弹指謦咳扬眉，因所作所为，皆是佛性全体之用，更无第二主宰。如面作多般饮食，一一皆面。佛性亦尔，全体贪瞋痴、造善恶、受苦乐故，一一皆性。……佛性非一切差别种种，而能作一切差别种种。意准《楞伽经》云：如来藏是善不善因，能遍兴造一切，起生受苦乐与因俱。又云：或有佛刹，扬眉动睛，笑吹謦咳，或动摇等，皆是佛事。故云触类是道也。言任心者，彼息业养神之行门也，谓不起心造恶修善，亦不修道。道即是心，不可将心还修于心；恶也是心，不可以心断心。不断不造，任运自在，名为解脱人，亦名过量人。无法可拘，无佛可作。何以故？心性之外无一法可得。故云：但任心即为修也。"（《圆觉经大疏抄》卷3）佛性既是一个全体，其作用必然要在各种行为上见出；但若不能随顺自然，而要执意去做什么好事坏事，就难得进入成佛的境界。任运自在，随缘适性，触事而真，这是

---

　　① 吕澂：《中国佛学源流略讲》，中华书局，1979年，第377页。

保持全体之佛性的根本前提。马祖的高明不正在此吗！

如何保持一种纯明澄澈的禅悟直觉，一直是禅宗史上的一个重要话题。马祖以为平常之心才能持有凡圣一如的澄明心境，故而他引导弟子们进行"悟道"的方式，均是在日常生活中因机而发又极富创造性的。铃木大拙说："马祖道一是唐代最大的禅师之一，事实上我们可以说，禅确实通过他而有了一个飞跃。他对待发问者的方式最具革命性和原创力。"① 当水潦和尚向马祖追问禅的真理时，被马祖踢了一脚；另一次一个和尚追问马祖"如何是佛祖西来意"时，亦遭遇与问题似不沾边的"惩罚"。后来的临济喝、德山棒恐渊源于此。然而我们不要忘记的是，对于倡导顿悟的南禅来说，以临机而动的日常手段阻断那种形式逻辑思维，确有其殊胜之处。正如铃木大拙指出的那样，人的全部存在并不牵涉乎知性，而是关联于原初意义上的意志，知性并非终极的实在本身。原初意义上的意志，正是人类最深刻的自然而本然的东西（例如情感）。如此看来，"平常心是道"的"道"作为一种实在本身，在这里就凸显它的重要意义了。

笔者之所以强调平常心是道具有一种禅道自然观的性质，一方面是由于马祖认为禅的体验离不开日常自然（现象界），另一方面又要在日常生活中实际地进行感悟，才是真正修行。撇开生活中自然的事情而硬去思虑、去强求悟道，那就日益远离"悟道"之启机。因而禅悟只能在日常生活中自然地获得。这就是洪州禅系"平常心是道"的核心所在。的确，平常之心也只是流露在自然的事情并在自然的过程中获得或持有，刻意追求一种平常之心，就反而不平常了；而高悬平常之心的理想，谓常人都不具备平常心，就更失去了马祖的本意了。平常而自然之心，正是道的流露；禅旨落实于平常生活，也才是道体的落实与作用。

因而，洪州禅在接引后学的方式上，摒弃了所有繁杂形式与仪礼，让人在非常灵活的暗示、象征、隐语甚至喝、打、踢等机动手段中获得顿悟。而马祖以平常心是道的自然禅风，对症下药，随机而发，又形成了一种洪州禅系的整体氛围，特别是后来泼辣的临济宗宗风。

---

① 铃木大拙：《禅学讲演》，见《禅宗与精神分析》，贵州人民出版社，1998 年，第 57 页。

即心即佛　非心非佛（马祖道一　大梅法常）

这是马祖道一与其弟子大梅法常之间的一则公案，据《五灯会元》卷3《大梅法常禅师》载：

> 大寂闻师住山，乃令僧问："和尚见马师得个什么，便此住山？"师曰："大师向我道：即心即佛。我便向遮里住。"僧曰："大师近日佛法又别。"师曰："作么生？"曰："非心非佛。"师曰："这老汉惑乱人，未有了日。任汝非心非佛，我只管即心即佛。"

其实即心即佛、非心非佛就是马祖禅学的另外一个著名命题——"平常心是道"的另一视角之表征。然而也正因有了"平常心是道"这一命题，人们就更容易质疑"非心非佛"这一说法，特别是将它与"即心即佛"并列成一命题时。是的，乍一看，"非心非佛"，不是和前面所讲的"即心即佛"正相反吗？但显然，此中马祖另有更深的禅意：非心非佛，表面看：不是心，不是佛；但这种说法对禅宗特别是南禅而言，深涵着凡禅法都具超越性意味，尤其须超越概念或词句的表面含义。只有在这种超越精神下，"非心非佛"与"即心即佛"二语相对之深刻禅意才呈显出来。那么，人们会问，它是如何呈显的呢？

首先，我们要看到的是，在南禅的核心禅旨中，即心即佛直接指"此心便是佛"——心就是佛，也可说：即心是佛。这是南禅的思想宗旨。但如果你执于此点，硬是说我心即佛，举止动静皆粘滞于此，执著于此，这如何能空灵而开悟呢？须知，马祖的即心即佛，就在强调人之本性即自性，它是本已具足的；而本已具足的自性，你硬要在心的执著下去作取舍，如一般人所谓取善舍恶之类，执此一点，久之即不得洒脱空灵。马祖立即会对你说：非心非佛，让你立马观空解脱，超越出来。在六祖慧能那里，已讲透不滞于"善恶"概念本身的道理。马祖更是要让人亲身领会自性具足的佛性，他以自己的禅修之路向人们指证：自性本来就是清净与自定自足的，你硬要向外苦苦求索，粘滞不脱，那就会离道越来越远了。即心即佛，本有一种超越精神在，结果你反而故意做作起来，且不停地向外索求；此时，讲非心非佛，自然是一种最佳的解脱与超越——当然这是针对你过于苦执"即心即佛"这点。在马祖看来，那种过头的苦执，一定会败坏自身具足的佛性。

当然，这里我们还要将前面所讲的"平常心是道"的命题结合起来看，才更容易理解。实际上"平常心是道"的命题充当了"即心即佛"到"非心非佛"这两个命题的中介，使其更具一定的合理性。因为精神的内在需求，必定要从防止众生向外追求，使其自心开悟，达到"真性常自在"的自然而不执著的境地。此中深刻的内涵与真谛就在于：执著本身会成为一种束缚，从而不能达到真正的解脱；只有任心自然，才能体会大道，达至佛境。这同时也是超越语言体会大道的必要条件。从"即心即佛"到"非心非佛"，其实也是一个问题的两个方面。自慧能始，就强调即心即佛，他所说的"自心是佛""一切万法，尽在自身之中，何不于自心顿现真如本性？"（《坛经》）实质上就是在倡导"即心即佛"的理论，其直接源头则是《楞伽经》和《大乘起信论》。"非心非佛"是从排除事物本不存在的属性这个反面来作否定的表述，它强调的是在禅修过程中对"即心即佛"观念的超脱；只有真正将禅的种种意念剔除净尽，才是纯粹的禅，才能获得禅最终之"空"境。死咬住禅的名相，就必然要落入观念的窠臼。当然，这决不是反对先在的正信正念的建立，而是反对修持过程中对种种意念或行持的执著粘滞。无执才能保持空灵的"观照"，在禅宗看来，没有这种空灵状态下的观照，获得开悟是不可能的。因为你执于一点，纠结在此一点上，便与事物毫无距离，如何观照？无自由、无洒脱，便无禅悟。

作为现代人，我们可从中汲取的精髓就在：做任何事情不存杂念是重要的，毫无杂念，才能保持纯明澄澈的微妙灵心。即便做好（善）事，也不能执于做好（善）事的念头；否则，你的功夫可能前功尽弃，甚或伤及自身之灵性。此恰如一个书法家在写字过程中紧紧执于写好哪一笔，是不能一气贯通而写好字的；他失去了整体，而禅宗是最为讲究整体境界的。没有整体，就没有观照；也就没有自由。马祖坚认：如果片面固执，心则不能自由自在，也就不能当下直取佛心，一门深入佛道。"非心非佛"就是要人们不陷入知解的束缚，达致当下无滞的高超境界。

马祖弟子大珠慧海禅师有句名言：饥来吃饭，困来即眠。这也是大珠慧海与其弟子源律之间的一则公案："源律问：'和尚修道，还用功否？'师曰：'用功。'曰'如何用功？'师曰：'饥来吃饭，困来即眠。'曰：'一切人总如是，同师用功否？'师曰：'不同。'曰：'何故不同？'师曰：'他吃饭时不肯吃饭，百种须索；睡时不肯睡，千般计较。所以不同也。'律师杜口。"（《五灯会元》卷3）又据《五灯会元》载：大珠慧海初学经教即对佛之究竟有所领悟，后行脚至马祖道一处，听到"我这里一物也无，求什么佛法？自家宝藏不顾，抛家散走作么"之语，当下即歇去驰求之心而认取本具佛性。此后，随侍马祖16年，见地日益透彻而著《顿悟入道要门论》一卷，故被其师赞叹为："越州有大珠，圆明光透，自在无遮障。"从此"大珠"之名不胫而走。明代王阳明对此似深有感触，据此公案而作诗一首：

饥来吃饭倦来眠，只此修行玄更玄。

说与世人浑不信，却从身外觅神仙。

马祖、慧海、阳明之意都在让你自然而然、自由自在地活在当下而不要陷入知解束缚。活在当下，就要专注当下的事情，不要在当下而执于过去，对过去做无谓的得失计较；而对于未来尚未发生的也不要作杞人忧天之担忧。现代心理学家已然证明，如果一个人能够专注于某件有益之事，其身心就会处于一种静定而和谐的安稳之中，同时会引发一种超然舒缓的精神喜悦；对禅者来说，这无疑是一种禅悦。

千万不要忘记，对一味向外追求、不明白"自性具足圆满"者来说，马祖讲的是"即心即佛"；反之，马祖则说"非心非佛"。"即心即佛"与"非心非佛"实质上是在马祖的"禅道自然"的本体论上建立起来的"一体两面"的新禅观，其宗旨是要把否定、肯定等一切执著的相对观念，全部荡除，是消除差异、对立的一种"理性融通"。

梅子熟也（大梅法常）

　　大梅是指浙江鄞县大梅山，位于鄞县东南 40 公里，山多有大梅树，故名大梅。唐贞元十二年（796），马祖之法嗣法常自天台山来此栖隐，故后世称之为大梅法常。法常少年时期即出家于荆州玉泉寺；20 岁时于龙兴寺受具足戒，后师法马祖道一。德宗贞元 12 年，自天台移居明州余姚南 70 里之大梅山，故又被人称为大梅和尚，习称大梅法常。

　　"梅子熟也"，是上一篇公案中的题中已有之义（见《五灯会元》卷 3《大梅法常禅师》），只是最后加上了"梅子熟也"的内容。然而就这一句，至为关键，是点睛之笔，它表征了马祖道一对弟子大梅法常的高度认可：

　　　　大寂闻师住山，乃令僧问："和尚见马师得个什么，便此住山？"师曰："大师向我道：即心即佛。我便向遮里住。"僧曰："大师近日佛法又别。"师曰："作么生？"曰："非心非佛。"师曰："这老汉惑乱人，未有了日。任汝非心非佛，我只管即心即佛。"其僧回举似马祖，祖曰："梅子熟也！"庞居士闻之，欲验师实，特去相访。才相见，士便问："人向大梅，未审梅子熟也未？"师曰："熟也。你向什么处下口？"士曰："百杂碎。"师伸手曰："还我核子来。"士无语。自此学者渐臻，师道弥著。

　　可见，马祖是派僧人去探问大梅法常的，最后得到的结果是：无论你说"即心即佛"还是"非心非佛"，我就是坚持说"即心即佛"。这当然表明大梅法常对心佛一体的理念是坚定无比，用吕澂的话来说，此正所谓"一门深入而透彻全体"[1]。而事实上，在马祖道一的洪州禅时代，心佛一体的"直心"观确实成为其时最为重要的禅宗思想。可想而知，大珠慧海受到马祖的高度赞扬，就是因为他对心佛一体理念的坚持；而马祖之所以要说"梅子熟也"，是赞扬大梅法常是真正的成熟到明心见性之程度了。当然，这个"心佛一体"的理念，我们若从慧能印可南岳怀让的那句话"修证即不无，污染即不得"入手，可得到更好的理解。南宗禅对禅修的基本理念就在认定心地是不受污染的，可随时随地而灼然朗照的——此正所谓"即心即佛"也。

---

　　[1]　吕澂：《中国佛学源流略讲》，中华书局，1979 年，第 378 页。

其实这个公案，若结合另一个"鼓角动也"的公案来理解，倒是个最佳切入口。据《五灯会元》卷3《西堂智藏禅师》载：

> 李尚书尝问僧："马大师有甚言教？"僧曰："大师或说即心即佛，或说非心非佛。"李曰："总过这边。"李却问师："马大师有什么言教？"师呼："李翱！"李诺。师曰："鼓角动也。"

显然，这里的"鼓角动也"，是喻指"自性"唤起来了。李翱感到：既说"即心即佛"，又说"非心非佛"，这对"自性"理念的说法未免有些过头（"总过这边"）了。李翱于是就转向智藏禅师问道：马祖大师对我们有何言语教导？智藏禅师却猛然唤其名："李翱"！李翱应声而答。智藏禅师怡然说道："鼓角响动了。"智藏禅师并未直接回答李翱的提问，而是直呼其名。

这是为什么？这是典型的中断思维法，打断你的概念沉思，让你回到本来的"自性"。李翱的应声而答，表明其内在自性已然唤醒。试想，李翱若继续思辨"即心即佛"与"非心非佛"的问题，在此问题中转圈而不可自拔，那智藏禅师是无论如何也不会认肯李翱的。正是李翱出自"自性"的自然而然之应声而答，得到了智藏禅师的高度肯定。

现代人在日常生活中，多有陷入概念、钻牛角尖而难以理解现实真谛的状况。马祖大师的禅道理念，十分值得现代人咀嚼。"梅子熟也"，"鼓角动也"，其味至深而其境至远。

一口吸尽西江水（马祖道一　庞蕴居士）

这是一则马祖道一对庞蕴居士的开示。这位禅宗史上极为著名的号称为中国的维摩诘——庞蕴居士，是石头与马祖两位大师共同培养出来的杰出人物；而在唐代，这样的宗师级人物进入禅门，不足为怪。禅宗史上那个十分著名的说法"考官不如选佛"，就出自庞蕴居士与丹霞天然。据《祖堂集》卷4载，他与天然结伴进京考官，路途中遇一位僧人，僧人得知二人要进京考官，断然规劝他们考官不如选佛："江西马祖今现住世说法，悟者不可胜计，彼是真选佛之处。"二人当即放弃考官念头而转到江西马祖处学禅。二人的这一经历，也成为了禅宗史上的一个公案。

庞蕴先在石头门下，一见石头希迁便问："不与万法为侣者是什么人？"话未落音，即被希迁捂住了嘴。瞬间，他似有所悟。

希迁要他努力从日用之事入手，去理解禅意。庞蕴随之口述一偈，最后两句竟是神来之笔，传为美谈。它能成为中国禅宗思想史上名句，实因其显示了道地的洪州禅风：

> 神通与妙用，运水及搬柴。

庞蕴在石头门下虽有长进，却始终未能透入更高的禅关。希迁也感到这个徒弟的机缘可能在马祖那里，便让他去江西找马祖。一见马祖，又是那句话："不与万法为侣者是什么人？"

这则开示载于《景德传灯录》卷8的《襄州居士庞蕴》中：

> （庞蕴）后之江西，参问马祖云："不与万法为侣者是什么人？"祖云："待汝一口吸尽西江水，即向汝道。"居士言下顿领玄要。

"万法"指的是万事万物，而非指佛法。这里，我们还要明白的是，禅宗的上堂，到了南禅特别是马祖这里，除了一般性的普说，又有诸多灵活多变的方法，如暗示、隐喻、反诘、动作、棒喝等等。庞蕴正是在马祖门下，学到了不少新方法并有了自己的禅修心得。这则开示，就是在斗禅机中用暗示，是在暗示"佛"是不可以语言作正面表述的。

一口吸尽西江水，这西江水是一口能喝尽的吗？这不明显是以禅机对禅机吗？

互斗禅法倒是禅者的家常便饭，但马祖气魄显有压倒优势。这也许潜伏着后来临济精神的成长。

依笔者之意，像庞居士这样才高震中土的文人禅客，想做好在家菩萨，定有重重禅关要破；特别是作为一个文人，总想从语言中透入禅关，但是与非、对与错、善与恶等二元对立的概念总横亘于胸，不得了然，不得真切，于是在概念上绕来绕去，积久而愈不得超越。此刻的庞蕴，只想一步透入最后禅关，故要超越一切而得到彻悟。须知，不与万法为侣，即不以世间万事万物为伴侣，也就是要超出尘世的一切束缚。事实上，人若常常纠缠于种种事物而不得超拔，最后必然会锁定在二元对立的概念矛盾之中，终成执著。这就需要彻底地消除二元对立，真正实现超越，从而以生命的一元、生命的整体扑入最后的禅关，获取最后彻悟的境界。

但，这办得到吗？

所以，马祖明白告诉他，你若能一口吸尽西江水，我就能道出不与万法为侣者为谁。

这一公案的内在精神与"好雪片片，不落别处"公案，如出一辙。古来禅者，总以洁白之雪来表征"一色边事"，洁白冰晶正好喻指禅修达纯净专一的"打成一片"之境界。

一次，庞居士到药山惟俨处小住，临别下山，竟遇着了一场大雪。此情此景，让庞居士禅兴大发；但机锋未出，只听另一禅僧高声吟起岑参诗句："忽如一夜春风来，千树万树梨花开。"

庞居士却悠悠哉自顾自地望着满天飞雪说："好雪片片，不落别处。"

立即出来另一声音："落在甚处？"

庞蕴举手便是一巴掌。

那位禅僧当知庞蕴此语大有禅机，只是此问不能对应庞蕴禅意。这一掌，该。

佛语：万法归一。所谓"不落别处"，不正好是"一处"？这个"一"，岂能真是雪往这一处下吗？它当然是指本性。

那位禅僧甚为不解，仍要请教。庞居士又来一掌，接着说道："眼虽见到，却要像瞎了；嘴虽说话，却要像哑了。"关键是要用心来体悟。心一悟入，当知外在世界，林林总总，万千变化，终究归一。眼只能看见雪飘而不能体悟自性的人，最多能认识有形的二元世界，而不能彻悟禅道的无形无相的一元本质，这岂能获得禅的生命？

风云际会，庞蕴不期然为洪州禅风助了一臂之力。

这个"万法归一"的"一"，就是人与世界的最终本质。认识它，仍要像上面那个公案所说，要超越眼前的"万法"，没有对立，才能归一；故切须放下诸缘。圆悟克勤在《示张仲友宣教》中就开示道："若要究得毕竟心落处，即领略得'一口吸尽西江水'。才生异见，起一念疑心，即没交涉也。要须放下诸缘、杂知杂解，令净尽到无计较处，蓦尔得入，即打开自己库藏、运出自己家财也。"执于异见、专于疑心乃至诸缘缠身、杂知杂解，如何谈得上"归一"！

这里若结合庞居士的另一公案，可更好理解其何以如此。庞蕴有一次听某和尚讲《金刚经》，听到和尚讲"无我""无人"时，即刻提问说：座主，既无我无人，是谁讲谁听？和尚未作答，反请庞蕴作一解释。庞蕴当即作偈一首："无我复无人，作么有疏亲。劝群休历座，不似直求金。金刚般若性，外绝一纤尘。我闻并信受，总是假名陈。"这当然是说《金刚经》的深义超越文字，反复陈述（"休历座"），确实不如直接体悟其理事不二的妙义（"直求金"）。

现代人常常是硬要弄出个"二元对立""矛盾斗争"方罢休，须不知，中国古代儒、释、道特别是禅宗的思维，是整体综合而"理事不二"的，这种思维重在体悟自性。而今日之国人，岂能将这种传统思维特质全然弃之？

野鸭子，飞过去也（马祖道一　百丈怀海）

这是马祖与其徒百丈怀海的一则公案。

怀海（720-814），俗姓王，福州长乐人。早年在西山慧照处出家，后至衡山法朗律师处受具足戒，又往安徽庐江浮槎寺披阅藏经多年。期间闻听马祖在南康传法，乃前去投师。他侍奉马祖六年，"尽得心印"。后住新吴（今江西奉新）百丈山，为中国禅宗"农禅"之创始人。

据《五灯会元》卷3《百丈怀海禅师》载：

> 师侍马祖行次，见一群野鸭飞过。祖曰："是什么？"师曰："野鸭子。"祖曰："甚处去也？"师曰："飞过去也。"祖遂把师鼻扭，负痛失声。祖曰："又道飞过去也。"师于言下有省。却归侍者寮，哀哀大哭。同事问曰："汝忆父母邪？"师曰："无。"曰："被人骂邪？"师曰："无。"曰："哭作甚么？"师曰："我鼻孔被大师扭得痛不彻。"同事曰："有甚因缘不契？"师曰："汝问取和尚去。"同事问大师曰："海侍者有何因缘不契，在寮中哭。告和尚为某甲说。"大师曰："是伊会也。汝自问取他。"同事归寮曰："和尚道汝会也，教我自问汝。"师乃呵呵大笑。同事曰："适来哭，如今为甚却笑？"师曰："适来哭，如今笑。"同事罔然。次日，马祖升堂，众才集，师出卷却席。

这则著名公案说的是：一日怀海随侍马祖出游，行进中正逢一群野鸭子飞过头顶，马祖即刻问道："是什么？"怀海当知师父此问已暗含禅机，因在此前怀海成为马祖侍者的3年当中，马祖总在怀海揭开斋饭盖子时，拈一块胡饼问他："是什么？"怀海每每不能畅快作答，因为他明知师父的用意不在胡饼。此刻，未能开悟的怀海依旧不知如何回答，只能望着远去的野鸭直接说："野鸭子。"这回马祖没有放过他："到什么地方去了？""飞过去了。"马祖当即扭住怀海鼻子，使劲一拧，只听怀海负痛失声，嗷嗷叫起。马祖大声喝："又道飞过去了！"

怀海当下省悟。师父的用意原来在让自己"见色而明心"。这个昭昭明明、知痛知痒的心性，不就在这里吗？它可是不生不灭，不来也不去的呀！这个能见野鸭子飞来飞去的"主人公"，是不会随野鸭子飞来飞去的。是啊，自性的存在，是永恒的存在，怎能说"飞过去了呢？"

公案到这里，我们穿插一个相关的马祖开示弟子的"自家宝藏"小插曲：慧海禅师也是马祖的徒弟，他刚到江西参见马祖，马祖便问："你从哪儿来？"慧海答从越州大云寺来。马祖继而问道："来这里想干什么？"慧海自然是说求佛法。这时马祖告诉他："放弃自家宝藏不顾，抛家乱跑作什么。我这里一物也无，求什么佛法？"慧海当然没有就此罢手，他即刻向马祖施礼问道："哪个是我慧海自家宝藏呢？"马祖说："现在能够向我发问的那个主人公就是你的宝藏，一切完备，你并不缺欠任何东西，完全可以自由自在地使用，何必再向外寻求！"慧海言下省悟，识见到自己的本心。这个马祖与慧海之间的"自家宝藏"开示，与马祖、怀海之间的"野鸭子"公案如出一辙，都是要人们认识自性、自心；自家宝藏就是自性，禅宗又将其称为"自家田地""本地风光""本来面目"……

再说顿悟后的怀海，畅快地回到寮房；心情一放松，居然放声大哭起来。想必这正如那离家游子回归自家，此刻的哭，当是喜极而哭。但旁边的和尚不知，问他是想家了，或是被人骂了？他直说鼻子被师父拧疼了。同参又问"有什么因缘不契？"他让同参去问师父；师父只说"怀海自己清楚，你们去问他自己好了"。同参再问怀海，只见怀海开怀大笑，弄得同参大惑不解地说："刚才还在哭，现在干嘛笑？"

归家游子，不再漂泊，何不大笑！哭笑一体（前面是哭后面是笑），禅机之大用也。

仰山慧寂说百丈得马祖之"大机"，原来不假。

第二天，师徒俩就继演了一场"马祖上堂，百丈卷席"的好戏。须知，"卷席"乃禅宗"说法"完毕之标志；这分明显示了怀海悟境中深藏禅机。禅门龙象，已跃上了新的台阶。一切都在不言中。《五灯会元》卷15载守亿诗云：

> 马祖才升堂，雄峰便卷席。
> 春风一阵来，满地花狼藉。

确如其诗所云，百丈的卷席，果如一阵春风，将浮华言辞吹落净尽。

后来，这位南禅中的精英，便创制了具有划时代意义的《百丈清规》。于是"天下神宗如风偃草，由（怀）海之始也"。

一日不作，一日不食（百丈怀海）

对百丈怀海禅师，禅宗史上有过高度评价："天下禅宗，如风偃草，禅门独行，由海之始也。"（《宋高僧传·怀海传》）须知，这种评价即便是对历代高僧而言，也是十分罕见的。然而这就是百丈怀海以其"一日不作，一日不食"的农禅建制之建立，而获得的历代禅僧的不绝赞誉。

据《祖堂集》卷14《百丈和尚》载：

> 百丈和尚嗣马大师，在江西。……师平生苦节高行，难以喻言。凡日给执劳，必先于众。主事不忍，密收作具而请息焉。师云："吾无德，争合劳于人？"师遍求作具，既不获，而亦忘餐。故有"一日不作，一日不食"之言流播寰宇矣。

这是说怀海禅师平素即为苦节高行之人，凡有劳动，怀海禅师一定是带头参加者。而院中管事见怀海禅师年事已高，不忍心看他那劳累的样子，便将其工具藏起来并请他休息。怀海禅师说：我不就是个无德之人吗，岂能让人为我劳动？当他到处找不到工具后，他也就不吃饭了。所以那"一天不劳动，一天不吃饭"的话，就传遍了天下。

怀海提倡的"一日不作，一日不食"，与他创立《禅门规式》亦即后世所称《百丈清规》中的核心理念完全一致。禅门中"马祖建丛林，百丈立清规"，其立清规之说即源于此。《百丈清规》的创立，使禅宗体制更加中国化，此对禅宗发展有极大助力。尤其是别立禅居，使禅宗僧侣从旧的教规中脱离出来；且不立佛殿，唯树法堂，充分显示了南禅那种独立自主之精神与思想品格。其实，在这种精神品格之后，还有着一系列的制度规则：怀海所制定的《禅门规式》，非常实际地制定了设立禅宗独立寺院、禅僧修行仪等具体方案（如寺中主持居于"方丈"室；不立佛、只建法堂；阖院大众，朝参夕聚，长老上堂升座，主事徒众雁立侧聆，宾主问酬，激扬宗要；斋粥随宜，二时均遍，务于节俭；实行"普请"之法，参加劳动，"上下均力"；管理上设十个职务，每个职务又各设一主持者，如"饭头""菜头"等；对假冒或违犯清规者则"以拄杖杖之，集众烧衣钵道具"，且驱逐出院）。如此严密的制度规则，且一直严格付诸实行，无怪宋代赞宁在其所著的高僧传中盛赞怀海："禅门独行，由海之始。"诚非虚言。

其实，百丈怀海作为中国禅宗思想史上的重要人物，不仅因其上承马祖洪州宗风而制定了百丈清规，且以其极富特色之禅风而对后来之沩仰宗尤其临济宗等宗风的形成、发展具有深远影响。百丈怀海的禅学由于非常强调和推崇超越相对系缚的"去住自由"的绝对自由或绝对本体境界，因而同时主张在佛教教学和禅法修行的方法上，要透过"三句"来理解、处理和把握佛教教法和一切万法，最终形成了要求"心如虚空，不滞一法"的纵横自在、自由任运的禅风，并善以灵活多变的机用来接引学人。除精进修行之外，每日饮食必不可少，务于节俭，要表现出法食双运的根本大义。此外，僧人活动还有一项重要的内容，即是行"普请法"。作为维持禅寺生存而从事的基本生产劳动，其中包括播种、除草、收割等田野劳作，还有打柴、挑水、烧饭、丧葬等日常劳作。行普请法，不论上下，各尽所能，共同参与。一方面在于解决僧人修行的生活来源问题，另一方面又体现了修行在日常生活当中的深意。普请之法作为制度规定下来，也特别体现出百丈怀海的农禅并重、"一日不作，一日不食"的思想。当知，在这一理念基础上制订的清规，自真正实现之日起，它便意味着禅宗完全建立了自己的禅修方式；这无疑是"佛教中国化"途程中不可缺失的一环。

此公案对现代人最大的启示就在其独立自主的精神。在任何时空条件下，若无此种精神，即失去立足之地，岂有"大自在"之谈！重要的是，这种精神还涵括着肯定自我，否定权威偶像化、偶像崇拜的品格，须知，这在佛教历史上是极为难得的精神，它透显出怀海禅师的一种极为坚定而贞洁的内在品格。进言之，怀海精神更重要的启示还在：他是一位禅门中的改革大师，有胆识，敢想敢做；立得住，更担得起。

灵光独耀，迥脱根尘（怀海禅师）

"灵光独耀，迥脱根尘"是怀海禅师的上堂开示语，据《古尊宿语录》卷一载：

> （怀海）上堂云："灵光独耀，迥脱根尘。体露真常，不拘文字，心性无染，本身圆成。但离妄缘，即如如佛。"

此中所谓"根尘"，在佛教中"根"是指六根之眼、耳、鼻、舌、身、意；而尘亦指六尘：即色、声、香、味、触、法等六境。"妄缘"指的是虚妄之缘由。百丈怀海这一上堂开示要说的是：真正的灵悟之光，是独自照耀的，它远远地超脱了六根六尘。而本心（自性）之显露则是真实而永恒的，全然无须拘泥于言语文字之中。若心性清净而无污染，其本身即是圆满无缺的。你一旦远离虚妄之所在，当下便契于真如佛法。所以怀海本人是常用顿悟法门来启悟学人的，为让学人不被境惑而获得禅悟，他甚至启发学人先歇诸缘而休息万事，因为本心之源是本无诸缘诸念的，是不涉万事的，故能将念头一歇，直下就本心显露了；而本心显露也即是"见性"。

当然，对怀海禅师而言，真要达至"体露真常，不拘文字，心性无染"的境界，远非如此简单。所以怀海仍教导弟子们如何辨别并把握各种禅门用语：总语、别语、了义语、不了义语，清语、浊语，生语、死语等；且须善用佛教"不二"之理念修行传法。他甚至以佛教著名的"三句"思维套路：常—非常—非常非非常，来要求弟子们做到超越此三句之上，而无有任何执著。在怀海看来，只有"透过三句外"，才有真"自由"。

怀海禅师被称之为马祖下的"三大士"之一，其《百丈清规》不仅使禅林有规可寻，且深涵自由精神的理念，使其禅悟境界，独树一格，灵光独耀。百丈怀海禅师的这一上堂开示，传达出的禅思内涵极其深刻，他让禅者理解了，每个人都是一自由的个体，其灵悟之光都在独自照耀着。禅者的境界，须在每一当下超脱六根六尘；其个体自具的本性方能呈显真实而永恒之道。此境界在怀海禅师那里，是一种极度的自我肯定。具此境界，自可在日常生活中巧通妙用、毫无障碍，而无须拘泥在言语之中。众生心性清净而无污染，其自身本来即圆满无缺，你只须离开那虚妄的缘由，保持那澄明之境，就即心如佛了。

注意，这里重要的是怀海禅师所言的"但离妄缘"，这是禅者进入"灵光独耀"境界之不可或缺之前提。而更为重要的则是，这则开示十分强调禅者个体的"自肯"——自我肯定精神，此乃百丈怀海极具创意的地方。每个禅者具备这种精神，其禅思才能巧通妙用，无有障碍，从而可在日常生活中契悟禅机，终至解脱境界。故此"灵光独耀，迥脱根尘"之大自在境界，是对禅者个体精神的极大强调。如若不能，则不脱根尘，终难圆成。

现代人不仅难有百丈怀海的这种"自肯"精神，更难得理解的是怀海何以倡言要先歇诸缘才能直下本心显露。其实，对怀海来说，这正是自在解脱理念的前提条件之一。

野狐落因果（百丈怀海）

百丈怀海的野狐禅公案，在历史上很有名，但却没有出现在《祖堂集》等早期禅宗文献中，而是出现在南宋无门慧开禅师的《禅宗无门关》中：

百丈和尚凡参次，有一老人，常随众听法。众人退，老人亦退。忽一日不退，师遂问："面前立者复是何人？"

老人云："某甲非人也，于过去迦叶佛时，曾住此山。因学人问，大修行底人，还落因果也无。某甲对云：'不落因果！'五百生堕野狐身。今请和尚代一转语，贵脱野狐。遂问："大修行底人，还落因果也无？"

师云："不昧因果！"

老人于言下大悟。作礼云："某甲已脱野狐身，住在山后。敢告和尚，乞依亡僧事例！"

师令无维那白槌告众："食后送亡僧！"大众言议："一众皆安，涅槃堂又无人病，何故如是？"食后只见师领众，至山后岩下，以杖挑出一死野狐，乃依火葬。

师至晚上堂，举前因缘。黄檗便问："古人错只对一转语，堕五百生野狐身。转转不错，合作个甚么？"

师云："近前来，与伊道。"

黄檗遂近前，与师一掌。

师拍手笑云："将谓胡须赤，更有赤须胡！"

无门曰：不落因果，为甚堕野狐。不昧因果，为甚脱野狐。若向者里着得一只眼，便知得前百丈赢得风流五百生！

颂曰：不落不昧，两采一赛。不昧不落，千错万错。

这个著名的公案又叫百丈野狐。说的是百丈禅师讲法，常有一老人来听；一次说法结束时，众人散去，唯独这一老人不离去。这引起百丈禅师的注意，便问：您老何来？老人答说：我不是人，我是野狐，在过去迦叶佛时曾在此山修行，当时有人问我："大修行人，还落因果吗？"我答："不落因果。"为此堕五百世野狐之身。如今，我想以同样的问题转问禅师，令我脱野狐之身：大修行人还落因果么？

百丈禅师答："不昧因果。"老人言下大悟，便对禅师说，我将在今夜死去，请您帮助我，明日到后山将我尸体以僧人的仪轨火化。次日午后，百丈禅师召集僧众说，大家一起为亡僧送行。寺内僧人奇怪，寺内大众都安好，也没有人病，不知为谁送行？禅师带着众人行至后山，在山后崖下，以手杖挑出一只野狐的尸身，用亡僧的仪轨将之火化。事后回堂，在晚间开堂说法时，将这一段野狐因缘说与众人听。这时，黄檗禅师在坐下参学，听后问道：他只回答错了一句话，便堕入野狐身，那么，如果说的是对的，又会生什么呢？百丈禅师答：你近前来，我与你细说。黄檗近前，却与百丈禅师一击掌。百丈拍手笑说：我以为只有那只红狐狸悟了，没成想，这里还有一位红狐狸。

此公案大可透见佛教因果观：一是，不落因果与不昧因果虽一字之差，然其含义却大不同。不落因果，具有否定因果之理；不昧因果，昧是暗昧、糊涂的意思。不昧就是对因果不暗昧，不糊涂，是对因果有正确的认知。大修行人，种下的业因仍需受报，比如佛陀在迦毗罗卫国亡国时头疼三日是受报当初敲鱼头三下的业；大目犍连神通第一，却甘愿被乱石砸死，他知道这是他的业。圣人在承受业力之时，心中对因果清明，不生起怨恨、恼害、悲苦之心，不再造作新业，这样才是不昧因果。野狐说不落因果，是因为对因果之理不明，错说佛法，因此他以身试法，落于因果之中；百丈禅师是不昧于因果，既然能对因果明了，自然就能不再沉溺于因果当中，这也是野狐听后有悟并脱野狐身的原因所在。因迷，所以入野狐；因悟，而脱野狐。百丈禅师在最后赞叹黄檗是红狐狸，说明黄檗也是悟了，既已成悟者，自然能深刻体察因果之理。故此，可称之为不昧因果。两人击掌而笑，即是会心一击，会心一笑。二是，因果关系，并非如口口相传的"善有善报，恶有恶报"，"一报还一报"，"种瓜得瓜，种豆得豆"等简单、单一循环的关系。因果关联错综复杂，并非一言两语所能概括，但是，相对于"善有善报"，笔者更倾向"善有乐报，恶有苦报"。读经典佛语，关于善恶的因果说，大多以"善乐，恶苦"进行说明；现实当中的因果呈现，也确实以"善有乐报，恶有苦报"来解释更为贴切。因此，虽然不敢说"善有善报"之语是错误的，但"善有乐报，恶有苦报"却是更符合佛法。三是，一字之差堕五百世野狐身，这应该是针对佛教说法、著文者的告诫——所谓"依文解字，三世佛冤"，诸多出世的妙理如果用凡情来解释，差的可不是十万八千里那么远；因此，说法、著文须慎重，错说一字，即是堕落的开始。

相对传统而言，现代人多不讲究因果，更谈不上敬畏因果。须不知不为因果所缚，唯成道者是也——超越因果始能成佛。那老人答学人所问：大修行人还落不落因果。他答不落因果，即是就超越因果而说的。他却不知，大修行人虽是依超越因果而见，然并非否定因果；若说不落因果时，便是著意于无因果，如此便毁坏了世俗，终成野狐禅。果不其然，他便是堕五百世野狐身。须知百丈下转语说不昧因果，是对因果透彻之语，唯透彻方可超越。毕竟，超越因果并非否定因果。"不昧"当然与"不落"大不同，其尊重因果而不为因果所缚，方是大自在。须知，"不落"与"不昧"，虽都同是超越因果，然前者毁坏文化制度与世俗，后者则尊重历史、敬畏因果。

讲因果，是智慧，是佛教智慧的结晶。今人仍应从中悟及因果与善恶报应的内在关系，从而在生活中行止得度，从容自在。

东过西边立，西过东边立（西堂智藏）

这是马祖弟子西堂智藏的一则公案。《五灯会元》列西堂智藏为南岳下二世，马祖道一禅师法嗣。著名的马祖门下"三大士"，即为西堂智藏、百丈怀海、南泉普愿。

西堂智藏（735—814），俗姓廖，虔化（今江西宁都）人，8岁出家，后投马祖道一门下，深得马祖器重而成为洪州宗传人。马祖圆寂后，智藏曾出住赣州西山堂，世称西山和尚，又称西堂智藏。唐宪宗谥大宣教禅师，唐穆宗谥大觉禅师。新罗僧人道义入唐，至智藏门下参学心法，受其法脉；822年回国后传南宗禅，成为后来的朝鲜禅门九山之一的迦智山派。

据《五灯会元》卷3《西堂智藏禅师》载：

> 一日，大寂遣师诣长安，奉书于忠国师。国师问曰："汝师说甚么法？"师从东过西而立。国师曰："祇这个更别有？"师却从西过东边立。国师曰："这个是马师底，仁者作么生？"师曰："早个呈似和尚了也。"

这公案说的是西堂智藏在慧忠禅师（六祖慧能的弟子）面前接受勘验之事。此中"大寂"即马祖道一，马祖派智藏到长安给南阳慧忠禅师送信，慧忠当即问智藏：你师父马祖道一在说什么法？智藏不答，只是从东走到西边，然后站立在那。慧忠再问：只有这个？还有别的吗？智藏仍不答，又从西走到东边。慧忠此时指出：你这一套分明是马大师的吗！说说您自己吧，您自己在做些什么呢？智藏这时不得不答：我这不已经呈示给大和尚了吗。

这公案当然深藏禅机：首先智藏不回答慧忠，且从东到西，从西到东。这个无言过程就极有深意。一方面是告诉慧忠禅师，马祖并未传授多少禅法，平常得很，不过那"平常心是道"。二方面，则是他自己含藏更深禅机之表征：从东到西，是禅；从西到东，亦是禅。纵横自在，无非道场；行亦禅，坐亦禅，语默动静体安然。故东西立处皆禅，行住坐卧亦禅。何须分东西，何须分行坐。平常自在即为自性显露，这就是智藏向国师慧忠所传达的平常心禅境。西堂智藏在当时就能享有很高声誉决非偶然，唐枝的《西堂大觉禅师塔碑铭》甚至将其与在京城传法的马祖另一弟子兴善寺惟宽相比，誉之为当年的"南能北秀"；而事实上智藏本人也极受江西官员的崇敬。

常人在生活中，即便偶有"平常心"呈显，也难长时持守。这就需要像禅师们那样作不间断的"保任"之修。马祖道一的这些弟子如智藏禅师等，就不仅是深悟"平常心是道"的禅者，更是保任无懈的高僧。对他们而言，不仅过东过西、行住坐卧是禅；着衣吃饭、阿屎放尿亦有禅。平常心之下，只要你不执东执西，不执坐执卧，就已处平常道中了。

藏头白，海头黑（西堂智藏）

这也是西堂智藏师徒之间的一则很有意思的公案。据《五灯会元》卷3《西堂智藏禅师》载：

> 僧问马祖："离四句、绝百非，请师直指西来意。"祖曰："我今日劳倦，不能为汝说得，问取智藏。"其僧乃来问师。师曰："汝何不问和尚？"僧曰："和尚令某甲来问上座。"师曰："我今日头痛，不能为汝说得，问取海（百丈怀海）兄去。"僧又去问海。海曰："我到这里却不会。"僧乃举似马祖。祖曰："藏头白，海头黑。"

禅宗公案中不少涉及"祖师西来意"者，此非偶然；禅师们多有此问。解决这一问题，似可打开诸多谜团与禅师们的心结。此公案中的僧人，则在问"祖师西来意"之前有意提及"离四句、绝百非"的问题。这实际上是一个佛法中的四种判断格式：所谓"四句"，通常为：A；非 A；A 非 A；非 A 非非 A。这纯属一个表征形式。而所谓"百非"，也就是指对事物反复多次的否定。和尚问马祖，是要马祖在离开这"四句"与"百非"的前提下，直指祖师西来之意。马祖说他很累，叫他去问智藏禅师，智藏则托说头痛，让和尚去请教师兄怀海，怀海直说他不会回答。这就让和尚带着问题转了个圈，重又回到马祖这里；和尚将此情形整个转回给马祖，马祖十分自然地说道："藏头白、海头黑。"意为：你自己看看吧，年长的智藏是不是头发已白，而年轻些的怀海是不是头发尚黑？

这不是不着边际的回话吗！的确，就是不着边际。须知，南宗禅对达摩祖师西来之意，本就是不能用语言去表达的。你那"离四句，绝百非"的前提，更是无须回答的。当然，这只是公案的第一层涵义。

当然有更为深层的意义，不然此公案不会流传千年而成经典。马祖的禅机或深意，是让你透过智藏头白，怀海头黑，去看日常生活的平常道——真理现成，佛旨亦如此像头白头黑这般简单纯然！万事万物，在日常生活中都在各各呈显其禅道。一切都如此现成，处处都是禅，件件都显道。你自己看不到，还在问东问西；穿衣服的自己，还在到处找衣服穿；吃着饭的自己，仍在到处寻饭吃。

当然，公案中所谓"藏头白，海头黑"，还可作一解：此中所谓白与黑，即指白帽与黑帽，此则是在诠释典故。传说中有二盗，一是戴白帽，一是戴黑帽，黑帽强盗施诡计而抢去白帽强盗夺得之物，而黑帽强盗较白帽强盗更显无情而透彻。本则公案中，僧所问之"祖师西来意"，实乃超越肯定与否定的二元对立，故非言语所能表达者。马祖推诿不答，而西堂智藏推说头痛，意下似谓若非生病，则有可能有去作答。相形之下，百丈以"我到这里却不会"断然拒绝回答，却显干脆。此情形下马祖谓："藏头白，海头黑。"其深意即谓百丈较西堂更为无情、透彻。

南禅发展到洪州禅马祖一系，虽极重日常生活中的悟道，实际上同时也极重练达经教，马祖就劝弟子要通达经教。如西堂智藏的传记中便记载了这样一段对话："马祖一日问师云：'子何不看经？'师云：'经岂异耶？'祖云：'然虽如此，汝向后为人也须得。'曰：'智藏病，思自养，敢言为人？'祖云：'子末年必兴于世也。'"马祖之所以预言智藏日后必有发达之时，实在是看准了智藏既重悟又重修的特质。而在下面这个公案中，就更加淋漓尽致地体现出智藏的特色：一天马祖和弟子西堂智藏、百丈怀海、南泉普愿一起赏月，马祖忽问：就现在这时候怎么样？西堂智藏说：正好供养；百丈说正好修行，南泉则拂袖而去。马祖就说：经归藏，禅归海，普愿独超物外。这个"经归藏"的"藏"当然是指智藏，而这一说法十分透彻地表征了智藏禅法中是如何注重练达经教的。

智藏同时注重经教与实修，为后来江西宁都的临济一系特色之形成打下了深厚底蕴。而智藏禅法所表现出的这种特点，实又可概之为宁都禅佛重经教与实修的传统。

自家宝藏（慧海禅师）

这是马祖道一对其弟子大珠慧海的一则经典开示，它为洪州宗"即心即佛"的核心理念作了最佳诠释。

大珠慧海，生卒年不详，建州（今福建建瓯人），俗姓朱，早年在越州（今浙江绍兴）大云寺师事道智法师，后到江西参谒马祖道一。据《景德传灯录》卷六：

> 越州大珠慧海禅师者，建州人也，姓朱氏。依越州大云寺道智和尚受业。初至江西参马祖，祖问曰："从何处来？"曰："越州大云寺来。"祖曰："来此拟须何事？"曰："来求佛法。"祖曰："自家宝藏不顾，抛家散走作什么！我这里一物也无，求什么佛法？"师遂礼拜问曰："阿那个是慧海自家宝藏？"祖曰："即今问我者，是汝宝藏，一切具足更无欠少，使用自在，何假向外求觅？"师于言下自识本心，不由知觉。踊跃礼谢。

可见，大珠慧海是在马祖道一的开示下当即获悟的；开悟后，他在马祖身边学法六年，是马祖弟子中最早去江浙一带传播洪州禅法之人，撰有《顿悟入道要门论》一卷。上面这则开示的关键就在如何看待佛法与"自家宝藏"的内在关联。当马祖一问这位弟子有何打算时，弟子当即回答是来求佛法的。马祖反诘道：自家的宝藏都一屑不顾，而抛家奔走干什么？我这里一件东西也无，你来求什么佛法？慧海即刻礼拜而问道：阿那个是我慧海的自家宝藏呢？马祖再答：眼下问我的，就是你要的宝藏；你一切具备，丝毫不少，完全可以自在无碍地施展使用，哪里需要到外面去寻觅呢？慧海当下大悟，洞见了自己的本心，省悟后慧海欢喜踊跃，礼谢马祖。后来有人将慧海的《顿悟入道要门论》呈马祖阅读，马祖读后高兴地说：越州有一颗大明珠了，圆满澄明，慧光透彻，自由自在，无有被蒙蔽、障碍的地方。

"自家宝藏"是南禅中最具创意的核心理念，它强调的是人人所具、原无缺欠的佛性；所谓"一切众生皆有佛性"。进言之，这佛性是众生本具的，决非向外求来的，向外求也求不来。马祖之所以常启示门人各自去体悟自性，缘由就在若不能由你自己亲自体悟，就无法达到真正的解脱——旁人的体验终究是旁人的，你一执著于他人之念，或执著于经文，都无助于你真正彻悟而获解脱之道。须知，这一"自家宝藏"

说，实际上是直承六祖慧能的"直指从心，见性成佛"的禅旨，而事实上慧能这一宗旨又是立基于众生本具佛性这一理念之上的。洪州禅将其发展至极端，特别是慧海后来甚至倡言"无道可修"，使不少入门学禅者无可理解；但实际上其"无道可修"，仍有其内在逻辑基础，这一基础即其在《顿悟入道要门论》中的"本自无缚，不用求解"之禅旨上。当然，此中更紧要的是，所谓"本自无缚，不用求解"仍是有前提的；这一前提即"不用舍众生心，但莫污染自性"。此后一句就来自他的师父马祖道一强调的莫污染自性。

因而，综括地说，南禅虽突出强调"自家宝藏"，但同时也让你保持切莫"污染自性"的道行，这在慧海看来，一点也不矛盾。你只须在日常生活中心地清净，顺从自然之道，该干什么就干什么，而不是向外执著地求什么解脱之道，自然会悟及解脱之道其实是无所不在的。当然，你要保持澄明之境；而保持澄明之境则须有保任功夫而莫污染自性。所以慧海本人就反复强调："解道者，行住坐卧无非是道；悟法者，纵横自在无非是法。""法身无象，应物现形；非离世间而求解脱。""不用舍众生心，但莫污染自性……本自无缚，不用求解。"① 这实际上是在说修行就在生活当中，不必执意去求什么解脱之道。这与他"净秽在心，不在国土""若心清净，所在之处皆为净土"② 的主张是完全一致的。可见，南宗禅在强调悟解心体本源之后，还是相当关注保任功夫的。这在我们后面要讲到的多则公案与开示中都能体现出来。

现代人为什么易在各种"利欲"面前迷惑自心乃至"利欲熏心"呢？就是因为其在周遭的利欲场中无法摆脱种种诱惑，终至失却自性的澄明之境。对此，"自家宝藏"能给出的提示，恐怕就不止是如何养育、持有自己那颗"清净之心"了，还要坚信自己本有的、内在的佛性，从而在日常生活中坚守自家宝藏而不致"污染自性"。

---

① 《大正藏》卷 51，《大珠禅师语录》卷下。
② 《大正藏》卷 51，《大珠禅师语录》卷下。

芥子纳须弥（归宗智常）

"芥子纳须弥"是马祖道一弟子归宗智常的一则公案。

智常（约8世纪下半叶到9世纪上半叶在世），江陵（今属湖北省）人，俗姓陈。六祖慧能三世法嗣。出家后，得法于马祖道一禅师，元和年间（806–820）住庐山归宗寺。他目有重瞳，曾用药去除，致双目皆赤，故人称"赤眼归宗"。圆寂后唐文宗谥号"至真禅师"。

据《五灯会元》卷3《归宗智常禅师》载：

> 江州刺史李渤问："教中所言：须弥纳芥子，渤即不疑。芥子纳须弥，
> 莫是妄谭否？"师曰："人传使君读万卷书籍，还是否？"曰："然。"师曰：
> "摩顶至踵如椰子大，万卷书向何处着？"李俯首而已。

"须弥"一词原是梵文音译，相传是古印度神话中的名山，在佛经中也称为"曼陀罗"。同时这个须弥山在佛教中极具意义，它又称须弥楼、曼陀罗，是古印度神话传说中的名山。据佛教观念，它是诸山之王，世界的中心，为佛家的宇宙观。而"芥子"是芥菜的种子，有白、黄、黑之品种。芥子，极其微小。"须弥芥子"，言偌大的须弥山纳于微小的芥子之中，暗喻佛法之精妙，无处不在；又意谓偌大须弥山塞进一粒小小菜籽之中而刚刚合适。可见佛法无边，神通广大；还形容诗文波诡变幻，才思出众。《维摩经不思议品》："若菩萨住是解脱者，以须弥之高广，内芥子中，无所增减。"

唐朝江州刺史李渤，有一次问智常禅师："佛经上所说的'须弥藏芥子，芥子纳须弥'，我看未免太玄妙离奇了，小小的芥子，怎么能容纳那么大的一座须弥山呢？这实在是太不懂常识了，是在骗人吧？"

智常禅师听了李渤的话后，轻轻一笑，转而问："人家说你'读书破万卷'，是否真有这么回事呢？"

"当然了！当然了！我何止读书破万卷啊？"李渤显出一派得意洋洋的样子。

"那么你读过的万卷书现在都保存在哪里呢？"智常禅师顺着话题问李渤。

李渤抬手指着头脑说："当然都保存在这里了。"

智常禅师说："奇怪，我看你的头颅只有椰子那么大，怎么可能装得下万卷

书呢？莫非你也在骗人吗？"

李渤听了之后，立即恍然大悟，豁然开朗。

宇宙中每一粒微尘，都可含纳宇宙整体的信息，这是禅者的哲学思维。而一切的禅理，有时须从具象的事上去说明，有时须从抽象的理上去解释。所以，要知道宇宙世间，事上有理，理中有事；须弥藏芥子是事实，芥子纳须弥是禅理。如真能明白理事本无碍，方能游刃有余地直入禅道了。

此则公案对我们今天"一与多""特殊与普遍"关系的思维，仍极具启示意义；尤其可贵的是，它是在极为具体的情境中来展现深刻哲理的。

一味禅（归宗智常）

这则公案，是以归宗智常禅师接引学人的施设，来倡言顿悟的"一味禅"。据《五灯会元》卷3《归宗智常禅师》载：

> 僧辞，师（智常）问："什么处去？"曰："诸方学五味禅去。"师曰："诸方有五味禅，我这里只有一味禅。"曰："如何是一味禅？"师便打。僧曰："会也！会也！"师曰："道！道！"僧拟开口，师又打。僧后到黄檗，举前话。檗上堂曰："马大师出八十四人善知识，问着个个屙漉漉地，只有归宗较些子。"

公案表面看是五味禅与一味禅之间的比较，但实际上是在倡导具有超越性的顿悟禅，也就是一味禅。"一味禅"与"五味禅"是相对而言的佛学术语。圭峰宗密曾指出过：五味禅指的是外道禅、凡夫禅、小乘禅、大乘禅和最上乘禅等五种。其由浅入深，呈显出层级的差别与逐渐修习的阶段性。圭峰宗密在《禅源诸诠集都序》卷一中解释说："带异计，欣上厌下而修者，是外道禅。正信因果，亦以欣厌而修者，是凡夫禅。悟我空偏真之理而修者，是小乘禅。悟我、法二空所显真理而修者，是大乘禅。若顿悟自心本来清净，元无烦恼，无漏智性本自具足，此心即佛，毕竟无异，依此而修者，是最上乘禅，亦名如来清净禅，亦名一行三昧，亦名真如三昧；此是一切三昧根本，若能念念修息，自然渐得百千三昧。"而一味禅是指纯一无杂之最上乘禅，亦即顿悟禅；禅宗谓不立文字、顿悟而明之禅。

该公案说的是智常禅师门下的一位僧人要行脚、游方，寻访高道。智常问他去哪？其回答是"诸方学五味禅去"，这里的"诸方"，即指各地禅寺、禅师；可见是位有志禅者。智常指点他：你现在到哪里都可学五味禅，但我这里只有一味禅。当那僧人继问什么是一味禅时，却遭智常禅师一顿打。为免打，僧人忙说：我知晓了，知晓了。下面出现的情景就有些出人意料：智常禅师即要那僧人回答，但那僧人刚要开口，便又遭打。此中便可看出南宗禅的一点门道——满满知见的禅者，开口即错，拟议即乖；何能让你继续下去，以"打"的施设中断你的思维，这才让你有点获悟的可能性。后来这位遭打的僧人到黄檗禅师那里，将整个经过和盘托出，黄檗希运倒是大大赞扬了归宗智常一番。黄檗希运乃禅门虎将，何等人才！连马祖门下的84

位善知识也要贬一番，说他们一被提问，就个个"屙漉漉地"，意谓其回答问题不干脆利落、粘糊疲软。还是你智常稍强点呢！

倡导"一味禅"，实质就是倡导顿悟禅，这是六祖慧能之后、马祖洪州禅的最具特色的地方。黄檗希运如此、归宗智常亦如此。

顿悟之道，来不得半点勉强；勉强是功夫未到的旁证。自心清净，是得到顿悟的前提条件。然禅者总要以顿悟境界为最终目标，这是我们可从这一公案中汲取的智慧。

大雄山下一大虫（黄檗希运）

这是《五灯会元》卷四所载关于黄檗希运的一则公案：

> 丈（怀海）一日问师："什么处去来？"曰："大雄山下采菌子来。"丈曰："还见大虫么？"师便作虎声。丈拈斧作斫势。师即打丈一掴。丈吟吟而笑，便归。上堂曰："大雄山下有一大虫，汝等诸人也须好看。百丈老汉遭一口。"

黄檗希运（？—855）是马祖道一的法孙，百丈怀海的法子，自幼于江西高安的黄檗山出家，大致活动于8-9世纪间，是临济宗的关键人物。他的《传心法要》《宛陵录》是禅宗史上极富创见的文献。沩仰宗祖师沩山曾问仰山："马祖出八十四人善知识，几人得大机？几人得大用？"仰山云："百丈得大机，黄檗得大用，余者尽是唱导之师。"沩山说："如是，如是。"黄檗希运承续了马祖、百丈之法脉，造就出了以喝而著称的临济禅师，历经临济禅师的发扬光大，便形成了源远流长、遍地开花的临济宗。黄檗希运是临济宗的重要人物。希运禅师因住持江西宜丰黄檗山，世称黄檗禅师。大唐名相裴休对其道风曾有一总评价："其言简，其理真，其道峻，其行孤。"他"要度自度""超师之见""大唐国里无禅师"的作派，都显示了极大气魄、极强个性与高卓见识。而"大雄山下一大虫"与"羚羊无迹"的公案，则分别显示了他热辣与透脱的禅锋机用。

先看"大雄山下一大虫"这则公案中的玄机：

那一次正碰上黄檗从山下回来，百丈劈头便问："从哪里来？"黄檗回答："刚从大雄山下采菌子来。"

谁知百丈又再发问："遇见老虎了吗？"

显然此问中大有禅机。黄檗灵气十足，即刻手舞足蹈地模仿起老虎，并作虎吼，哪知百丈随手抄起一把斧子，并作斫（杀）势。不意黄檗一个箭步窜上，给了师父一巴掌。

奇就奇在百丈遭此一掴，反笑呵呵召集大家到法堂说："大雄山下有一只老虎，今后你们都小心些，老汉我今日亲遭他一口。"

现在我们知道，所谓临济棒喝，其实最早源于此。而在这一师徒对峙的开局中，百丈与黄檗都在展显自身的体验。但似乎都隔着一层，没有落在实处。只有在那一记响亮耳光落下时，在那面颊热辣辣的一阵，他们师徒二位才都确确实实地感受到了真如佛性。须知，山林之王为虎，而见性之人不更是万法之王？黄檗敢作虎啸，实是见性开悟的一种真实表征，百丈心明肚知，更作斧斫之状，则显然是要勘验徒弟是否真的见性。继之，我们看到的是，开悟法王的无所畏惧，黄檗动手就是一掴！禅机的真正体验，从这一刻被师徒俩着实把握住了。

现代人可从中汲取的智慧营养即在，越是见识高卓，就越有自由驰骋的空间。黄檗希运其人其事，即是禅者之明证。

羚羊无迹（黄檗希运）

再说一则黄檗"羚羊无迹"的开示，其实它与"羚羊挂角"成语的内涵是一致的。这则开示仍见于《五灯会元》卷4：

> 师因有六人新到，五人作礼，中一人提起坐具，作一圆相。师曰："我闻有一只猎犬甚恶。"僧曰："寻羚羊声来。"师曰："羚羊无声到汝寻。"曰："寻羚羊迹来。"师曰："羚羊无迹到汝寻。"曰："寻羚羊踪来。"师曰："羚羊无踪到汝寻。"曰："与么则死羚羊也。"师便休去。明日升堂曰："昨日寻羚羊僧出来！"僧便出。师曰："昨日公案未了，老僧休去。你作么生？"僧无语。师曰："将谓是本色衲僧，元来只是义学沙门。"便打趁出。

中国古代文化中有此传说：羚羊夜宿，将角挂于树上，脚不着地，这使得猎者无踪可寻。禅宗借喻禅之根本特征就在"无迹可寻"；当然，更非文字语言所能及。禅门多有关于这一话题的开示、公案或故事。如义存禅师就曾对弟子们说：你们总喜欢在言语中打转，我如果东说西讲，你们也就东寻西觅。但我若羚羊挂角，你们又到哪里去寻觅呢？（义存禅师的这一公案载于《景德传灯录》卷16："师谓众曰：'我若东道西道，汝则寻言逐句。我若羚羊挂角，汝向什么处扪摸？'"）

黄檗希运这则公案是说：有一日黄檗山上来了6位禅僧，其中5位向黄檗行礼，另一人则拿起座具在空中比划了一个圆相，然后静等黄檗反应。

黄檗说："我听说有一只猎狗很凶。"

那僧人说："它是寻觅着羚羊的声音而来。"

黄檗接着说道："羚羊没有声音让你找。"

僧人说："那就是寻觅着羚羊脚印来的。"

黄檗说："羚羊没有足迹可找。"

僧人说："那就寻觅羚羊的踪影来。"

黄檗说："羚羊更无踪影可寻，你究竟怎样寻觅？"

僧人稍停片刻，喃喃说道："果真如此，就是一只死羚羊了。"

确实，羚羊不仅十分机灵，且颇富警惕性，夜间把角挂在树上，身不着地，无迹可寻。

　　佛教用"羚羊无迹"一语，当然是比喻佛法空灵无滞。深受佛理影响的严羽也在其《沧浪诗话·诗辩》中，也以"羚羊挂角""透彻玲珑，不可凑泊"来评论诗的超脱禅境。这则公案告诉人们，学禅就如猎犬寻觅羚羊，虽无踪无迹，但可体味；虽无形无相，却妙用无穷。但那僧人被逼死角上时，说出一句"死羚羊也"，则大煞禅趣。

　　在禅中，"无"是能变现万有的，而万有亦终归于无。佛教所谓"无常"，就内涵着万事万物不断变化的根本道理；且事物之存在，也是有条件（缘）的，条件的变化，也意味着事物的变化。在佛教哲学中，宇宙没有任何事物是永恒不变的。

　　黄檗就是这样一个见地高拔、傲视群雄的禅师。就连宣宗皇帝出家在他门下时，也曾有一次，两边脸颊各挨他一巴掌。故黄檗圆寂时，皇帝仍忘不了这两巴掌，而想赐他一个"粗行沙门"的号，只是裴休反复解释："那是打掉皇上您心中的分别心"，"那是一种前后际断，灵明不昧的禅境"，宣宗皇帝这才释然，才重新赐黄檗一个圣号："断际禅师"。

　　这则开示实际也是一则公案。它的最大启示就在：灵妙之境，不在实相著求之中，越是寻踪著求，越是不着边际；最灵妙之境就在那无声、无迹、无踪、无影之中。可见，南禅尤重艺术境界，在艺术境界中获悟，其妙处正是严羽所说的透彻玲珑，不可凑泊。身处嘈杂之中的现代人，难道不可从中获得些空灵妙思吗？

形于纸墨，何有吾宗（黄檗希运 裴休）

这是裴休与黄檗希运之间的一则公案。据《景德传灯录》卷9《洪州黄檗希运禅师》载：

> （裴休）又请师至郡，以所解一编示师。师接置于坐，略不披阅。良久，云："会么？"公云："未测。"师云："若便恁么会得，犹较些子。若也形于纸墨，何有吾宗！"

在这颇有意味的对话中，核心之语只在一句"形于纸墨，何有吾宗"。公案以裴休延请希运禅师到他住所开始，他以其所编的诠释禅理之书让希运过目。希运只是接过，置于座上，并不加披阅；过了许久，才傲然问道：你能理解吗？裴休说：未得深解。希运即不客气地指出：可能只说得上马马虎虎、稍稍过得去吧。若要著于纸上，形成文章，那我们禅宗还是禅宗吗？

对希运这样的悟性极高的禅师来说：诸佛妙理，非关文字。他多次告诫学人：当体便是，动念即乖；著相外求，求之转失。学道人若欲得成佛，一切佛法总不用学，唯学无求无著。而他的《传心法要》，就由裴休集成，其为希运禅师的代表之作，核心宗旨即在：即心即佛，无心是道。可想而知，"形于纸墨，何有吾宗"一语，完全可表征希运的无心是道的禅道理念。

其实希运《传心法要》中最重要的一句话是："祖师西来，直指人心，见性成佛，不在言说。"（《大正藏》卷48，《传心法要》）这正是禅宗最具特色的地方，可作为禅宗与中国佛教其他宗派的区别之所在。希运还对裴休开示说："自达摩大师到中国，唯说一心，唯传一法。以佛传佛，不说余佛；以法传法，不说余法。法即不可说之法，佛即不可取之佛，乃是本源清净心也。"（《大正藏》卷48，《传心法要》）可见其着眼点就在让人们体悟"自性"而直探心源，把握"自性"而自修自悟。

生活中，我们亦常见此等人，动辄形于纸墨，自认高深，喜作人师，其实误人不浅。若能学点禅宗，哪怕稍知禅宗妙理是如何地非关文字，而切实在日常修行中悟见真理，恐多少能放下些担子，从而多些自在精神。

惟是一心，更无别法（黄檗希运　裴休）

这又是一则《黄檗山断际禅师传法心要》中所载希运禅师对裴休的开示之语：

师谓休曰："诸佛与一切众生，唯是一心，更无别法。此心无始以来，不曾生、不曾灭，不青、不黄，无形、无相，不属有无，不计新旧，非长、非短，非大、非小，超过一切限量、名言、踪迹、对待。当体便是，动念即乖。犹如虚空，无有边际，不可测度。唯此一心，即是佛。佛与众生，更无别异。但是众生著相外求，求之转失。使佛觅佛，将心捉心，穷劫尽形，终不能得。不知息念忘虑，佛自现前。

此心即是佛，佛即是众生；众生即是佛，佛即是心。为众生时，此心不减；为诸佛时，此心不添。乃至六度万行，河沙功德，本自具足，不假修添。遇缘即施，缘息即寂。若不决定信此是佛，而欲著相修行，以求功用，皆是妄想，与道相乖。

此心即是佛，更无别佛，亦无别心。此心明净，犹如虚空，无一点相貌。举心动念，即乖法体，即为著相。无始已来，无著相佛。修六度万行，欲求成佛，即是次第。无始已来，无次第佛。但悟一心，更无少法可得，此即真佛。"

这里要先确定的是，希运禅师在整篇《传心法要》中所言之"心"，实质上就是禅宗所言"自性"，而"自性即佛"则是六祖慧能之后南禅所确立的最重要命题。希运的禅法，可谓将"心"一元化推到极致的地步。《传心法要》作为其代表作，基本思想就是"即心是佛"四字，此与马祖"即心即佛"并无差别。然希运禅师这一《传心法要》却是真正建立了"唯是一心，更无别法"的即心是佛之禅学基石。

希运禅师对裴休谈禅道，他指出：诸佛和一切众生，只是这个"心"，再无别的什么了。而且，这个"心"自旷古以来，不曾产生、也不曾消失过；不是青色也不是黄色，无有形状也无有外貌；不属有的范畴，也不属无的范畴；也无所谓新，无所谓旧；不是长的，也非短的；不是大的，也不是小的。因而超越一切数量范围、语言概念、外在踪影迹象、事物分别之二元对立。心体即性体，"心"当下便呈显，一起念就错。恰如虚空没有边际，无法测量。须知：唯有此一"心"，才是佛，而佛与众生是没有差别的。然而众生拘泥于外在事相而向外寻求此心，却反而失去此心。须知在名相上让佛去找佛、让心去捉心，是永远求不到佛法的。而在心体上息灭念想、却去思虑，使心体如明镜一般，佛就自然现前。此下的两段，无非都是在强化"此心即是佛，佛即是众生；众生即是佛，佛即是心"的思想，从而真正确立起"唯是一心，更无别法"的命题。当知，这个思想命题，实是通向"缘息即寂""此心明净"禅修之路。第二段中所讲"六度万行"，其六度即指布施、持戒、忍辱、精进、禅定和智慧，是六种达至涅槃的方法；而"万行"，则显然是指所有一切修行方式。故希运这一《传法心要》，不光是在讲心体，更是借此通向与道相偕的禅修。

希运禅师坚信：达摩来中国唯说一心，唯传一心；心即是法，法即是心。此心是本体，是众生本有之自性，亦即是永不变易之佛性。希运《传心法要》对"心"体的凸显，是其在中国禅宗史上的一大贡献，更为重要的是，他将这套心体理论置于其禅修实践中，让禅者在修行实践中坚定不假外求、不失本心、无著于相、不乖于道的信心；此实为临济义玄的创宗铺平了道路。

儒家也讲"心体"之心，而其理论多从禅佛思想中来，思维方式更是浸染于禅；现代新儒家亦大讲心体与性体之内在关系，此中大可透见禅学之源头。今人若要深探"明心见性"之禅旨，仍应从希运《传心法要》中去发掘深刻的思想内涵。

吃茶去（赵州从谂）

　　"吃茶去"，是赵州从谂禅师的禅语，来自从谂禅师的一个著名公案。我们这里之所以要将赵州和尚的公案列出，首先是因为他是正宗的洪州禅门中人，且是大力弘扬马祖禅风的洪州禅门人。

　　赵州从谂禅师（778-897）是马祖的法孙。俗姓郝，曹州（今山东曹县）郝乡人。晚年久居河北赵州观音院（今河北赵县柏林禅寺前身），故时人多以"赵州"相称。早年参马祖弟子南泉普愿而开悟，归寂后，谥真际大师。

　　据《五灯会元》卷四与《赵州语录》载：

> 师问二新到（僧）："曾到此间么？"曰："曾到。"师曰："吃茶去。"又问僧，僧曰："不曾到。"师曰："吃茶去。"后院主问曰："为什么曾到也云吃茶去，不曾到也云吃茶去？"师召院主，主应诺。师曰："吃茶去。"

　　人们将这则公案叫作"赵州茶"，它的出名就源于这三句"吃茶去"。对新到者、曾经来过者、发出疑问者，一律命他们吃茶去。这当然不是让他们真的当下去喝茶，而是一种打断其思维的一种手段——防止并打断其分别思维之意识；此则公案，真正体现了赵州和尚的"家风"。

　　洪州宗"平常心是道"的禅法，就是通过赵州的师父、马祖的徒弟南泉普愿亲授与赵州的。这让他终身受益。赵州活了120岁，人称"赵州古佛"。赵州对马祖及洪州宗禅风的深入人心，功劳最大。这一方面当然与洪州禅风本身所具的"自然而然"的生活禅性质有关，但同时也与赵州本人特立独行、不拘成法也大有关系。笔者以为，赵州是所有杰出禅师中，最能以"即兴演奏"方式而大行禅风的。他能在日常生活中随时、随处、随事、随物而任意作"即兴演奏"，这只有最高明的演奏家才做得到。

　　当然，赵州的即兴演奏，从来未离开过"平常心是道"的主旋律，而这一主旋律层次丰富的"变奏"，也只有在赵州那里才发挥得淋漓尽致。

　　茶与禅悟不可分。这的确得从赵州从谂和尚谈起。须知，"赵州茶"与"德山棒""临济喝""云门饼"，同为当时禅门的"四大门风"。

这则公案并无故事情节，内容简单而直接。二位僧人来到赵州从谂禅师处，院主领着他们拜见师父。赵州见面即问："你曾到过这里么？"其中一僧人说"曾到过"。赵州曰："吃茶去。"古代丛林对挂单的云游僧人，都有先吃茶的惯例。所以这回赵州的即兴演奏正好从吃茶开始。

赵州接着又问另一僧人到过此地否，那僧人说："未曾到过。"赵州仍然直接说："吃茶去。"

领二位僧人来的院主当然有些奇怪，便也发问道："为什么曾到这里的云吃茶去，不曾到也云吃茶去？"

赵州突然大声召唤院主，院主连忙应喏。

赵州仍是直接大声说："吃茶去！"

现今，这则"吃茶去"公案，人人皆知，此不赘述。然而须知，赵州一句"吃茶去"，看似平常，却是基于千锤百炼、获得大彻大悟后的一种"无漏清净慧"。所以千言万语只须一句"吃茶去"抵得——初来者也吃茶去，重来者也吃茶去，久住者依然吃茶去！此中奥妙只赵州悟得，解者各有其说；但禅机再深，要在一"悟"。当然，人人都懂，吃茶，不是再平常不过的事么？但，真正深通禅机者，也不正是在平常事中听任自然，自在无碍么？"要眠即眠，要坐即坐"，"热即取凉，寒即向火"——洪州禅的"平常心是道"，的确体现了"世间法即佛法，佛法即世间法"的"禅道自然"精神。说到这里，我们就可理解，"吃茶去"这一禅林法语原来是有所针对的，它针对的是当时风行的执著"坐禅"的形式。

因而，说到底，"吃茶去"，是和"德山棒，临济喝"一样的破除执著的禅机。对于赵州这样的理、行、法早已圆融的禅者，其禅之圆融只在一"平常心"，故对一切执著者都以一句"吃茶去"廓然之。原来，赵州是要让人在吃茶去一语中悟得"平常心是道"的真谛。溯源而上，慧能早已有言：自心是佛。由此可见，东邻日本，实乃接过了慧能、马祖、赵州的接力棒，才步向"茶禅一味"的日本茶道。

我们知道，禅是最注重自由精神的；那么，怎样才能保持一种自由自在的精神呢？其前提就在禅宗特别是南禅一直强调的"平常心"，有了平常心，自然能在应对一切外来事物时，显发出无穷活力。而无穷活力也就是无限创造力之前提。禅既讲究"不立文字"，就更须在日常生活中随时随地、自由无碍地实现其创造性。要之，平常心—自由—创造性，这是洪州禅最精髓的理念与最内在的精神。于是，茶借助于禅，禅也借助于茶；茶人中的禅者，禅者中的茶人，相互激荡，从"吃茶去"到"茶禅一味"，就是这样在茶、禅互动的"了悟"之境中形成的。

然而，禅的"了悟"是无相的。汲水、拾薪、烧火、点茶，茶外无我，我外无茶，一切茶事亦皆习佛修行之行为。如在茶禅一味氛围极浓的日本茶道中，主张拿起茶碗便与茶碗成为一体，拿起茶刷便与茶刷成为一体；决不允许手拿茶碗心想茶刷。茶人要随着茶事程序进展，与每一事物合为一体，而不掺入半点杂念。因为禅悟境界完全是"非思量底"。所以村田珠光的茶禅一味，贯注了"一味清净，法喜禅悦；赵州知此，陆羽未曾到此。人入茶室，外却人我之相，内蓄柔和之德，至交接相互间，谨兮敬兮清兮寂兮，卒以天下泰平"的茶道精神。而日本千利休以"三十年饱参之徒"（他当然也是饱参赵州"吃茶去"公案的最大受益者），终获大悟。而且他也正是在赵州"吃茶去"的悟境中，创立了日本的草庵茶风，并提出了"佛之教便是茶之本意"的理念。草庵茶人的三个条件为：境界；创造；眼力。这传达出对茶人内在修养的注重。千利休进一步地把珠光的茶道之心——"谨、敬、清、寂"提升为"和、敬、清、寂"，从而真正使"茶禅一味"演变为日本茶道的核心。

赵州和尚又被称为"赵州古佛"，公案甚多，但在佛教禅宗历史上，都未将其列入江西佛教史人物。笔者在此亦是仅将其作为洪州禅人物而呈示其公案的。这里，再将赵州其他公案及开示简单地串联起来列于下。

禅门内，无字公案，流播最广，透关最难；可赵州的许多公案偏与无字相关。后宋代大慧宗杲禅师就倡导从"看话禅"角度，参"赵州无"。

这则公案实在太简单。一个和尚问赵州："狗子有无佛性？"

赵州仅以一个字断然作答："无！"

这就麻烦了。佛祖释迦牟尼分明教导大众：一切众生皆有佛性。赵州难道敢否定佛陀遗教？

原来，赵州是从它有业识、习气的角度来否定它的。"为伊有业识在！"

从此，"狗子无佛性"成了天下人的口头禅；参者无数。

但一次又有个禅僧突然又问赵州："狗子还有佛性吗？"

你根本不会想到赵州的回答是："有哇！"

那禅僧多少有些吃惊，追问道，它既有佛性为何要披张畜牧毛皮而转成狗子？

"它是明知故犯。"赵州颇为坚定地说。这回，赵州的旋律变换是在告知人们，千万不要把自己堂堂佛性往狗子皮袋里装。

还有一次，又有个禅僧怪怪地再问赵州："狗子还有佛性吗？"

这次亮出的旋律是："家家门前通长安。"

可见，禅机随处在，法无定法。旋律变换可有千千万，而赵州的变换总依据当下不同的前提与条件。赵州启迪人们；"大道透长安！"只要你懂得变换，途径总有。佛法总不离世间，学佛修禅并不一定要远离红尘，俗世生活的日常之道，也是条条大路通长安的。"佛法在世间，不离世间觉。"这是六祖慧能说的。

其实"狗子无佛性"这一公案，可与赵州的许多公案都联系起来看，因其都可从"无"字透入。如"洗钵子""庭前柏树子""赵州镇州路不隔"等公案都是如此。当一僧人问赵州：从镇州到赵州多远时，赵州答曰 300 里；僧再问赵州到镇州多远时，赵州这次则答：不隔。此中禅机显示：生活中的人与佛法从未有隔。而"洗钵子"公案则针对一个刚出家的求学僧人，当他求赵州指示修禅门径时，赵州一看正好早饭时间，即让青年僧人去吃粥，继之又让他"洗吃粥的钵子去！"青年僧人当即开悟。这中间无有任何玄妙禅法，只须悟得平常心的自然而然——该做什么就做什么！无造作心最好，刚吃完粥就该洗钵子去。"庭前柏树子"的著名公案，也是正当一禅僧问起"如何是祖师西来意"时，赵州即兴发挥：佛殿前的柏树，抬头即可望见，故被赵州信手拈来。柏树子的成佛，要"等到虚空落地之时"，显然，这又是"赵州无"的一次变奏。心外无心，心外无法，平常心是道。"赵州无"的变奏，真可谓挥洒自如，妙趣通天。

对现代人而言，也许赵州古佛给出的最大启示就在：心悟一切皆禅。

三、沩仰宗

炉中有火否（沩山灵祐）

这则公案也可视作百丈怀海对弟子灵祐的开示，它不是上堂开示，而是公案中以对话形式而出现的开示。

马祖、百丈之后，五家七宗中最早出现的就是沩仰宗，它是达摩预言"一花开五叶"中的第一叶。在唐武宗迷信道教、排毁佛法的年代，竟然有沩仰一叶盛开，这确实是禅宗史上的一大奇事。然而在了解了其创宗者灵祐其人、其思想、其接续弟子后，一切就显得如此自然而不再神奇了。该宗的得名，是因开创者灵祐禅师和他的弟子慧寂禅师先后住持于潭州沩山和袁州仰山。"沩"是大沩山，位于湖南宁乡县西，而"仰"则指今江西宜春的仰山。发端于沩山，成型于仰山的沩仰宗之创立，是唐武宗会昌年间的事了。然而我们要知道，中国的禅宗在这一时代，实际上已进入了越祖分灯之时代了。

灵祐（771–853），俗姓赵，福建长溪（今福建霞浦人）。15岁出家，3年后在杭州龙兴寺受具足戒，学大小乘律学。他算得上是慧能门下南岳系的第三代传人，23岁参学于百丈怀海。15岁随本郡建善寺法恒律师出家，23岁在杭州龙兴寺受具足戒，学大小乘经律。某天，灵祐感悟到死钻文字堆难以证悟生命真谛，难以让漂泊烦恼的心灵得到真正依归，于是深叹："诸佛至论，虽则妙理渊深，毕竟终未是吾栖神之地。"（《祖堂集·灵祐传》）果然，他尝试探求新的修行道路。于是开始云游参访，先是受到天台智者大师遗迹之启迪，继又遇神异僧寒山，寒山以谶语指点他说："逢潭则止，遇沩则住。"后游国清寺时遇拾得，拾得预言他将来是"一千五百人善知识"。 此后，灵祐到江西建昌县西南马祖的墓塔所在地石门山（今江西靖安县宝峰）泐潭寺，参谒马祖弟子怀海："诣泐潭谒大智师（怀海谥号），顿了祖意。"（《宋高僧传·灵祐传》）可见，其悟道因缘是从这里开始的。

据《景德传灯录》卷9载：

> 一日侍立，百丈问："谁？"师曰："灵祐。"百丈云："汝拨炉中有火否？"师拨云："无火。"百丈躬起深拨得少火，举以示之云："此不是火！"师发悟，礼谢，陈其所解。百丈曰："此乃暂时岐路耳。经云：欲见佛性，当观时节因缘。时节既至，如迷忽悟，如忘忽忆。方省己物不

从他得。故祖师云：悟了同未悟，无心得无法。只是无虚妄，凡圣等心。本来心法元自备足。汝今既尔，善自护持。"

这说的是百丈与灵祐之间的一桩公案，百丈让灵祐拨一拨火炉，看看炉中有火否？灵祐稍一拨动，即答无火。百丈下座亲拨，掘至深处，拨出一点火花，举起示于灵祐前问曰"此不是火？"灵祐大悟——深埋炉底之火即是佛性之喻。深拨得火，其意即为：人人虽具备佛性，但未必都能发掘而出；须努力发掘，且不能错过"时节因缘"。

禅，决非表面现象；学禅，若仅浅尝辄止、蜻蜓点水，那是不能透入禅境的。此公案在禅宗历史上又被称之为"拨火发悟"，拨火者，拨开表层看里层也；事物的本质存在，须透过表层看内里，才能得其真实本质。此则公案所传达的最重要禅旨，当然还是怀海在借"火"比喻佛性的常在。当然，在怀海看来，自悟佛性，是有待时机的；时机不成熟，无悟入之道，似悟而未悟。因而，这个"时节因缘"是极为重要的。禅宗看重这点，用今天的哲学诠释学视角看，当然是重视条件论，条件不成熟，何有发悟之谈！

沩山灵祐确实是从中发悟的。得悟后的灵祐不久成为怀海的首座弟子，并被派往峭绝而无人烟的大沩山，开初几年过着橡栗充食、猿猱为伍的日子。苦心经营七八载，渐得当地人帮助才开辟了道场。当时的宰相裴休曾参访于他并深契奥旨。后从吉州耽源山来了个和尚，此人即慧寂禅师；从此，大沩山不再孤寂。

禅的神奇与深刻，有时就在这"时节因缘"四字上。时候不到，缘分未及，开悟的条件就未成熟。而时节既至，则"如迷忽悟"。今人若要从中得到启示，切莫借此偷懒而谓自己时机未到；相反，保持不断地修持而促使条件成熟，深入开发，早入禅境，获得开悟，此应为现代人从中所获之启示。灵祐深拨得火，禅机在此。

无事之人（沩山灵祐）

这是沩山灵祐上堂对众僧的开示之语。据《景德传灯录》卷9《潭州沩山灵祐禅师》载：

> 夫道人之心，质直无伪，无背无面，无诈妄心行。一切时中，视听寻常，更无委曲。亦不闭眼塞耳，但情不附物即得。从上诸圣，只是说浊边过患。若无如许多恶觉情见想习之事，譬如秋水澄渟，清净无为，淡泞无碍，唤他作道人，亦名无事之人。

这则开示传达出沩山灵祐对弟子们的原则性要求：学禅，你就得做一个正直之人、无有邪念妄想之人。你要知道，修行，是不离日常生活的，你无须逃避现实，但要做到不因周围环境之影响而生好恶之情、取舍之意乃至价值导向；更要知道往圣前贤们已然告诫过我们：那种种妄见知解，都是极有危害的。所谓禅门中人，那是真正的"得道之人"，而得道之人实为"无事之人"，其境界是淡泊清净而无碍无为的。

禅宗公案与语录中，多有"无事人"记载。如《古尊宿语录》卷2就载有百丈怀海上堂开示语："百丈上堂云：'只如今于一一境，不惑不乱，不瞋不喜，于自六根门头刮削并当得净洁，是无事人，胜一切知解、头陀精进。'"此中所谓"无事人"，就不只是"质直无伪"之人；而是指那种禅道早已炉火纯青，臻于化境的禅者了。就像赵州老人那般，集百年功德而举手投足无不是道境，扬眉瞬目莫不有禅机，吃茶洗钵无不成开示。

其实，要真正理解灵祐的诸多公案与开示，有必要深入了解这段历史与人物。其时，洪州刺史、江西观察使，后又改任潭州刺史、湖南观察史的裴休，一直敬信灵祐、支持灵祐。当唐武宗会昌五年（845）发生禁毁佛教事件时，裴休就私下保护并帮助佛教，以至毁佛期间，灵祐与弟子们能藏匿民间。不几年，宣宗即位，于大中元年（847）就下令重新恢复佛教。此时的裴休，亲迎灵祐并请他主持沩山寺院。这才有沩山教团的迅速发展，人数最多时达1600多人。十分有趣的是，大沩山的极盛之时，传播出的却是"无事之人"的禅法。

今人学禅，虽不是要做个无事之人，但却要学到"无事之人"禅法的内在精神：

正直坦率，毫无虚伪，决不当面一套背后一套（无背无面）；无论什么时候，眼看耳听都自然而然，不要转弯抹角、无事生非（视听寻常，更无委曲）。当然，也不要故作姿态，闭上眼睛、塞住耳朵；只须情不执著于物即可。然而，我们常听到的是，现代社会比之古代社会复杂百倍，哪能保持这种闭目塞听的禅修状态？其实不然，只要你有心学禅，质直坦率，不偏执、不欺诈，照样可做个"无事之人"。如能持修而更上层楼的话，更可做个炉火纯青的禅者了。

其实，在禅修中，"无事之人"才是获得禅悟的前提条件；心灵纯洁，一尘不染，才能保持思维的灵明之境。

理事不二，即如如佛（沩山灵祐）

这也是沩山灵祐上堂对众僧的开示之语。据《景德传灯录》卷9《潭州沩山灵祐禅师》载：

> 若真悟得本，他自知时，修与不修，是两头语。如今初虽从缘得，一念顿悟自理，犹有无始旷劫习气，未能顿净，须教渠净除现业流识，即是修也。不道别有法，教渠修行趣向。从闻入理，闻理深妙，心自圆明，不居惑地。纵有百千妙义，抑扬当时，此乃得坐披衣自解作伙计。以要言之，则实际理地，不受一尘；万行门中，不舍一法。若也单刀趋入，则凡圣情尽，体露真常，理事不二，即如如佛。

这是沩山灵祐对弟子们直接的、告诫性开示。一僧人提出：已经开悟的人还须持修否？这一问题触动了沩山灵祐。他当即开示说：如若真的领悟了自性而获得自知时，那么修持不修持，就是一句执著于两端的语言了。如今你初发心，虽是自机缘而得一念，并从中了悟修持之理，然而你还有旷世积累之习气无法一时除去；所以仍须有引导来消除现世之业以及流转之识，此方为修。此并非是说另有修行之法专来指导你修行的取向。只要你能从听闻教诲中省悟真理，听闻真理而又能了悟其深妙禅旨，此足证你自心是圆明澄净而不会处于迷惑之地的；纵然有形形色色千百万条看似奥妙的教义，张扬于世，你也得端坐披衣去慢慢诠释而作个"伙计"。所以关键的要害之处，就是在实质的理地上不染一尘，万种修行法门中不舍一法。也就是说，真正做到单刀直入，那么就能使凡夫、圣人之情完全消失，从而显露出真实永恒的本体，道理与事相不二，那才是如如佛。整段开示的要点就在最后两句：理事不二，即如如佛。

可见，对特别讲究理事不二的沩仰宗来说，一个禅者若已顿悟自性，再执著修与不修的"两头语"，就已然不是中道了。显然，虽已顿悟，却仍未将无数世（旷劫）所积累下来之宿业全部断除，仍应持续性地舍弃心识中的"我执"与"法执"，并在改变心识中持续禅修。当然，这里真正重要的是：既然真如之理清净无染，且对于各种修行法门也不排斥；但禅者若能"单刀直入"地从心源上直探，那对计较凡圣、你我等差别观念，就是一种断灭了。那种境界才是心体澄明，从而显现出真实永恒的清净心体，达到真正的理事圆融的佛之境地。

从上面《景德传灯录》卷9这段重要记载看，灵祐其实是明确提倡顿悟渐修不偏废的禅师。他大概认为，从究竟来讲，说修或不修都是多余的，都是因为没有真正体悟到无碍中道而来的世俗思维方式以及表达方式。对于我们世间人来讲，即便根机较好，能够在当下一念中明白至理；然而多生累劫所熏染的习气毛病，污垢重重，却是难以随着理上的顿悟而当下转化清净的。所以必须不断地藉着对真理的把握来清除烦恼众多的凡俗虚妄心识，修正不合正理的世俗言行，这才是脚踏实地的修行功夫，于人于己才会有实质性的受用。也就是说，从一般人来讲，必须做好顿悟之后的渐修功夫，这当然并不排除顿悟的当下理事都清净圆满的可能性，只是这种可能性实在太过于稀有难得。不过，灵祐禅师毕竟是南宗禅师，故此顿悟成就仍然是其禅法的主体精神，然顿悟渐修毕竟是其禅法的基本特色。这导致灵祐时常教导弟子："一切时中，视听寻常，更无委曲，亦不闭眼塞耳。"而慧寂也直承此法而坚主"困来合眼，醒即坐禅""绵绵密密"的禅修方法。

沩仰禅风实际是直承马祖、百丈洪州禅而来，灵祐本人的顿悟因缘也是从寻思纯熟、机缘凑泊而发，此实已深得马祖洪州禅"理事如如"之旨。然而这其实对修禅者来说，是修行的最高目标，而这个目标显然也即是"真佛如如""即如如佛"的最高境界。

对今人来说，即使是个学禅之人，也很可能在执著于"修"与"不修"的言语圈中打转，或在"禅修能带来何种利益"的感觉中无法自拔。这则公案或许能给人带来"境界与方法"统一的启示。

终日摘茶，只闻子声，不见子形（沩山灵祐、仰山慧寂）

这是沩山灵祐与弟子仰山慧寂之间的一则很有意思的公案，是以茶事见"体用"之旨而得启悟之公案。

据《景德传灯录》卷9《潭州沩山灵祐禅师》载：

> 普请摘茶，师谓仰山曰："终日摘茶，只闻子声，不见子形。请现本形相见。"仰山撼茶树，师云："子只得其用，不得其体。"仰山云："未审和尚如何？"师良久不语，仰山云："和尚只得其体，不得其用。"师云："放子二十棒。"

关于沩仰宗，我们前面的公案与开示中，实际都已显示出关于理事、体用范畴的重要意义。对沩仰宗而言，其不仅重理事不二的禅旨与精神，在禅法上其实更重视"体用"之要义。

慧寂摇晃茶树，无非表示体在"作用"——体无定相，用则有相；然而灵祐的沉默即表示"体"到底是不可言说的，但慧寂还是把它给说破了，所以该当"二十棒"！这是体用一如，理事不二的义理在生活中的运用，充分展显了沩仰禅法的基本特色。

沩仰宗在修行论上的最大特色可概之以"无心是道"一句，它极其巧妙地相应了沩仰无修之修、理事不二的禅旨。《沩山灵祐禅师语录》载："僧问：'如何是道？'师云：'无心是道。'"然而什么是无心呢？那就在"一粥一饭"间去体会吧。平日里的一粥一饭不就是无心之修？所以一次灵祐在沩山聚众说法时，有一僧人问：顿悟之人还需要再修行吗？灵祐即刻回答：如果真悟得本，能自知佛性，修与不修，就不成为问题了；你提这个问题，只能表明你还在执于修与不修的言语之间。灵祐慧寂师徒都坚信：如果能单刀直入，就能凡圣情尽，体露真常，理事不二，即如如佛。一语概之，沩仰极其强调的，在本质上是收摄性灵，返观自性。这则公案尤其能呈显这点。

当今世界的芸芸众生，要让他"返观自性"而得其本体，何其难哉！在繁杂无比的纷纭万象中打滚，可谓今人处世的最佳写照；所以能学点禅，而逐渐体验"体用一如"之禅境，那是无可比拟的精神受用啊！

本来心法元自备——圆相禅（仰山慧寂）

　　沩仰宗的另一创始人是慧寂禅师（814-890，一说807-883），俗姓为"叶"，韶州怀化（广东番禺）人。《五灯会元》载，他9岁投广州和安寺通禅师出家，《宋高僧传》则谓其15岁时求出家，父母未允。17岁时下大决心，断其左手无名指和小指置于父母前，答谢养育之恩，父母乃允其出家，依南华寺通禅师披剃。其时，南阳慧忠预言："吾灭后三十年，南方有一沙弥到来，大兴此教，次第传授，无令断绝。"南阳的弟子，也就是新干县耽源山的应真禅师，他断言慧寂就是那预言中的传法沙弥。于是他毫不犹豫将其密法——圆相法的图本交与这个小沙弥，他怎么也没料到慧寂当即一阅而烧毁。应真方加责备，慧寂即言已知大意，何必执著于原本子？和尚硬要，我重录一遍即是。结果他真的重新录写了一个本子呈递应真，并以手式示以应真本子中的圆相。应真点头首肯。此后，慧寂往湖南沩山参灵祐禅师，在其门下十五载，体会了"事理不二，真佛如如"的禅旨，但也在艰苦的农禅劳作中落下一瘸腿。

　　35岁那年，慧寂来到郴州王莽山，继之又到"袁州南仰"，即今宜春南八十里之仰山。此时正当唐武宗拆毁天下寺院的"会昌法难"，灵祐也难免"裹首为民"，仰山慧寂却以孤僻之地青灯煨芋而逃此劫难。据《慧寂语录》载：有西天梵僧来访，与慧寂几个回合答问后曰："特来东土礼文殊，却遇小释迦。"遂出梵书贝叶与慧寂。礼毕，腾空而去。从此，慧寂被称为"小释迦"。

　　对于沩仰宗，好作圆相，重视圆相，意味着真如佛性一切圆满。当年沩山受百丈点化，即是关于佛性圆满的教导："本来心法元自备足"，此实可视为沩仰圆相之根本义。《五灯会元》卷9《仰山慧寂禅师》载仰山第一次参见沩山的公案就表征了这一内涵：

　　　　沩问："汝是有主沙弥，无主沙弥？"师曰："有主。"曰："主在什么处？"师从西过东立。沩异之。

　　仰山的"有主"即指一切圆满，而他之所以"从西过东立"，无非是要传达出自己亦如西来佛祖，亦圆满具足毫无欠缺。仅这一席话，他就让沩山刮目相看。既为圆相，就不能落入文字；因为般若体验容不下知性成分。

陆希声拜谒仰山，仰山所言"不思而知，落第二头"，也就是标举出他的根本主张："思"固然错，"不思"也落第二头，因为般若本身是"无思"的。千万不要去强求文字形式的表达。然而仰山还是出之自然地用了一首偈语：

> 滔滔不持戒，
>
> 兀兀不坐禅，
>
> 酽茶三两碗，
>
> 意在镢头边。

他想告知这位陆相公，真正的圆相是不持戒、不坐禅，按你的本来面目自由自在地过日子，就是圆相。所谓"酽茶三两碗"，是喻指日常生活；而"意在镢头边"，镢头，是锄，这里指锄草去秽；日常生活，不就在饮茶中，镢头边吗？禅，是要断凡断圣才能入的啊。

这全然是洪州禅风与马祖"平常心是道"的义理再现。

灵祐与慧寂，人称"父唱子和"，沩山奥秘，仰山深邃，师徒俩相得益彰，终于创立了沩仰宗。

小释迦平时多用 96 个圆相符号回答各种问题，并总以手势传达其内在涵意以启悟学人，开启了深邃的"仰山门风"。圆相示知，心照不宣，语默不露，禅宗"不立文字"的宗旨在小释迦这里得到完美体现。他还常开示大众收摄性灵，返观自性："且莫将心凑泊，但向自己性海如实而修"。77 岁时寂于韶州东平山，后人即以慧寂为代表的灵祐禅系称为沩仰宗。《景德传灯录》卷 11《袁州仰山慧寂禅师》载有一则灵祐、慧寂师徒二人与韦宙之间的一则公案："韦宙就沩山请一伽陀，沩山曰：'觌面相呈，犹是钝汉，岂况形于纸笔！'乃就师请，师于纸上画一圆相，注云：'思而知之，落第二头。不思而知，落第三首。'"这说的是韦宙向沩山禅师请求一首偈颂，沩山说：当面告诉他，他还像是个钝汉开不了窍，何况是用笔写在纸上呢。于是韦宙就来请求慧寂禅师，慧寂当即在纸上画了一个圆相，并写下注释道：思量之后而知晓的，是落入了第二头；不思量而知晓的，则落入第三层次。这个公案再好不过地说明了沩仰禅理事不二、无心是道的宗旨。不思量是在混沌层面中打滚，一思量则落入了分别的二元对立。而禅的无心是道则是在禅悟之后的更高的"无心"层面，并不代表不经禅修而全然无心的混沌层面。故这个圆相，是禅的最高境界。这个无心是道的境界是自然而然的，它对应着理事不二的佛理。在慧寂这样的天才禅思中，除了圆相，还能用什么来表征呢？

据此，法眼宗宗主文益禅师在《宗门十规论》中，用四个字概括沩仰家风——"方圆默契"，然其家风毕竟由根本理念而来。沩仰的理论则是直承马祖、百丈的基本主张，即要把体认和发掘自心佛性放在首位；人皆具佛性，明心见性，即可成佛——这种理念实质上是渊源于慧能。在"方圆默契"的沩仰家风中，慧寂平时多用圆相符号，回答各种问题，并总以手势传达其内在涵意以启悟学人，故又开启了深邃奥妙的"仰山门风"。圆相示知，心照不宣，语默不露，禅宗"不立文字"的宗旨在这里得到完美体现。仰山还常开示大众收摄性灵，返观自性："且莫将心凑泊，但向自己性海，如实而修"。可见，反观自性仍以"如实而修"为基准。故此，以灵祐、慧寂为代表的沩仰禅系，在"方圆默契"的沩仰家风中，其顿悟渐修之禅法乃有其必然性。

要之，沩仰宗顿渐圆融的修行观，致使其既重顿教，又主修行；须知，此全然是一种顿悟渐修的禅法。

今人在求学过程中，多急于求成，无处不显"短、平、快"。若能从禅宗公案中汲取点"顿渐圆融"修行观的智慧，也多少能观照自身缺陷而"向自己性海，如实而修"。

真金铺（仰山慧寂）

这是慧寂禅师对门下弟子的开示。据《祖堂集·慧寂传》载：

> 亦如人将百种货物，杂浑金宝，一铺货卖，只拟轻重来机。所以道，石头（按：指石头希迁禅师）是真金铺，我阎（这）里是杂货铺。有人来觅杂货（铺），则我亦拈与他；来觅真金，我亦与他。

此公案将"真金""杂货"并列而陈，然何为真金，何为杂货？透过表层看内里，所谓"真金"实为"禅旨"；而所谓"杂货"，当然是指其他的各种教法了。前面几例关于沩仰宗的公案，我们已然见出沩仰宗风是既重顿教，又不排斥其他修行门路的。慧寂对弟子的开示中，指出过他早已为学禅者备下了各种教法，只要你有所需，他就有所出——随时提供。杂货可供，真金亦可供；真金可让人得益，杂货照样可让人受惠。只要能给学人以启迪，从哪种禅法入门，完全可因材施设，变换手段而牵引学人。这就是沩仰禅法的真髓。

杨曾文在其《唐五代禅宗史》中十分到位地指出："沩仰宗虽着重传授顿教禅法，但对于其他修行方法也不完全排斥。这与它任何时候也不反对修行的主张是有关系的。"即便有了顿悟，也未见得就是"顿净"，故顿悟之后，仍须针对习气——"无始旷劫习气"而不断修行，此诚如灵祐禅师所言："须教渠净除现业流识，即是修也。"事实上，所有的"悟"在获得的那一刹那，都可谓是"顿"；然而顿悟的真正获得并非易事，须从"事"上磨练而出、从"事"上积累而得。法眼宗文益禅师就在《宗门十规论》中倡言"理在顿明，事须渐证"，从而强调"次第修行"，其实，这是十分透彻而明白地指证了禅修的必要路径。须知，顿超直入，不落层级的修行成就观，确为南宗禅法所标榜；然此并非像一般人所认为，南宗禅全然否定渐修，完全否定传统佛教的持戒修行。事实上，南宗禅师虽以明心见性之论而强调直截了当的顿悟禅法，但多持有顿悟渐修之圆融禅法。

现代人常谓今人不如唐人悟性高，难于顿悟；须不知，现代人在渐修渐悟前，更是难矣哉！谓予不信，请尝试之。"次第修行"须极深功夫，现代人既无此心绪，更付不出此等代价。故此公案可供今人细审之、深思之。

骑牛觅牛与水牯牛（大安禅师）

大安（792-882），俗姓陈，福州福唐县人，也称西院大安，号懒安。早年曾在江西宜春黄檗山出家，在马祖弟子慧藏、怀海处参学，后到沩山拜灵祐为师，属沩仰宗门人。

《景德传灯录》卷9《福州大安禅师》载：

> 福州大安禅师者，本州人也，姓陈氏。幼于黄檗山受业，听习律乘。尝自念言："我虽勤苦，而未闻玄极之理。"乃孤锡游方，将往洪井，路出上元，逢一老父谓师曰："师往南昌，当有所得。"师即造于百丈，礼而问曰："学人欲求识佛，何者即是？"百丈曰："大似骑牛觅牛。"师曰："识后如何？"百丈曰："如人骑牛至家。"师曰："未审始终如何保任？"百丈曰："如牧牛人执杖视之，不令犯人苗稼。"师自兹领旨，更不驰求。

> 安在沩山三十来年，吃沩山饭，屙沩山屎，不学沩山禅，只看一头水牯牛，若落路入草便牵出，若犯人苗稼即鞭挞。调伏既久，可怜生受人言语，如今变作个露地白牛，常在面前，终日露迥迥地，趁亦不去也。

这里两段引文，前段实际上是怀海对大安的开示，后段则是"水牯牛"公案。前段以"骑牛觅牛"来启示大安如何"识佛"。在禅宗史中，"牛"的公案极多，所喻指者，无非一是让人觅见自性、发现自我，所谓"明心见性"是也。二是喻指功夫，也即"保任"持守之功夫。故骑牛觅牛也作"骑驴觅驴"，喻愚人不知自己固有之本性，而执求于外。此则开示中的"骑牛至家"就指的是发现真我而明心见性了，然而不是见性就一切了事，仍须"保任"功夫。所以当大安一问怀海如何保任时，怀海开示他要像放牛人手拿着棍子看着它，不要让它越界，要小心不让它吃别人家的禾苗。显然，这是喻指一种开悟后的持守功夫。后段中则是大安本人明确指出了"调伏"二字，所谓"调伏既久"，当然是一种持续不断的禅修功夫。总之，重视守护，调御自性，如同那牧牛人一般极细心地看管住牛，不让其踩踏蹂躏庄稼。所以在后段中大安说自己在沩山只是持守着一头水牯牛，一旦"落路入草"便随时牵出；一旦侵犯他人苗稼即"鞭打"。经过长期的调伏后，外在的任何诱惑当然不起作用了。

其实，在《景德传灯录》卷9《潭州沩山灵祐禅师》也有此"水牯牛"公案，尤能说明沩仰顿悟渐修的禅法：

> 师上堂示众云："老僧百年后，向山下作一头水牯牛，左胁下书五字，云沩山僧某甲。此时唤作沩山僧，又是水牯牛；唤作水牯牛，又云沩山僧。唤作什么即得？"

沩山之意虽在僧、牛有别而法身则一；但禅门内的"水牯牛"之喻，一直是涵括着精进修行之喻示的——"水牯牛"不执分别，一意修道，是修行得道的榜样。对灵祐帮助最大的大安禅师，也曾在百丈门下修禅，灵祐圆寂后，他在沩山接任住持。大安祖师与百丈怀海之间的牧牛公案，最具禅修意味："安在沩山三十来年，吃沩山饭，屙沩山屎，不学沩山禅，只看一头水牯牛，若落路入草便牵出，若犯人苗稼即鞭挞。调伏既久，可怜生受人言语，如今变作个露地白牛，常在面前，终日露迥迥地，趁亦不去也。"这便是沩山大安对禅修的一种独特领悟：一方面，是即心即佛，人人自有；另一方面，禅修则是个艰苦的修炼过程，须看好自家心性，勿使其被当下妄念所转。禅门多有牧牛诗与偈颂，所吟咏多为勤修束俭、渐驯渐化，直至找回家园，终获自在。用现代哲学话语说，这就是一个通过修炼而达至高度自觉与自由之过程。对禅佛来说，当为一个由"戒"到"定"再到"慧"的修行三阶段。可见，沩山灵祐与其同修大安禅师的牯牛公案，都在喻示立志修行并相应展示修行次第及其艰难历程。的确，有关牛的禅话，在禅宗祖师语录中多有记载。可以说，如离开牛的公案，中国禅宗必然会是另一副模样。禅史上最早出现的有关"牛"的公案，即江湖禅中怀让禅师以"打牛，打车"的作略，纠正马祖道一对修行形式的执著。其后，在江湖禅马祖、石头的儿孙中，许多人直截了当以"牯牛"来示喻修行。先有石巩慧藏的"一回入划草去，蓦鼻抻过来"；后有百丈、大安父子句句不离牛的"牛"禅；而南泉普愿更是将活生生的牛，直接牵进了庄严、神圣的法堂。诸大师"牯牛"所表征的，实际上都是以"牛"象征人之"心"，由寻觅、驯服"心牛"起始，依序展现修行次第，最后达到禅悟的终极境界。

禅宗五家中，虽然沩仰兴起最早，但其衰亡也较早，其法脉流传约150年左右。不少学者认为，这可能是由于沩山灵祐的顿超得妙，过于奥秘；仰山慧寂功行绵密，过于深邃，非大根器者不易悟入之故。然而我们无论如何也得看到，沩山、仰山的垦荒开田、自食其力，是直接承续了百丈"一日不作，一日不食"的农禅并修作风的。当年灵祐门下修禅者已多达一千五六百人，说明这一宗风影响力巨大。特别是灵祐、慧寂的亲自劳作，更有那种顿悟渐修的内在魅力。慧寂后半生的活动地点主要是在宜春仰山。据考，他的主要法嗣有无著（他在江西新建县古佛岭观音院参仰山慧寂得印可）、顺支了悟（新罗国人，参仰山得心印，归国后弘法于五观山，创立新罗即今韩国沩仰宗）、西塔光穆（弘沩仰禅法于仰山西塔，传法弟子有吉安资福如宝禅师，如宝传资福贞邃）、南塔光涌（弘法于仰山南塔，曾住持洪州石亭寺，著名弟子有新罗僧芭蕉慧清禅师，慧清传逞州继彻等10人便绝）。弟子中也有像陆希声这样的文人，陆希声是慧寂的故交，慧寂在洪州石亭观音院时就与之结识。陆希声得遇慧寂之后，"洗心求道，言下契悟元旨，大师尝论门人以希声为称首"。慧寂圆寂后，陆为其写下了著名的《仰山通智大师塔铭》。

五代末，沩仰传至第六世，蕲州三角山志谦和第七世郢州兴阳词铎，宋以下有无传承则未见史载。史家谓其法脉断绝，然其在韩国却盛传至今。而至20世纪50年代，虚云大师住持永修云居山真如寺后，念此宗法脉中断千年，而遥承七世兴阳词铎法脉为沩仰宗八世祖。虚云后嗣则早已远播北美。此亦为沩仰佳话了。

如果说，现代人对牛与禅渊源关系很难深透理解的话，那么，至少可从中得到牧牛即"调伏"——"调心"过程而得到些启示，从而在"心理学"视角上，确立一种修行的参照系，好在生活中得到些真实受用。

更有所似，与驴何别（光涌禅师）

仰山光涌（850-938），江西丰城人，俗姓章。幼年习佛，后至石亭观音院从慧寂出家。这则公案来自五代南唐宋齐邱的《仰山光涌长老塔铭》，载于《全唐文》第 870 卷。说的是慧寂如何检验禅者之悟境达何境地，慧寂在接引禅者时常会以"和尚何似驴"来勘验禅者，这里"和尚"是慧寂的自称。当慧寂也以此勘验弟子光涌时，光涌的回答竟然是"某甲见和尚亦不似佛"。慧寂当然要追问下去："既不似佛，似个什么？"光涌巧妙答曰："若更有所似，与驴何别？"意即你硬要追问，那我只能说你与驴有什么区别呢！

这样的回答，让师父慧寂顿觉爽然，他十分赞赏光涌："凡圣两忘，情尽体露。"

那么，这样一句"更有所似，与驴何别"何以得到慧寂的赏识？这就要从禅宗的"不立文字"的宗旨说起。对禅宗而言，任何语言概念，在认识层面都是有局限的；语言作为一种现象的描述，不可能等同本质，更无可能直达本质。禅道之"道"，既不属知，也不属不知，究极而言，其不属可认知之范畴中。禅宗的这一宗旨，其实与道学、玄学的"言不尽意"大有类似之处；禅宗更进一层的地方在：你不要执著于此，更不要拘泥于此，若执著、拘泥于文字语言圈中，你只能进入语言文字本身的表层中，这其实是陷入了"埋伏"圈，被语言纠缠就是被设伏。而慧寂的追问就是一种设伏，让你进套；你若进套，那后面就会进入一系列的问难而不可节止。

光涌斩断此套，立即以一句"更有所似，与驴何别"打断概念之缚，故而受到慧寂的极度赏识。他赞赏这位弟子的思辨能力。

禅宗的思辨往往体现于此，顿如皓月，廓然灵明。

这里我们仍有必要将《景德传灯录》卷 12《袁州仰山南塔光涌禅师》的一则，将与此则公案有内在关联的开示呈显出来：

> 僧问："文殊是七佛师。文殊有师否？"师云："遇缘即有。"曰："如何是文殊师？"师竖拂子示之，僧曰："莫遮个是么？"师放下拂子，叉手。
>
> 问："如何是妙用一句？"师曰："水到渠成。"
>
> 问："真佛住在何处？"师曰："言下无相，也不在别处。"

这则开示的核心内容就体现在最后这句"水到渠成"上，关联"更有所似，与驴何别"的公案，我们当知，光涌深意即在，禅悟是要讲缘分的；时候不到，机缘无有，何来开悟之谈？如你硬要追究和尚何似？就如同问"真佛在何处"一般，都执在言语之中。而光涌以斩截之意传达出：言谈之中没有形相，但也不在任何一个具体的别处。实际是告诉你，你要求真佛吗，千万别执于语言表层之束缚中。

今人辨别事物，往往未及深入，就先执于几个"关键词"中，而久久不能脱其绑缚，此如何悟得本质而了然于胸？这确实要学点禅宗的斩断樊篱、直入其中的功夫。

四、临济宗（含杨岐派、黄龙派）

黄檗门下三度遭打，大愚山舍一言得悟（临济义玄）

禅门的五家七宗，临济宗影响最大，这固然与其流传时间久远有关，但也与临济宗创立者义玄接续洪州禅法，并确立起自己极富特色的禅风相关。其传承线路清晰而简明：六祖慧能—南岳怀让—马祖道一—黄檗希运—临济义玄。洪州禅的"即心即佛"对其极富个性的"立处皆真"之门风形成，具有决定性意义。

义玄（？-867）俗姓邢，曹州（今山东荷泽）南华人，早年出家即至江西参希运禅师，在黄檗门下以"行业第一"而闻名。然而，就是这位临济宗的创宗者，曾在黄檗门下三次参问"如何是佛法大意"而三次遭黄檗棒打。

的确，义玄禅师初入黄檗希运门下，并未能契悟佛法的真谛。继又参大愚、谒沩山，再回到黄檗门下，最终才得到黄檗希运禅师的印可。

黄檗禅师的道场，常有几百僧人，义玄在这几百人的道场里，仅是一个平常晚辈，并无特异之处，自然亦无人关注。黄檗禅师的首座弟子陈尊宿，发现义玄的内心世界异常宁静，且透露出一种超拔之气，是可以造就的禅宗人才。陈尊宿心下暗忖：此位年轻比丘，有着大丈夫之相，若不开发，任其默默无闻，实为可惜。于是问义玄：你在这里多少年了？义玄说：三年了。陈尊宿说：你向黄檗禅师请问过佛法吗？义玄说：并无。我不知问个什么？义玄不知问什么，正是参禅悟道的好消息。陈尊宿不禁暗喜：在黄檗禅师的棒下，此位年轻比丘一定会有好消息。于是，陈尊宿就鼓动义玄去黄檗禅师处，并告知义玄：你可向黄檗禅师问，如何是佛法的大意？在陈尊宿的鼓励下，义玄来到黄檗禅师的方丈室，战战兢兢地问黄檗禅师："如何是佛法的大意呢？"话音未落，黄檗禅师举棒便打，义玄被吓得头脑一片空白，何有见道开悟之谈。

义玄回到僧堂，陈尊宿看到他犹有所思而不得其解，即问：如何？义玄很困惑地说：我的话还未问完，大和尚举棒便打。陈尊宿又鼓励义玄：做事岂能半途而废，你不要害怕，再去问。年轻的义玄继而又一次向黄檗禅师发出如何是佛法大意之问——可见他一开初便是以获取真正见解为目的的取向的。可想：黄檗禅师依然板起面孔，举棒即打。果不其然，义玄又一次被打了出来。

如此，三次发问，三次被打，义玄依然未悟解佛法大意。义玄又来到陈尊宿处说：您鼓励我前去问佛法的大意，可是，三次发问三次被打。我自恨业障深重，不能领会佛法大意。我的因缘或许不在这里，我想离开这里，到别的地方去学习佛法。陈尊宿说：临走前，要与大和尚告个别。陈尊宿提前来到黄檗禅师处，对黄檗禅师说：那位来问话的年轻比丘，虽然是个后生，然而根性却很奇特。明天他来告别，请禅师方便接引他，好好栽培他！他将来一定会成为一株参天大树，覆阴天下人。

第二天，义玄来到黄檗禅师的方丈室，向黄檗禅师告别。黄檗禅师说：你不必到别的地方去，我昔日有位同参道友，名叫大愚，这个人道眼分明，现在高安。大愚禅师与我分别时，叮嘱我：以后遇到伶俐汉，也给我推荐一个来。你就去高安参大愚禅师吧，他一定会为你说法的。于是，义玄来到高安大愚禅师住处。据《临济录·行录》与《祖堂集·临济传》等文献记载：义玄到高安大愚处，大愚一见他便问："什么处来？"义玄说："黄檗处来。"大愚问："黄檗有何言句？"义玄自然是诉说三次问佛法大意，三度被黄檗打的经过，并问道："不知某甲有过无过？"大愚说："黄檗与么老婆心切，为汝得彻困，更来这里问有过无过。"义玄言下大悟。感慨道："元来黄檗佛法无多子。"须知，这里大愚所言"老婆心切"，指的是老年妇女对子女问题思考极深细而唯恐出差错之殷切心情；而"为汝得彻困"，显然是说为你的事操心到极点了。话到此处，义玄当下省悟。他紧接着说的那句"元来黄檗佛法无多子"，当然是表达他已完全领悟到黄檗禅法的精妙之处了。

稍后，大愚捉住义玄道：你这尿床鬼子，刚才还问"有过无过"，如今却道黄檗佛法无多子，你见个什么道理？快说，快说。义玄别出一手段，向大愚肋下筑三拳，如此来呈现其深意。这便是"一等没弦琴，三拳弄妙音"。大愚脱开义玄道："你今天领悟了佛法的大意，全赖你的师父黄檗禅师的慈悲，这不关我的事。"故这个公案又被后人称之为"老婆心切"。

义玄告辞了大愚禅师，又回到了黄檗禅师处。黄檗见到义玄回来，先考考这位弟子，看他有个什么悟处。黄檗问道："你来来去去这样折腾，何时是个了期啊？"这时的义玄，已经不同寻常，答道："只因您老人家苦口婆心，我才完成了这一人生大事。"对这则禅宗史上的著名公案，沩山与仰山二位禅师有个评论："沩山举问仰山：'临济当时得大愚力？得黄檗力？'仰云：'非但骑虎头，亦解把虎尾。'"

义玄悟道后跟随黄檗禅师锻炼多年，道业成熟才向黄檗禅师告辞。黄檗问："你要到什么地方去？"义玄说："不是河南，即河北。"黄檗拈起拄杖便打。义玄捉住师父的拄杖，说："别再盲枷瞎棒，恐怕会打错人的。"黄檗对义玄说："你可以教化一方了，我把百丈先师的禅板几案交付给你。"然后呼唤侍者道："侍者，给我拿百丈先师的禅板几案来。"这是黄檗禅师对义玄的考验，黄檗禅师是想看看义玄是否还执著于禅板几案之相。这时的义玄，已有轻松过关的本领。义玄也呼唤侍者道："侍者，给我拿火来。"以火克木，不着这个禅板机案之相。这时，黄檗禅师欣慰地笑了，告诉义玄道："你只管去，坐一方道场，定会坐断天下人舌头。"义玄得到师父深许，便来到了镇州（今河北正定）。在镇州城的东南角，有一条河流，名叫滹沱河。滹沱河边有一座小院，因为它临近渡口，所以当地人就叫它"临济院"。义玄将自己的脚步停在了这座小院里，只此一停，便成就了禅宗史上的一座里程碑。

义玄在这座临济院里，广开禅门教化，接引有缘众生，不久，临济院就变成了一个远近闻名的大道场。由于义玄在"临济院"弘法，所以，人们就称他临济禅师，他所开创的禅门宗派，也就叫临济宗。

真正见解（临济义玄）

临济禅法有一根本前提，此即是义玄倡导的"真正见解"——这也是义玄对僧众的开示。

实质上，这也是临济禅法的根本思维取向，这就是确立自信，确信本心与佛无别，从而做到"随处作主，立处皆真"。这当然须获得对修行、解脱之道的"真正见解"。《临济录》中"见解"一词的使用频率较高，其所谓"见解"当然不是一般俗世意义上的见闻觉知；在义玄禅师看来，获得"真正见解"其实就是佛教获得"大自在"的前提条件。因而这个"真正见解"就是悟道。据《临济录》：

> 今时学佛法者，且要求真正见解。若得真正见解，生死不染，去住自由，不要求殊胜，殊胜自至。
>
> 道流，切要求取真正见解，向天下横行，免被这一般精魅惑乱。
>
> 夫出家者，须辨得平常真正见解，辨佛辨魔，辨真辨伪，辨凡辨圣。若如是辨得，名真出家。
>
> 大德，莫错。我且不取你解经论，我亦不取你国王大臣，我亦不取你辨似悬河，我亦不取你聪明智慧，唯要你真正见解。

从中我们可以确知，"得真正见解"，实质上就是达到"生死不染，去住自由"境界的前提条件；这是临济禅思的一个根本取向，而这一取向可自然通向"殊胜自至"之境地。同时，这一获得"真正见解"的内在精神及取向也导致他对传统佛教特定修行的一些程式，提出了大胆批评，而且这种批评是建立在义玄禅师自己所确立的一些新概念上。禅宗发展到临济禅师这个时代，禅师们已经很少用"即心即佛"这种术语，此乃因"即心即佛"这种说法，早已人人皆知。人们执著于"即心即佛"这种说法，然而，却不曾识得"心是何事"？"佛是何物"？所以，临济禅师就特别地运用了一些新概念，以表达佛法的根本大意。临济禅师常用的新概念有："无位真人""无依道人""历历孤明的听法的人""里头人"等等，临济禅师说："古人云：平常心是道。大德，觅什么物？现今目前听法的无依道人，历历地分明，未曾欠少。你如果要想与祖佛不别，不用向外求索，只须如是见得这个历历孤明的听法的人，不用有什么疑虑。"临济禅师所说的"历历孤明的听法的人"，这个无所住着的"无依道人"，实际上就是我们的"历历孤明的心"。我们的这个"历历孤明的心"，透过我们的眼睛，能够看到各种形相；透过我们的耳朵，能够听到各种声音。这就是临济禅师所说的："在眼曰见，在耳曰闻，在鼻嗅香，在口谈论，在手执捉，在足运奔，本是一精明，分为六和合。"临济禅师的"历历孤明的听法的人""无位道人""一精明"等等，就是传统禅宗所说的"心"，就是传统禅宗所说的"佛"。

临济义玄的这种致思取向，可追溯至他的老师黄檗希运那里，黄檗希运倡导的自心是佛、无心是道；心本是佛，佛本是心的崭新理念，是临济义玄求取"真正见解"的源头。

在禅宗史上，人们总把"棒喝"宗风归于临济，其实远不止此。即便棒喝禅法，其宗旨亦在截人情识、破人情见而警告学人"禅"道是离言绝思的；若要真正获得证悟，须是回光返照、自悟本心。可见，临济禅属于个性特色极强，且极有创造力的一类禅；其公案自然是富有契机性、针对性从而深具启示性的公案。深言之，临济义玄接引学禅之人，其方式灵活多样，更有"四料简""四宾主""三玄三要"等等。这里，我们不妨亮出虚云老和尚于1925年在日本临济大学开示中对临济"四宾主"的一个诠释：

> 所谓主者，唯是正智不思议法界也。一、宾中宾：即在取虚妄我法相之五趣、二乘地中，于佛法不了解离言说之实相，妄于名相求真。换言之，即以妄为真。古德有云："倚门傍户心如醉，出言吐语不惭惶！"二、宾中主：禅宗之旨，即在离去名言而直下明心，此为禅宗正义。所谓宾中主，即了解文字语言非佛法，而真实之佛法，则在离去名言，真修实证。古德有云："口念弥陀双挂杖，目瞪瞳人不出头。"三、主中宾：即是已证得离言不思议法界，深契妙性，亦即已得到祖位。以利人故，于无可言中而假立言说。古德又云："高提祖印垂方便，利物应知语带悲。"四、主中主：在教中谓为离言不思议法界，维摩经中以无言说而显不二法门，如文殊问云："如何是不二法门？"维摩诘默然无言，文殊叹言："是为真入不二法门。"古德又云："横按镆邪全正令，太平寰宇斩顽痴。"由是四宾主义以正之，佛法不可在言说文字中求，而利他故亦不离文字。然第一要识得主中主，偈云："识得主中主，佛无立足处，一场闲葛藤，付青山流水。"

这当然可视作义玄"真正见解"下的临济禅法，而虚云老和尚的诠释焦点则在"第一要识得主中主"，是为"真入不二法门"。这个开示在根本上也强调了佛教禅宗是极其重视"根本见地"的，对禅宗而言，在某种程度上，参学，见地为先。

从当代推出的生活禅来看，临济禅最为内在的意义就传达了这样一种声音：所谓生活禅是永远处于动态中的，切勿停留在抽象原理表层，要善于随时契机而契理；善于随时从具体的事物中汲取灵感；从而确立自信并获得真正见解。参禅，见地为先。

无事阿师（临济义玄）

这是《临济语录》中所载临济义玄对僧众的开示语：

> 若人求佛，是人失佛；若人求道，是人失道；若人求祖，是人失祖。大德！莫错，我且不取尔解经论，我亦不取尔国王大臣，我亦不取尔辩似悬河，我亦不取尔聪明智慧，唯要尔真正见解。道流！设解得百本经论，不如一个无事底阿师。

这则开示的关键点在如何理解"无事阿师"。其中"大德"当然是对僧人的尊称，"经论"则泛指全部的佛教经典，"道流"亦是对僧人的一种称呼，而"阿师"也指僧师。

道不假修，但莫污染，这是六祖慧能之后，马祖道一洪州禅总结的核心禅旨，正是在这一禅旨下，"禅不假学，贵在息心"（黄龙慧南）的禅风，将南禅禅法指向了如何在日常生活中"顿悟"的宗旨。故本则开示中，临济义玄几乎是呼唤着："道流！设解得百本经论，不如一个无事底阿师。"这分明在说：你纵然有能耐诠释千百种佛教经典，对"禅悟"境界有何益呢！还不如去作一个平平常常的清静无事的禅师。看看本则开示一开篇如何道来，我们似能理解为何要呼唤和尚们去作个"无事阿师"：求佛就失佛，求道便失道，求祖更失祖；这是何等禅法，教人如何修去！但这就是临济的根本主张：求则失——失佛、失道、失祖。所以义玄大声再呼：大德！千万不要错误理解了我的宗旨：我这里的禅法，既不需你去千言万语地诠释经典；也不需你去千方百计地作个达官贵人；既不需你辩经口若悬河，更不需你有何等的聪明智慧。我这里的禅法，只须你拿出个真正见解、有个核心理念即可。所以我临济义玄要告诉和尚们的是：你纵然有天大本事可解释种种经典，你还真不如去作个清净无事的禅师。

且慢，禅师若要修禅，这个"修"字又作何解呢？"修"无须"求取"之法吗？不求不修而要获得禅悟乃至彻悟，有可能吗？此非悖论而何！然细审之，深思之，临济的思维焦点并不在此，而是聚焦在"去缚"或"解缚"二字上。只有获得真正见解的禅者，才束缚不住他。就如临济本人对此的真正见解其实在：无事是贵人，但莫造作，只是平常，尔若求佛，即被佛魔摄，尔若求祖，即被祖魔缚。可见，此中真正见解即核心理念原在去缚。有求皆苦，苦在受缚，故不如清静无事。《临济录》中的根本思想主张之一即"无事是贵人"，此乃其禅髓：自性圆满，与佛无别；不须造作，本来现成；饥餐困眠，日用是道；有求皆苦，歇即无事；不求师家，不求经论。一句话：无事是贵人。南禅中流传极广的一句禅语即为，无事便是好时节。

然而，笔者在此要强调的倒是：临济的思想主张及禅髓，是中唐时期极具时代意义的、且针对性极强的"解缚""松绑"的禅法。这是一种让你放下、放松，从而能更好地入门悟道的禅法。

今人读此公案，千万不能歪解而步入全然无修之途，甚至以古人之语来搪塞自已的下堕之慵。这会让你错失古道而变态毁已。

绝虑忘缘 打骨出髓（石霜楚圆）

这是石霜楚圆一则很重要的上堂开示。

《五灯会元》将石霜楚圆列为临济宗门下，"南岳下十世"的汾阳善昭禅师法嗣。石霜楚圆（986-1039），俗姓李，全州清湘（今广西全州县）人。22岁于湘山隐静寺出家。曾在襄沔一带游历，与大愚守芝、芭蕉谷泉相遇，结伴而行，于汾阳拜善昭座下，苦修七年而尽领禅法要旨。后离开汾州到各地参师访友。先到并州（今山西太原市）参访唐明智嵩，受智嵩的指示，与当时名士杨亿和李遵勖谈禅论道。又到仰山参访，其时杨亿写信至袁州（今江西宜春）知州事黄宗旦请楚圆出世弘法，住持袁州南源山广利禅院。楚圆一生住山接众，传授禅法，生前即有名望，先后主持了五所寺院，筠州（今江西高安）洞山，于曹洞宗禅僧晓聪门下任首座三年。又到袁州（今江西宜春）仰山。于宝元二年（1039）于潭州兴化禅院示寂，世寿54，谥号"慈明禅师"。

据《五灯会元》卷12《石霜楚圆禅师》载：

> 上堂："我有一言，绝虑忘缘。巧说不得，只要心传。更有一语，无过直举。且作么生是直举一句？"良久，以柱杖画一画，喝一喝。问："己事未明，以何为验？"师曰："玄沙曾见雪峰来。"曰："意旨如何？"师曰："一生不出岭。"问："祖意教意，是同是别？"师曰："马有垂鞭之报，犬有展草之恩。"曰："与么则不别也。"师曰："西天东土。"问："如何是学人自己？"师曰："打骨出髓。"

"绝虑忘缘"说在前，"打骨出髓"说在后。二者的内在关联在：不到绝虑忘缘的境界，打骨也出不了髓。而这个"髓"作为精华，在禅宗里当然是禅髓，是思想理念之精华。到了打骨可以出髓的地步，学人的"本来面目"也就呈现出来了，这才是"见性成佛"之境。故公案的最后一问乃精彩之问："如何是学人自己？"而所答更是绝佳之答："打骨出髓。"

然何以一定要"绝虑忘缘"？须知，此与他对禅佛的根本认识相关，他曾向弟子们传达过这样的意思：对佛教，从第一义谛之标准看，不仅不应该借助语言文字诠释终极的解脱之道，且利用棒喝之类的动作暗示禅机，亦属"戏论"，是不值得提倡的游戏之举。他在《慈明录·福岩录》中就极富启示地指出过："法本无言，因言而显道；道本无说，假说而明真。所以诸佛出世，善巧多方，一大藏教，应病与药。三玄在要，只为根器不同；四拣四料，包含万象。"故楚圆本人的四料简、三玄三要，都是针对学人各种不同条件而施设的，要在绝虑忘缘、打骨出髓，而终获彻悟。

　　现代学人，即便稍有功夫路径，亦全然不懂何为"根器"与"施设"的内在关联，要在锻造出"学人自己"，而真要修炼出"学人"的本然自己，不到"绝虑忘缘"而"打骨出髓"的地步，如何办得到？

事事无碍（石霜楚圆）

这是石霜楚圆的一则流传甚广的公案。据《五灯会元》卷12《石霜楚圆禅师》载：

> 师室中插剑一口，以草鞋一对，水一盆，置在剑边。每见入室，即曰："看！看！"有至剑边拟议者，师曰："险丧身失命了也。"便喝出。师冬日傍僧堂，作此字（按：几个符号）其下注曰："若人识得，不离四威仪中。"首座见曰："和尚今日放参。"师闻而笑之。

此公案与他倡导的"事事无碍"理念完全一致。楚圆于室内打坐，何以要置一把剑、一双草鞋、水一盆在室内，且置于剑边，并让学人据此而参悟？此举看似让人茫然，而其中的禅机则在，石霜楚圆对任何参悟者的答语从未认可过，甚至对拟议者，大为不满，不仅喝出他们，还告知他们：汝等如此办理，险些丧失性命！问题的关键就在这里，楚圆实际是在传达：你一拟议，就出错。你的思维一有趋向、一作比较，就离开了道之所在了。趋向之心，比较之心、拟议之心，都不能得道。只有天真无碍、回归自性，才有近道之可能。

其实，理解了楚圆前面那则上堂开示，并领悟了他的禅旨，便知其是倡举"事事无碍"的禅者，《五灯会元》卷12《石霜楚圆禅师》还列有一句他极为关键的上堂法语："上堂，良久曰：'无为无事人，犹是金锁难。'喝一喝，下座。"此中无为无事人，即为他的禅法宗旨之所在。其深意在：法本不相碍，三际亦复然；大智非明，真空无迹。楚圆曾在潭州道吾山说法时表示过，如能真正体认《永嘉证道歌》中所言的"无明实性即佛性，幻化空身即法身"，其禅悟可至很高境界，可彻悟大千世界一切皆空寂无实、无生无灭之佛理，并洞明无量无边之万物于时空彼此之圆融；只有达至此圆融之境，方可从容应对，事事无碍。

此公案含藏至深佛理：在表象上，佛与众生多有不同；而其空寂无相之本体，则无有差别，法身如一，凡圣等同——自性便是真佛。悟此，便圆融；悟此，便事事无碍。

得大无碍，决非执言句可得；得大圆融，决非受隔限可通。楚圆曰："本源自性天真佛。"今人悟此，当静心学道，回归本源自性。

杨岐乍住屋壁疏，满床皆布雪真珠（杨岐方会）

杨岐方会（992－约1049），俗姓冷，袁州宜春（今江西宜春）人。中国宋代禅师、杨岐派宗师；因方会住袁州杨岐山普明禅院（今江西萍乡上栗县杨岐山普通寺），故名。方会从小机警聪明，20岁时，仍不喜读书作文，后为小官，因征收商税督促不力，而夜逃瑞州九峰山，恍恍惚惚觉得好像以前游览过此地，眷恋不忍离去，就此落发为僧。后往潭州（今湖南长沙）参石霜楚圆禅师。方会禅师，出家于筠州九峰（在今江西高安），师事临济宗门下之楚圆禅师（986-1039），自成杨岐派，世称杨岐禅师。

杨岐禅师不仅仅在观机逗教中注重"反璞归真"，在他的日常生活中，更是十分简朴。据《宗统编年》载：

> 杨岐初住，老屋败椽。适隆冬，雪霰满床。居不遑处，衲子投诚，原充修造，会却之曰："我佛有言，时当减劫。高岸深谷，变迁不常，安得圆满如意，自求称足？汝等出家学道，手脚未稳，已是四五十岁，讵有闲工夫丰屋耶！"竞辞之。翌日上堂云："杨岐乍住屋壁疏，满床皆布雪真珠。缩却项，暗嗟吁，翻忆古人树下居。"

从公案可知杨岐禅师当时的生活是非常简陋的：隆冬时节，竟是"雪霰满床"，如何居住？实是"居不遑处"而又无有去处。学人前来助其修造原屋，遭方会拒绝，理由是"时当减劫"而又变迁不常；此情此景，安得圆满如意而自求安足？他告诉这些学道之人，修行要紧，哪有这等闲功夫去造屋。究其实，方会的生活方式就如同他的禅法一样，安之如素，朴素自在而一意精进。尤其值得称道的是，方会纯然是个抛弃外在浮华，而注重禅修实质的禅师；他只令学人真修实证，反璞归真。这在宋朝上下皆崇佛奉禅，禅僧生活条件相对较好的历史背景下，确实是难能可贵。

佛陀说法49载，讲经300余会，无不是心地之法，从心向外流出智慧的法音。而杨岐精神"一尘才举，大地全收"，此只有在朴实平淡中才会寻觅到自性的所在，才可以激发人之觉性而达灵明之境。素朴自有素朴的高明，素朴自有素朴的智慧，只有不求奢华，因势利导，才可更好地利用当下条件而开启学人的自性大门。故杨岐方会对学人的接机方式，大有"有马骑马，无马步行"的随方就圆、触事即真而自由方便、不失本真之素朴精神。这也形成了他不同于临济宗另一派（黄龙派）以较固定模式启悟学人的痛快淋漓、不容拟议之禅门宗风。

现代人追求奢华，互相攀比，最易失去本真自然、朴实平淡的气质。当今时代，正是亟需重拾这种素朴精神而反璞归真的时代。

随方就圆（杨岐方会）

这是《方会语录》中的开示语："上堂：'杨岐一言，随方就圆。若也拟议，十万八千。'下座。"但这里，我们只是截取了整个开示中的一句，因这句最为关键。

方会的禅法，大体是追随义玄那种痛快淋漓、不容拟议的禅风特色。如："上堂云：一即一切，一切即一。拈起拄杖云：吞却山河大地也。过去诸佛，未来诸佛，天下老和尚，总在拄杖头上。遂以拄杖划一划云：不消一喝。"这样的开示确有气吞山河的气度和傲视天下的胸怀。一次上堂，他开示称：

上堂：杨岐一要，千圣同妙，布施大众。拍禅床一下云：果然失照。

上堂：杨岐一言，随方就圆。若也拟议，十万八千。下座。

上堂：杨岐一语，呵佛叱祖。明眼人前，不得错举。下座。

上堂：杨岐一句，急着眼觑。长连床上，拈匙把箸。下座。

第一段大意为：诸佛都是以微妙心法来施于众生的，但并非学人都能真正体认；第二段是核心之段，此中的"随方就圆"，是说自己所传之法针对性极强，是因人而异的。实际是在强调：需要怎样、应该怎样，就怎样；不死执、不固定；不求繁琐，点到即止。这当然是一种简洁而又灵活的禅法——其实质在随禅机、禅缘之变化而决定其形态，这个形态需要方就方，需要圆就圆；全随自然禅缘而定。若一执就死，一固就缚，何来禅的自由自在，生动活泼。第三段表示自身禅法虽也有时呵佛骂祖，但在解禅的学人面前，决非随意乱举。

其实，这一开示是有其时代背景的，是要求禅僧勿要执著言语文字，死煞句下，而应直透心源，悟彻本心。方会重新强调自由的"随方就圆"思想主张，主要是针对当时流行的文字禅。《五灯会元》卷19《杨岐方会禅师》所载一则对话："问：'师唱谁家曲，宗风嗣阿谁？'师曰：'有马骑马，无马步行。'"亦同样可说明其随方就圆的根本禅旨。

的确，方会主张在日常生活中悟道，当随机变化，可方可圆，或方或圆；要在不落知见，不加拟议，一旦落入知见，执于拟议，那就（十万八千）地远离真正的禅旨了。而开示中所谓"呵佛叱祖""急着眼觑"，实是接续了临济棒喝禅风，旨在让你"破执"，中断执求，回归自性灵明从而在随方就圆中随时悟道。

日本著名的"疯佛祖"一休和尚，就是杨岐派弟子，是个最能把握随方就圆禅旨的日本和尚。一休最终形成自己的独特禅法，其禅旨之一是：放轻松些，成为自然的就是一切。一休对日本近现代禅学，有莫大功劳。

自己便是铁壁（白云守端）

这是白云守端的开示之语。

《五灯会元》将白云守端列为临济宗门下，南岳下十二世杨岐方会禅师法嗣。白云守端（1025－1072）俗姓周（或云葛氏），湖南衡阳人。早年投茶陵县（今湖南）郁禅师门下剃度为僧，20多岁时往潭州云盖山寺。后游访庐山，于庐山圆通寺参谒云门宗居讷禅师；居讷推荐其住持江州承天寺。守端此后名声日著，居讷不久又将圆通寺交由守端。

据《五灯会元》卷19《白云守端禅师》载：

> 上堂："释迦老子有四弘誓愿云：'众生无边誓愿度，烦恼无尽誓愿断，法门无量誓愿学，佛道无上誓愿成。'《法华》亦有四弘誓愿：'饥来要吃饭，寒到即添衣，困时伸脚睡，热处受风吹。'"上堂："古人留下一言半句，未透时撞著铁壁相似，忽然一日觑得透后，方知自己便是铁壁。如今作么生透？"复曰："铁壁，铁壁。"

白云守端一方面反对盲目崇拜古人，一方面也引用古人的言句来开示学人。这一开示就是对弟子们传达：释迦老子与《法华》的四弘誓愿，都是必须重视的佛教经典。学人也莫轻视古人留下一言半句，没有悟透它们的时候，撞着就像铁壁一样；一旦悟透之后，才知道自己就是铁壁。如今，应该怎么去理解并悟透它们？白云守端接着又说："铁壁，铁壁！"其深意在：自己切莫成为那铁壁！此话言简意赅，是谆谆告诫之语。禅悟之最高境界即认识到自性为佛，迷时是众生，悟道即为佛。故成佛之关键就是找回自己迷失的自性，但在此过程中学人如何觉悟？这当与理解把握经典，悟透古人言句相关。固此开示，白云守端反复作"铁壁"之说，用意仍在让学人拆除铁壁。

的确，学人在悟道学禅过程中，对禅法禅旨的把握是十分重要的，若不得到位，过于偏狭，甚至步入死胡同，不得开悟，还认古人之语是铁壁，须不知自己才是真正做了一回铁壁。今人更多有此例，一旦于学业、工作中久未得通，则立马退堕而失去精进气概；更不疑不问、不钻不研，只判古人为错。其结果，一生迷失，不得开窍；甚而处处嗔怪、怨气冲天而不可自拔。学一回禅，多少知晓自己原是那破旧铁壁。拆除它！

一真一切真，一了一切了（圆悟克勤）

圆悟克勤（1063-1135）宋代高僧，临济宗杨岐派五祖法演禅师的法嗣，是光大杨岐法脉最为重要之人物。俗姓骆，字无着。法名克勤。崇宁县（今成都郫县唐昌镇附近，北宋末年属彭州）人。先后弘法于四川、湖北等地，晚年住持成都昭觉寺。声名卓著，皇帝多次召其问法，并赐紫衣和"佛果禅师"之号，后又赐号"圆悟"，去世后谥号"真觉禅师"。俗家姓骆，四川崇宁人氏。幼时即于妙寂院依自省法师出家，受具足戒之后，于成都依圆明法师学习经论。其后至五祖山，参谒法演禅师，蒙其印证，与佛鉴慧勤、佛眼清远二禅师齐名，世有"演门二勤一远"之称，誉为丛林三杰。

据《圆悟克勤禅师语录·示嘉仲贤良》载：

"全心即佛，全佛即人；人佛无异，始为道矣。"此谛实之言也。但心真，则人佛俱真，是故祖师直指人心，俾见性成佛。然此心虽人人具足，从无始来清净无染。初不敢着，寂照凝然，了无能所，十成圆陀陀地。只缘不守自性，妄动一念，遂起无边知见，漂流诸有。脚跟下恒常佩此本光，未尝霭昧，而于根尘枉受缠缚。若能蕴宿根、遇诸佛祖师直截指示处，便倒底脱却腻脂衲袄，赤条条，净裸裸，直下承当，不从外来，不从内出，当下廓然，明证此性。更说甚人、佛、心？如红炉上着一点雪，何处更有如许多忉怛也。

是故此宗不立文字语句，唯许最上乘根器，如飘风疾雷、电激星飞，脱体契证，截生死流，破无明壳，了无疑惑，直下顿明，二六时中转一切事缘皆成无上妙智。岂假厌喧求、静弃彼取此？一真一切真，一了一切了，总万有于心源，握权机于方外，而应物现形，无法不圆，何有于我哉？要须先定自己落着，立处既硬纠纠地，自然风行草偃。所以王老师十八上便解作活计，香林四十年乃成一片。尘劳之俦为如来种，只有当人善自看风使帆，念念相续，心心不住，向此长生路上行履，即与佛祖同德同体、同作同证。况百里之政并在手头，安民利物即是自安，万化同此一机，千差并此一照，尽刹尘法界可以融通，何况人佛无异耶！

这个开示对理解克勤的核心禅旨，十分重要：其为克勤强调"心真"禅观的一篇"谛实之言"——克勤以"全心即佛，全佛即人；人佛无异，始为道矣"为佛教禅宗的最高真谛。当然，"心真"二字是全篇开示的核心所在——心真则人、佛俱真。而在禅宗，人佛之真，全在"自性"二字；故克勤十分强调要坚守自性，而"不守自性，妄动一念，遂起无边知见，漂流诸有"。故祖师教人，惟直指人心；使学人最终得以见性成佛。这里我们需要指出的是，克勤对李嘉仲的开示，毫无忌讳地直接指出禅宗作为不立文字语句之宗教，"惟许最上乘根器"，入此门，须是要根器猛利。他以为只有最上乘根器者，才能达到直契本源，直下顿明的境界。然"心真"仍为绝对条件；"心真"之心，才能"总万有于心源，握权机于方外，而应物现形，无法不圆"。故一真一切真，一了一切了；千了百当，一切现成。这是禅宗之最高悟境：无修而修，无作而作；于一切境不执不著，得大解脱。

我们再一次用克勤的原话强调："但心真，则人佛俱真。"这是全篇的枢纽。

生活中，人们最容易失去的就是心源之真，因现代人的日常生活，外在饰求太多、形式亦过于复杂，多使人无暇顾及而又要勉强应对。须不知，"心真"一失，看风使舵，则自性全无，如何能保有本色的自己呢？

曹溪一滴（圆悟克勤）

"曹溪一滴"说的是圆悟克勤与真觉惟胜之间的一个公案。据《五灯会元》卷19载：

> 至真觉胜禅师之席，胜方创臂出血，指示师曰："此曹溪一滴也。"师瞿然，良久曰："道固如是乎？"即徒步出蜀，首谒玉泉皓，次依金銮信、大沩颙、黄龙心、东林度，佥指为法器，而晦堂称："他日临济一派属子矣。"

这指的是有一次，克勤得重病到了濒死状态，回想生平所学，临生死大限之际半点都帮不上忙，他发感叹道："诸佛涅槃正路不在文句中，吾欲以声色见，宜其无以死也！"故病好后，断然放弃过去那种沉溺文字知见的做法，并于公元1083年，离开妙寂院，前往参拜宗门大德。克勤首先来到黄檗真觉惟胜禅师座下，惟胜禅师是黄龙慧南禅师的法嗣。一日惟胜禅师臂膀创伤出血，他即借此告诉克勤："此曹溪一滴也。"克勤一听，顿感惊讶，良久才郑重地说：道固如是乎？于是克勤便徒步出蜀行脚四方，遍参各地禅门高僧。他先后礼谒玉泉皓、金銮信、大沩颙、黄龙心、东林总等大德，都受到他们的重视，对他非常爱护。晦堂祖心禅师还告知他：总有一日临济一派属于你了。这里可看到，圆悟克勤与江西禅宗特别是临济禅的渊源关系。

须知，曹溪一滴，实质上说的是禅宗的智慧源头在曹溪。"一花五叶"之说，预示着慧能之后中国禅宗代有传人。南华寺被称为中国禅宗之源，而慧能顿悟法门的主要著作《六祖法宝坛经》即记述于此地，因南华寺前有溪水名曹溪，慧能又被称为"曹溪六祖"。禅宗史史上有"曹溪一滴水，遍覆三千界"一说，即指在曹溪南华寺哪怕得到一滴水的智慧，也会受用一生。柳宗元于815年（唐元和十年）在《赐谥大鉴禅师碑》中所言："凡言禅，皆本曹溪"，此中所谓"曹溪"禅，亦即我们所熟知的慧能创立的南禅。会昌法难后，中国四大禅系中的北宗与荷泽宗均已衰落，禅宗成为洪州与石头二系的天下。马祖以"平常心是道""即心即佛"的理念，锻造出"触类是道而任心"的洪州宗，引领了中国禅宗的新潮流，最终成为从曹溪禅转化为五家七宗的重要环节。

"曹溪一滴"的公案，一方面是让学人饮水思源，真学禅就须念念在兹地上溯到六祖慧能的曹溪禅；另一方面更是指曹溪禅是中国禅宗的智慧核心，故有"曹溪一滴水，遍覆三千界"之说。

　　数典忘祖，古已有之，然今人远甚古人。究其因，视野被遮蔽、手脚被捆绑、心胸被狭隘；利益当前，无所顾忌。故学此公案，就须学到那种直透本根、溯究本源的气度。

火中出莲（圆悟克勤）

这是圆悟克勤在《示宗觉禅人》中的一段开示：

> 近时学道之士，不道他不用工夫，多只是记忆公案，论量古今，持择言句。……但只知履践趣向头正尾正，早是火中出莲。切宜拨退诸缘，便能识破古来大达大悟底蕴。随处休歇行密行，诸天无路捧花，魔外觅行纵不见，是真出家了彻自己。如有福报因缘，出来垂一只手，亦不为分外，但办肯心必不相赚。只老僧凭么，也是普州人送贼。

这里不仅针砭了其时禅修中只记公案、只择言句的弊病，更强调了"行密行"之践履而终至大彻大悟的境界。无论如何，就功夫论本身而言，克勤还是常强调勇猛精进，达至"火中出莲"纯而又纯之禅境的。

有宋一代，圆悟克勤与他的弟子大慧宗杲都算得上佛学造诣极高、极富机辨卓识的"饱参"禅僧。只要看看临济黄龙系的晦堂祖心如何评价便知其达到了何种程度："他日临济一派属子矣！"没有了得之功夫，怎受得起此等赞誉。

禅宗自马祖道一、南泉普愿大倡"平常心是道"始，其禅道自然，于吃饭著衣，担水砍柴，无处不可悟道，从而使后人多误解南禅于功夫全然不究；然实情并非如此，虽南禅讲究在生活中悟道，却非摒弃坐禅颂经等功夫。无宁说南禅更为重视的是将功夫本体打成一片，从而针对根性不同者而有不同之对应功夫。克勤在《示民禅人》中就指出："先圣一麻一麦，古德攻苦食淡；洁志于此废寝忘餐，体究专确要求实证，岂计所谓四事丰饶者哉！及至道不及古，便有法轮未转食轮先转议。由是丛林呼长老为粥饭头，得非与古一倍相返耶？"这里已明确强调禅悟功夫要"体究专确"且"要求实证"；而先圣古德洁志而"废寝忘餐""攻苦食淡"者，大有人在。故克勤又倡言"脚踏实地"而"到安稳处"，此诚如其所言："脚踏实地，到安稳处。……湛寂凝然，佛祖莫知。魔外无捉摸，是自住、无所住大解脱。虽历无穷劫，迹部人如如地，况复诸缘耶？安住是中，方可建立，与人拔楔抽钉，亦只令渠无住著去，此谓之大事因缘。"在克勤看来，要能真到得安稳处，则大须有凝然湛寂的真功夫，须知，这才是克勤禅法中的"心要"。而其《示显上人》中更强调："令胸次虚豁，无一毫凡情圣量，亦不向外驰求。湛然真实，千圣莫能排遣得。一片净裸裸田地，透出空劫那边。威音王犹是儿孙，何况更从他觅，有祖以来作家汉，莫不如是。"
若不能有"胸次虚豁"之境界，何能荡尽凡圣情解。故契悟本体才是功夫到家，故
其在《示瑛上人》中又云："契悟本来真净明妙，冲虚寂淡，如如不动，真实正体。
到一念不生前后际断处，蹋著本地风光，更无许多恶觉知见。彼我是非生死垢心……
随时应节，吃饭著衣，契证平常，谓之无为无事真正道人。"在禅法的功夫境界中，
真正能做到"一念不生前后际断"，才能见着本地风光、本来面目而泯去是非知见，
从而"契证平常"。

当知，克勤的禅法功夫，着实要求一念不生而如如不动：

> 外不见有一切境界，内不见有自己，上不见有诸圣，下不见有凡愚，
> 净裸裸，赤洒洒，一念不生，桶底剔脱，岂不是心空？到个里还容棒喝么？
> 还容玄妙理性么？还容彼我是非么？

> 只为起见生心，分别执著，便有情尘烦恼扰攘。若以利根勇猛，身心
> 直下顿休，到一念不生之处，便是本来面目。所以古人道：一念不生全体现，
> 六根才动被云遮。

慧能的《六祖坛经》已然大讲"无念为宗"，克勤遵此而修，使无分别之心而
空寂无念，终至"桶底剔脱"，方为彻悟境界。然而这种禅境，在功夫上毕竟有其前提，
这一前提也即是去"知见"、去"情识"，去"妄想执著"。克勤此论，实质上就
是禅修的一种功夫论。再看他如何说："若能退步就己，脱却情尘意想，记持分别、
露布言诠、闻见觉知、是非得失，直下豁然瞥地，便与古佛同一知见，同一语言，
同一手作，同一体相；非唯与诸圣，亦乃与历代宗师、天下老和尚同。"此前提就
在"退步""脱却"，方能同于历代宗师。

据此，克勤更深言之："所以佛祖出世，只要教尔歇却知见，打并教丝毫尽净，
且道作么生歇？直下如悬崖撒手，放身舍身，舍却见闻觉知，舍却菩提涅槃、真如
解脱，若净若秽，一时舍却，令教净裸裸，赤洒洒，自然一闻千悟，从此直下承当。
却来返观佛祖用处，与自己无二无别，乃至闹市之中，四民浩浩，经商贸易，以至
于风鸣鸟噪，皆与自己无别。然后佛与众生为一，烦恼与菩提为一，心与境为一，
明与暗为一，是与非为一，乃至千差万别，悉皆为一，方可搅长河为酥酪，变大地
作黄金，都卢混成一片，而一亦不立，然后行是行，坐是坐，著衣是著衣，吃饭是
吃饭，如明镜当台，胡来胡现，汉来汉现，初不作唐计较，而随处见成。"此话已
说得极为透彻，要终至"随处现成"的理事无碍、事事无碍的华严之境，先须有却
去妄想执著之功。而其凸显"悉皆为一"的整一合一之圆融之境，其理念则显然得
益于华严的一真法界。从克勤借庞居士而大彰华严一切即一、一即一切之理，亦可

透见其常以华严而言禅："庞居士舌拄梵天，口包四海，有时将一茎草作丈六金身？有时将丈六金身作一茎草，甚是奇特。"一茎细草中可透见禅佛整体，所以是"一一现无边妙身，八万四千毛端，头头彰宝王刹海。不是神通妙用，亦非法尔如然。"这俨然是一种华严禅了！

圆悟克勤此则开示的启人之处就在：既重日常生活中的随缘悟道，又重"火中出莲"的禅法功夫；既有云门的"函盖截流"精神气象，又有周遍法界的辩证圆融。大哉克勤！禅门龙象，果然是别具一格。克勤的"火中出莲"，仍可为今人范例。

火不待日而热，风不待月而凉（圆悟克勤）

这是《佛果语录》中圆悟克勤禅师的示众法语：

> 升座云："火不待日而热，风不待月而凉。"鹤胫自长，凫胫自短。松直棘曲，鹄白乌玄。头头露现，若委悉得，随处做主，遇缘即宗。竿木随身，逢场作戏。有么？有么？

中国成语"逢场作戏"，即出于此。

克勤禅师升座讲法，他说：火，是不会有待于太阳而热起来的；风，也是不会有待于月亮才凉下来的。那鹤腿本来就是长的，野鸡脚也本来那么短。松树也本来就那么直荆棘曲，天鹅本来白乌鸦本来黑。这世间万物，本来呈现就是如此；你如果"委悉"（周知、知悉，指把握整体）而洞见这本然面目，自然所到之处都可做主人，所遇机缘都可悟禅。这不好似江湖艺人随身携带那竿木而逢场作戏吗！

此开示主旨仍在禅道自然四字上，然非仅此而已；而是让学人知悉得、透见得此旨后，能真正"随处做主"。故此则开示又被称之"随处做主"；其"遇缘即宗"亦是让学人在适遇缘分的条件下，以"随缘任运"而获禅悟为禅之宗旨。克勤之所以罗列诸多自然界种种现象，目的仍在透显世间万物之别，来自自然，本来如此；此非你所为，拟议即差，拟向即乖。禅门对此，是顺从自然，随缘任运而获禅悟。

克勤乃彻悟之人，深通"做主"而又能当下"随处"做主，其实不易；故特列出"若委悉得"这一前提条件。仅此，我们便知克勤虽似强调禅道自然之旨，却在透露"遇缘即宗"的把握得当与到位。如此，方可随处做主。此中的"逢场作戏"，实非贬意，仍是让学人既随缘，又自在；若要做主，须委悉得。

今人处事，常常不是个体之人"随处"、随事而作主；而是关系作主、利益作主，哪里有利益、哪里可聚关系，就往哪里钻。学此公案，得此精神，岂不悟"随缘任运"、自作主人之重要？

频呼小玉原无事，只要檀郎认得声（圆悟克勤）

这是圆悟克勤的另一则极有禅味的公案。

圆悟克勤是自己读佛家宝典有所省悟而削发出家的，他先后参谒云门宗、临济黄龙派的禅师；黄龙祖心颇识其人，预示他有很好的未来。然其时最能代表临济宗风者非法演莫属。年轻气盛的圆悟克勤免不了要参学法演禅师，但在师父面前他仍自恃豪辩，与师争锋，最后甚至欲另谋他就。法演只告诉他：将来在你得了一场大病后，你自然会想起我。不久圆悟克勤果然患伤寒而一病不起，一日他突然忆起师父之教诲，便发誓要回到师父身边。后病愈回归，师父自然高兴，令其留在身边作侍者。一次师父在启悟学人时，用了两句诗来比拟"什么是道"，但这两句诗竟为艳诗："频呼小玉原无事，只要檀郎认得声。"禅道不可说，冷暖各自知：就像檀郎"认得声"那样。克勤从中有所省悟。回到寮房，即刻写出一首悟道偈，并面呈师父：

> 金鸭得销锦绣帏，笙歌丛里醉扶归。
>
> 少年一段风流事，只许佳人独自知。

悟道路径、悟道因缘，各各不同，自然体认状态与其境界，都各有不同；这恰如"风流韵事"，各自如何适意，只有自己才能体认。哪有什么通常的、一般的表达语言呢？克勤由此而开悟，此类特例在禅宗史上也确为罕见。

这个公案传达出，参禅悟道，决无定式，各人在具体的情境中，只要"认得声"，识得自性、自心，便得大自在也。

究其实，参禅悟道，也有一般与特殊，整体与个体之辩证关系在其中。这个公案，尤为强调个体的特殊性一面。它告诉我们，不得内在的自性，决无真正的彻悟。

对今天的人们来说，在日常生活与工作中，在万千事物面前，省悟得道，依然是常有之事；悟道决非古人之专利，说今人悟性不如古人，亦非到位之语。只能说今人常常淹没在利欲的海洋中，将个体的自性与趣向消失殆尽。然而，没有那颗自适其性的"平常心"，哪有悟道之门径？

无云生岭上，有月落波心（翠岩可真）

这是翠岩可真的一个著名公案。《五灯会元》将翠岩可真列为临济宗门下，为南岳下十一世石霜楚圆禅师法嗣。杨曾文老师在他的《宋元禅宗史》中指出："宋元以后，临济宗的法系不是黄龙派就是杨岐派，皆可追溯到楚圆。"而《五灯会元》则是直接将可真紧接于杨岐方会之后。故此处笔者亦将其置于临济宗杨岐派下。

翠岩可真（？－1064）宋代临济宗僧。福州（福建）长溪人，世称真点胸，为石霜楚圆之法嗣。曾住隆兴府（南昌）翠岩寺，故又称翠岩可真。后迁潭州（湖南长沙）道吾山。以其辩才无碍，名闻遐迩。治平元年示寂。遗有翠岩真禅师语要一卷，收于《续古尊宿语要》。

据《五灯会元》卷12《翠岩可真禅师》载：

> 洪州翠岩可真禅师，福州人也。尝参慈明，因之金銮同善侍者坐夏。善乃慈明高第，道吾真、杨岐会皆推伏之。师自负亲见慈明，天下无可意者。善与语，知其未彻，笑之。一日山行，举论锋发。善拈一片瓦砾，置磐石上，曰："若向这里下得一转语，许你亲见慈明。"师左右视，拟对之。善叱曰："伫思停机，情识未透，何曾梦见？"师自愧悚，即还石霜。慈明见来，叱曰："本色行脚人，必知时节，有甚急事，夏未了早已至此？"师泣曰："被善兄毒心，终碍塞人，故来见和尚。"明遽问："如何是佛法大意？"师曰："无云生岭上，有月落波心。"明瞋目喝曰："头白齿豁，犹作这个见解，如何脱离生死？"师悚然，求指示。明曰："汝问我。"师理前语问之。明震声曰："无云生岭上，有月落波心。"师于言下大悟。师爽气逸出，机辩迅捷，丛林惮之。

这说的是洪州翠岩可真禅师曾参学石霜楚圆慈明禅师，成为慈明禅师的法嗣，后又到金銮寺陪同善侍者坐夏（夏季安居）。善侍者乃慈明和尚之高足，就连道吾悟真、杨岐方会等诸德都很推重他。但可真禅师十分自负，自认为已经亲见慈明嫡旨，故其时天下再也没谁能令他可意的禅师。这时，善侍者与可真禅师交谈，知道他未开悟，就哂笑他。有一天，可真禅师与善侍者两人在山间步行，因谈论禅道而引发了他们互呈机锋。善侍者拈起一片瓦砾放在磐石上，对可真禅师说道：如能对此说出一句转语，就承认你亲身见过慈明禅师。可真禅师围绕着磐石左看右看，盘算着如何应对，刚要开口，善侍者便呵叱道：思虑迟缓，灵机不动，可见你尚未透过情识，更何曾梦见禅道？可真师感到非常羞愧和悚惧，当即离开金銮，重新回到石霜山。慈明禅师看到他，便呵叱道：本色行脚人，一定是知道时节的，有何等急事，夏季未了就已来到这里？可真禅师哭着说道：善师兄毒辣心肠，使我心里堵塞不通，所以赶来见和尚。慈明和尚连忙发问：什么是佛法宗旨？可真禅师回答道："无云生岭上，有月落波心。"慈明和尚瞋目喝道：头发都白了，牙齿也落了，怎么还抱这个见解！怎样脱离得生死？可真禅师一听，悚惧不已，便哀求慈明和尚指示。慈明和尚道：你来问我吧。可真禅师便依前语问慈明和尚：如什么是佛法大意？慈明和尚大声应道："无云生岭上，有月落波心。"可真禅师言下大悟。此后，可真禅师爽气逸出，机辩迅捷，丛林学子皆惮之。

"无云生岭上"，是说岭上没有一点云，此实是喻指真如妙性中不立纤尘。"有月落波心"，是说水中宛然显现月影，借此喻指缘起事法中不碍万象森罗。但在这一公案中，第一遍由可真说出时，却被慈明禅师瞋目喝道：老得头白牙落，还抱如此见解！如何脱得生死？而在可真复述前问时，慈明禅师在回答时一字未改地重述："无云生岭上，有月落波心。"却让可真言下大悟。此中禅机又何在？显然，慈明早知可真是未悟之人，只是照葫芦画瓢，照搬原样地背诵下来，未得自性应验。而慈明的重述，则是慈明早获禅悟而自性应验之语；是出自自然，出自内心，是化为自身的禅髓。此公案又与惟信禅师的"顿悟山水"公案有相似性。出家前于山是山，于水是水；出家以后，参禅习理，日获知见，于山不是山，于水不是水；开悟之后，自性洞明，复现本来面目，故仍持日常生活平常心，仍于山是山，水是水。境界却完全不同。可真与慈明即此两重境界。

可真和尚是无道有心，而慈明禅师是有道无心。后者是过来人，是彻悟之人；其语是合道之语，无心而合道。故能使可真和尚当下即悟。

同一句话，于不同场合、不同的人说出，意味大有不同。此种情形，现代人亦多有体验，但要学此禅机，则不是短时可收其功的。只有持续地在日常生活中习禅悟道，验之于心，体之于性，天长日久，才有收获之日。

一尘才起，大地全收（大沩慕喆）

这是翠岩可真亲传弟子大沩慕喆禅师的一则开示。《五灯会元》将慕喆禅师列在临济宗门下，为南岳下十二世，翠岩可真禅师法嗣。据《五灯会元》卷12《大沩慕哲禅师》载：

> 上堂，拈起拄杖曰："一尘才起，大地全收。"卓一下曰："妙喜世界百杂碎，且道不动如来即今在甚么处？若人识得，可谓不动步而登妙觉。若也未识，向诸人眉毛眼睫里涅槃去也。"又卓一下。上堂："不用思而知，不用虑而解。庐陵米价高，镇州萝卜大。"上堂，拈起拄杖曰："智海拄杖，或作金刚王宝剑，或作踞地师子，或作探竿影草，或不作拄杖用。诸人还相委悉么？若也委悉去，如龙得水，似虎靠山，出没卷舒，纵横应用。如未相委，大似日中逃影。"上堂："十方同聚会，个个学无为。此是选佛场，心空及第归。慧光门下直拔超升，不历科目。诸人既到这里，风云布地，牙爪已成，但欠雷声烧尾。如今为你诸人震忽雷去也。"以拄杖击禅床，下座。

此中最为关键的一句即"一尘才起，大地全收"。而开篇即见的"拈拄杖"一语，亦有奥义在其中。须知此为禅门内熟典，《五灯会元》载五代慧清禅师上堂法语："上堂，拈拄杖示众曰：'你有拄杖子，我与你拄杖子。你无拄杖子，我夺却你拄杖子。'靠拄杖，下座。"试想：你有，我还继续给你；而你无，我反而还要夺你的。这拄杖子是何物啊，如此神妙！其实公案的焦点，完全不在这拄杖子有何神乎其神，而是借拄杖子表征"有无""与夺"的二元关系——抹去对立、齐平有无，这正是禅宗有无一体、融通混一的根本精神，而这一根本精神超越了世俗中的通常"有无"二元对立之逻辑关系。所以，我们不要小看了这一"拈起拄杖"之特定行为；因为此下一句"一尘才起，大地全收"，决定了前面"拈拄杖"的铺垫意义：融通了"一尘"（个体）与"大地"（整体）的对立关系。此亦禅佛的特定思维视角，一即一切，一切即一；从一粒微尘可透见（全收）大地。个体与整体、具体与抽象的关系都在这里被彻底融通了。

接下来所讲的"妙喜世界百杂碎，且道不动如来即今在甚么处"，就是以这一禅佛视角来打探：外在世界，确为流动碎片（百杂碎）；但"不动"的如来总该在什么地方吧！这仍然是在讲现象与本质、动与不动的辩证关系。你真正把握了这关系，自然不移一步而荣登禅佛最高的"妙觉"境界并终获解脱；如未把握（识得）这关系，那你自然是步入"微尘"（具体）的死胡同了。此中所言"向诸人眉毛眼睫里涅槃去也"，是说反话，存讥讽之意——只晓微观，不懂宏观，何能领悟佛法整体？真正领悟了"一尘才起，大地全收"之奥义，有了从一粒微尘透视世界的辩证思维，才可能真正"见性"。这种禅悟之境是可做到"不用思而知，不用虑而解"的，那是一种自然无为的境界，那时，"庐陵米价高，镇州萝卜大"，会让你感觉如此自然而然。下面的"委悉"，也就是让你通透而悉知（全知整体）；得此透悟之境，当"卷舒""纵横"自如而"无为""性空"，终得超脱（"直拔超升"）。

抚州临川，出此等和尚；翠岩（南昌湾里）可真，有此弟子，可见其久受江西禅宗源头熏染，终至禅境湛然而思辨明澈。今人学此开示，若能透入其辩证关系而得其思维趣向，是为最上乘。

举也未会（大慧宗杲）

　　大慧宗杲（1089-1163），临济下十一世、杨岐下四世僧，《五灯会元》将其作为圆悟克勤的嗣法弟子。俗姓奚，宣州（安徽）宁国人，字昙晦，号妙喜，又号云门。

　　"举也未会"是大慧宗杲与湛堂文准之间的一则公案。据宗杲《宗门武库》102则载：

　　　　师（宗杲）因读洞山《悟道颂》，遂疑云："有个渠，又有个我，成什么禅？"遂请益湛堂，堂云："你更举看。"师遂举。堂云："你举也未会。"便推出。

　　公案中的湛堂文准，是大慧宗杲的第一个师父，也是第一个推荐他去拜谒克勤的禅师；而在这个公案中宗杲未得湛堂认可亦属自然。据《五灯会元》载："从曹洞诸老宿，既得其说，去登宝峰，谒湛堂准禅师。堂一见异之，俾侍巾襦。指以入道捷径，师横机无所让。堂诃曰：'汝曾未悟，病在意识领解，则为所知障。'堂疾革，嘱师曰：'吾去后，当见川勤，必能尽子机用。'"这段话，可帮助我们理解上面的公案。湛堂早已洞见宗杲受文字知解之障碍，而不得悟道，但宗杲英气勃发，丝毫不让于湛堂师；当然，湛堂文准亦深知宗杲为栋梁之才，他日必能任重致远，故仍殷殷嘱咐宗杲拜谒克勤禅师。

　　那么，公案中提到的洞山《悟道颂》又是怎么回事呢？洞山良价悟本禅师，曾到沩山那里参访，沩山指定他到云岩道人那去；在云岩那里，良价稍有省悟。《指月录》卷十六载："师辞云岩。岩曰：什么处去？师曰：虽离和尚，未卜所止？岩曰：莫湖南去？师曰：无。曰：莫归乡去？师曰：无。曰：早晚却回。师曰：待和尚有住处即来。曰：自此一别，难得相见。师曰：难得不相见。""临行，又问：百年后，忽有人问，还邈得师真否？如何只对？岩良久曰：只这是。师乃沉吟。岩曰：价阇黎，承当个事，大须审细。"洞山这时候不免难过，觉得师父很可怜。云岩骂他：像你这样行吗？学禅要有大丈夫的气派，你还有世俗的感情，牵挂着，放不下，我走了，又怎么样？此中提到的"师犹涉疑"，是说洞山此时才起疑情了。后因过水睹影，大悟前旨。有偈曰：

> 切忌随他觅，　迢迢与我疏。
>
> 我今独自往，　处处得逢渠。
>
> 渠今正是我，　我今不是渠。
>
> 应须恁么会，　方得契如如。

后来离开师父，过一条溪水，看到水中自己的影子，顿然大悟，悟后作了首偈子，"切忌随他觅"。什么是"他"？日常生活中，我们所寻求的事物、对象等都是"他"，却越寻越远。"我今独自往"：灵光独耀，迥脱根尘时，返求内在自我时，却寻得了"他"。"处处得逢渠"：这个渠才是真正的自我。"渠今正是我"：等于我们现在看到这个身体，这个身体是"他"，不是真正的自我；可是现在活着，渠今正是我。真正的自我在哪呢？"我今不是渠"：可不是他，他会改变，十岁跟二十岁不同；现在的我，头发都白了，已与年轻的我不同了，这个会改变的不是真正的我。"应须恁么会，方得契如如"：要在这个地方去找，找到了，你才懂得真如自性的那个道理。洞山禅师的悟道偈子，再重复一次："切忌从他觅，迢迢与我疏。我今独自往，处处得逢渠，渠今正是我，我今不是渠。应须恁么会，方得契如如。"一般修道的，都是从"他者寻求。他者，涵括了身体、外在事物与对象，都是他者；如果一直在"他"者的外在对象上下功夫，几于在妄心上执求，越修就离真正的悟道目标越远了。

大慧宗杲读过此颂，却发生疑问："有个渠，又有个我，成什么禅？"湛堂师父见他如此深疑，就让他再将此颂举说一遍。宗杲也就再次举说《悟道颂》，然而湛堂师父未等他举完，便说：你再怎么举说也未理解。接着就把宗杲推了出去。

后来，宗杲在湛堂文准禅师座下达六年之久，久参纯熟。师父亦对其极为赏识并以法器期之，谓其非他人可比，他日必能任重而致远。

这个公案传达出：禅修与禅悟，有一个从理解到真正悟道的过程。"举也未会"表明：你能说出来，并不见得就真正理解透彻了。此"会"既可解为"理解"，又可解为"悟解"，二词只是程度差别而已。"会"到深处，融会贯通，便是悟。当然，真正的"彻悟"境界，即便在禅宗公案中，也是少见的。

若只在"渠"的外在对象中寻求，不返求自我、不求内在深解，也就难得真正悟道了。今人从这一公案中可学的，就是这种返求自我、寻求内在真我的那种悟道精神。

须参活句，莫参死句（大慧宗杲）

宋代临济宗能从衰微之中再度走向兴盛，最为得力的人物之一就是大慧宗杲。其在嗣法圆悟克勤禅法的同时，以极富特色的"变奏"而张扬出"看话禅"禅法，由此而使临济禅发展进入到一个新的历史阶段。吕澂《中国佛学源流略讲》中说：大慧提倡看话禅，其影响尤为久远。这一评判十分准确，临济后来能远传国外，当与宗杲的倡导有极大关系。

"须参活句，莫参死句"，是《大慧语录》中的开示之语：

> 夫参学者，须参活句，莫参死句。活句下荐得，永劫不忘，死句下荐得，自救不了。

宗杲的《大慧语录》，常见的话头就有"狗子无佛性""庭前柏树子""一口吸尽西江水""麻三斤""干屎橛""东山水上行"，另有马祖的"即心是佛"、云门的"露"字等；其以赵州禅师的话头为多。之所以如此，实乃因赵州禅师的公案，就是要人们参究一个"无"字。宗杲在这点上，完全同于赵州禅师，认为宗门第一关就是这个"无"字，只有参透这个"无"字，才能与历代祖师把手共行："佛语祖语，诸方老宿语，千差万别；若透得个'无'字，一时透过，不着问人。若一向问人佛语又如何，祖语又如何，诸方老宿又如何，永劫无有悟时也。"可见在其看话禅中，透得这个"无"字何其重要。

实际上，"死句活句"的理念可追溯到百丈怀海禅师那里，怀海极有智慧地提出了对于禅师语句要分清"生语"和"死语"，所谓"生语"，亦即"遮语"，是作为反面表达的否定性语言而出现的，如"非心非佛"之句即为"生语"。而所谓"死语"就是"不遮语"，亦即作为正面表达的肯定性语言，如"是心是佛"之句即是。宋初，洞山守初禅师则进一步将禅师的语句分为"死句"和"活句"，提出了"语中有语，名为死句；语中无语，名为活句"的命题。这之后，德山缘密则正式提出"但参活句，莫参死句"的禅学主张。《五灯会元》载：德山缘密上堂云："但参活句，莫参死句。活句下荐得，永劫无滞。一尘一佛国，一句一释迦，是死句。扬眉瞬目，举指竖拂，是死句。山河大地，更无淆讹，是死句。"时有僧问："如何是活句"？师曰："波斯仰面看。"

宗杲"须参活句"的理念，显然汲取了以上禅师的思想，他强调："夫参学者，须参活句，莫参死句。活句下荐得，永劫不忘；死句下荐得，自救不了。"在宗杲看来，参活句的好处就在可以妙悟，故能永劫不忘；而参死句显然会陷入思量分别的泥沼而不能自拔。为了进一步强调"活句"在看话禅中的意义，宗杲又把"活句"称作"正句"，他说："大统纲宗，要须识句。甚么是句？百不思时，唤作正句。"看话头须选择"正句"的来参，只有那些存疑良久而百思不得其解的话头，才可作为正句话头。因为只有参百思不得其解的话头，才能够消除参禅者对话头的思量分别心，回归到"无心"的状态。这段禅史，可充分看出，禅宗特别是南宗禅，是不重僵死知识而重鲜活理解（悟解）的，其精神不是封闭，而是敞开；不是束缚，而是自由。

宗杲认为看话头作为持续不断的工夫，须"时时提撕，时时举觉"，然而，参活句，是其重要前提。活句者，如盘走珠、如珠走盘；此岂是死句死煞般顿得？禅宗史上有一句话："虽是死蛇，解弄也活。"此活句之妙用也！

活句之妙，尤于文学艺术境界有大机大用。故今人于此公案仍有深究之余地。

话头上疑破，则千疑万疑一时破（大慧宗杲）

在宗杲那里，"看话禅"过程中的参究其实是有前提的，这个前提就是要破疑情，所谓："千疑万疑，只是一疑。话头上疑破，则千疑万疑一时破。"据《大慧语录》的开示之语：

> 将三百六十骨节，八万四千毫窍，通身起个疑团，参个"无"字，昼夜提撕。莫作虚无会，莫作有无会，如吞了铁热丸相似，吐又吐不出，荡尽从前恶知恶觉；久久纯熟，自然内外打成一片。
>
> 疑情未破，但只看个古人入道底话头，移逐日许多作妄想底心来话头上，则一切不行矣。僧问赵州：狗子还有佛性也无？州云：无。只这一字，便是断生死路头底刀子也。妄念起时，但举个无字，举来举去，蓦地绝消息，便是归家稳坐处也。

此中大可透见"起疑情"与"破疑情"在看话禅中是何等重要！而其中另一层内涵则指向了对古人公案语录之熟悉程度——公案不熟、经典话头不熟，则疑情何破？疑结何解？

当然，宗杲的极高明之处，则是十分明确地指出了看话禅的最终取向在"以悟为则"；在他看来，一切禅修途径与方法，若不能达于"归家稳坐"的禅悟，则是虚妄不实的。他曾这样告诫丞相汤思退说："丞相既存心此段大事因缘，缺减界中虚妄不实，或逆或顺，一一皆是发机时节。但常令方寸虚豁豁地，日用合做底事，随分拨遣，触境逢缘，时时以话头提撕，莫求速效，研穷至理，以悟为则。然第一不得存心等悟，若存心等悟，则被所等之心障却道眼，转急转迟矣。但只提撕话头，蓦然向提撕处，生死心绝，则是归家稳坐之处，得到恁么处了，自然透得古人种种方便，各种异解自不生矣。"此实为一种方法论的告诫，其中提及的常人"存心等悟"而"障却道眼"之弊端，可谓入木三分；而指出修禅者在"提撕话头"的过程中，在"破疑情"前提下达至"自然透得"之境界，更是真让人拍案叫绝。实质上，在禅宗的根本理念中，破疑情的前提是起疑情，如宗杲所言："通身起个疑团"（西方哲学中则喜用"存疑"一语）。这当然也是一个举一反三、破除局限的禅修过程。

从另外一个视角看，宗杲的起疑、破疑看话禅，也是让禅修者以话头而中断日常思维之分辨，终而达到"无念""无心"之破疑情境界。宗杲曾举马祖一著名公案让弟子们参究，这一著名公案中的话头即"不是心，不是佛，不是物"。宗杲告诫弟子："不得作道理会，不得作无事会，不得作击石火闪电光会同，不得向意根下卜度，不得向举起处承当。"显然，这种看话禅是必须超越语言含义，而同时能打断日常思维的看话禅。杨曾文对此有一解释："看话禅也叫看话头、参话头，简单地说，就是聚精会神地参究一段语句，乃至语录中一个字，在参究中又必须超越语句或字的任何含义，将参的语句或字仅仅当作克服'妄念'和'杂念'，通向'无念'或'无心'的解脱境界的一种手段或桥梁。"

"破疑情"的看话禅作为一种禅法，其修持是以持一禅门公案中经典话头为"提撕"过程，而以开悟为最终目标的修禅方法。若能一句下透得，便是如实而见、如实而行、如实而用。然其前提之破疑情与参话头过程中的"中断思维分辨"，亦都为终极解脱境界之手段与桥梁，故其强调的参活句旨在排斥语言和知解的日常作用；在思维取向上就是要在根本上铲除种种妄念，若不铲除贪瞋痴等种种妄念，终难达禅悟解脱之境界。此外，必须提及的是，宗杲看话禅在某种程度上，可视为其针对耽于言句与"观心默照"两种弊病而开出的药方。总之，看话禅的主旨，仍是冀望通过对前人公案范例之学习与修持，达到开悟目标。

必须看到的是，宗杲的"看话禅"是对其时禅修方法的一种革新，是一种通过"看话头"而达到开悟的禅修方式。所谓"看"，用今天的话语诠释实际就是指一种内省式的参究；而所谓"话头"，则是禅门公案中的经典话语，常是流传下来的禅师之间的典型对答之语，具有非常深刻的启示意义。当然，作为开悟的启示语，"话头"并不能作固定之理解。《古尊宿语录》作为晚唐五代至南宋初期禅宗的一部重要语录汇编，共有48卷，收集了上自南岳怀让，下至南岳下16世佛照德光，共37家禅师的言行，其中青原一系有5家，南岳一系有32家。而南岳一系中收录得最多的是临济宗，此为临济宗在当时具独盛地位之明证。而此中宗杲的看话禅功劳至伟。

有疑必破，古今智者一如也。常人若得如是，则须从古代禅宗公案中汲取此起疑、存疑、破疑之方法论智慧。

参到驴年也不省（大慧宗杲）

这是大慧宗杲的一个颇为著名的公案。据《大慧普觉禅师宗门武库》载：

> 师（宗杲）因入室退闲坐，忽云："今时兄弟，知见情解，多须要记闲言长语来这里答。大似手中握无价摩尼宝珠，被人问：尔手中是什么？却放下，拈起一个土块。可杀痴！若恁么，参到驴年也不省！"

摩尼宝珠，禅宗将其称之为大光明，又喻指为开悟；佛门中有的门派还将此摩尼珠称为性光、灵光等等不一，多与灵明觉知之悟性相关。《永嘉证道歌》中就有："摩尼珠，人不识，如来藏里亲收得。"意谓：无价摩尼宝珠，世俗及佛门未悟者都未能认识，若要获得这颗无价的摩尼宝珠，只需参禅求证如来藏就行了；当你证悟之后，就从如来藏里面亲自收得摩尼宝珠了。

公案中所说的"入室退闲坐"，是指说法结束后，在方丈室内暂歇。虽闲坐暂歇，想说的话题并没有结束，这是宗杲感觉十分严重的问题，也就是学人的"知见情解"已严重到完全丢弃自己的宝物——自性的程度了。故宗杲在他暂歇的片刻又忽然说起：学人们总想通过知见、情念来理解佛法禅道，必然步入死胡同。禅法清净无染，早已超越知见、情念之类与个体相关甚深的东西；所以学人仍持甚深知见与情执、甚至要通过记取"闲言长语"来参禅答问，这是无法入门的。为什么？此不言而喻：你分明手中握着无价的"摩尼宝珠"，但一旦被人提问时，你却丢弃这摩尼宝珠，而拾起一个烂泥块顶替之，说这才是宝物。可惜啊！（这里的"可杀"解为实在、真是之意）你这个痴汉呀！你这分明是端着金饭碗讨饭吃。如此办理，你参禅参到"驴年"也不得开悟啊！

然须知，哪来的"驴年"？十二生肖中分明无"驴"之属相。所以，宗杲之意在以"驴年"表征永无可能出现的年代，也就是告诉你，如此毁弃自家宝物而外求禅法，那是永无开悟之日的。

其实，古今中外此例甚多，遇事不求自悟，而以他人知见为知见，以他人方法为方法，人云而云、人传而传，完全将自性灵明之宝搁置一旁，无自己之判断、无自己之悟解，甚而以他人之泥块替代自己之宝珠，此终不得悟之根本缘由也。

乾坤独露（佛照德光）

这是佛照德光（又称育王德光）的开示之语。《五灯会元》列其为临济宗，南岳下十六世大慧宗杲禅师法嗣。

南宋佛照德光和尚（1121-1203），号拙庵，江西临江（新余）人，俗姓彭。21岁时，依同郡东山光化寺之足庵吉落发并受具足戒。稍后，师徒相携入闽，住福州西禅寺。不久，于阿育王寺参谒大慧宗杲禅师；开悟后，为函丈之侍者数年。乾道三年（1167）住同郡天宁寺，时衲子云集。德光受孝宗帝崇信，于淳熙三年（1176），敕住杭州灵隐寺，并屡召入宫中称对扬旨。后孝宗皇帝又特赐号"佛照禅师"，佛照德光禅师后奏进《宗门直指》一篇。于嘉泰三年（1203）佛照德光禅师圆寂，世寿83，戒腊70，敕谥"普慧宗觉大禅师"。著有《佛照禅师奏对录》一卷、《佛照光和尚语要》一卷。

这里需稍加解释的是《佛照禅师奏对录》这一文献，实际是一对话录，是佛照德光与孝宗的禅学对话。和尚可不可以开示于皇帝？当然可以，北宋大儒程颐也曾为皇帝随意摘枝事当面开示皇帝。而德光这一开示性的对话虽整理成文献，但仍为开示，且更能透见德光禅法理念。

据《佛照禅师奏对录》最后一段开示：

> 四月初六日，寿皇谕问："朕近颇悟佛法无多子。一言以蔽之，但无妄念而已。若起妄念，则有生灭。未知此说是否？"师云："恭承圣谕，近颇悟佛法无多子，足见圣心昭彻。陛下所谓："一言以蔽之，但无妄念而已，若起妄念，则有生灭。"诚如圣意，更能到妄念起灭处，则乾坤独露，应用纵横，方是受用三昧。"

显然，这是禅的一种终极境界——妄忘起灭，乾坤独露；只有思维起处，即妄念断尽，无有生灭，才可能出现"乾坤独露"的境界。诚如德光禅师所言："才入思惟，便成剩法。"此中最为紧要的是"若起妄念"之思惟；故断此妄念思惟而无有生灭是前提。而达此"乾坤独露"之境界，才叫作"应用纵横"，才称得上真正的"受用三昧"。所以前面德光和尚所言"不得受用"，缘由在此；参禅无入手之处，当无境界之出现。此本属自然，究竟说来，禅道亦自然。马祖、赵州禅就极主禅道自然，到临济出现，已臻入妙境。到底是临济禅，极讲"彻悟"之道。不过，孝宗只因"无櫹柄"入手处，故未有真正之"受用"。所以，在对话开始不久，孝宗即问德光："临济因缘可举一二。"德光和尚立即将临济三次问道于黄檗，而三次挨棒打的经历和盘托出。故又引出一段论究："师云：沩山问仰山云：'临济得大愚力，得黄檗力？'仰云：'非但将虎须，亦解坐虎头。'自此临济法道大兴。上曰：'源流好。'师云：'臣曾有颂。'上曰：'举看！'师举云：'黄檗山头遭痛棒，大愚肋下报冤雠。当机一喝惊天地，直得曹溪水逆流。'"此中透露的是仰山对临济义玄的气魄之大，极表赞赏，而德光和尚更是将那惊天地的"当机一喝"，表征为"直得曹溪水逆流"。如此气魄，才有如此境界；在禅宗，要得真正之受用，哪能不在棒喝下逼出此彻悟之道。故德光和尚继又向孝宗谈起自己在大慧宗杲门下，是如何"当机不让"而终获彻悟，并让孝宗皇帝"点头"称是的。大慧宗杲能极度肯认德光和尚，原就在德光能如"红炉上一点雪"那般"当机不让"。请看德光和尚向孝宗皇帝面呈的两首偈颂：

> 即心即佛无蹊径，非心非佛有变通。直下两头俱透脱，新罗不在海门东。
> 一句截流心路绝，千差万别豁然通。等闲更进竿头步，莫问西来及与东。

马祖即心即佛、非心非佛之禅道自然，透脱之悟，其境尽显其中。质言之，马祖道一"平常心是道"的禅道自然观，作为洪州禅学的不二法门，后又得到临济义玄"不劳分别取相，自然得道须臾"（《临济录》）的"自然得道"之证验。而德光和尚是深体马祖"即心即佛，非心非佛"之源头即在"平常心是道"，故能出此二偈面呈孝宗帝。若非彻悟之人，何有此偈之出？

如同偈中所言"即心即佛无蹊径"，然既无蹊径，又有蹊径。何以见得？德光和尚不是说要有入手把柄吗？入手把柄就是蹊径。二人对话中，处处显孝宗帝讲究"向紧要处做功夫"的理念，诚然德光和尚似持马祖临济一路的"捷径"理论，故对孝宗的"向紧要处做功夫"之说，对之曰："欲得径捷，须离却语言文字，真实参究。所以古德道：'念得《楞严》《圆觉经》，犹如泻水响泠泠。有人问着西来意，恰似蚊虻咬铁钉。'"可见，在临济大慧一系，似有参禅悟道之捷径，然所谓捷径，仍紧要在"真实参究"，且是要"念念扣己而参，蓦然一念相应，如桶底脱相似，直至成佛，永无退转"。并非有捷径而无须参，而是要离却文字，不死执概念；从而在自然践行中扣紧自身之一念，终获彻悟。所以，"扣己研究""扣己而参"的扣己二字，在德光和尚那里是禅修彻悟的具有方法论意义的核心范畴，须特加注意。如其对孝宗亟欲获悟的心态，就不予认肯，并以告诫的口气说："但辨肯心，必不相赚。"同时又对孝宗帝特加开示强调：陛下但扣己研穷，自然七通八达。

参禅而强求获悟是行不通的，彻悟境界的获得更是自然而然。那么，我们要问，什么是他的"扣己研穷"、什么是"念念扣己而参"、什么是"真实参究"呢？至少，我们从其"古人念念无间，方得到此真实田地"一语透露的信息中，获知其功夫原亦有曹洞宗人默照无间作支撑。事实上，在道出此语的前面，德光和尚就已然举扬曹山的偈颂一首："曹山乃有颂云：'觉性圆明无相身，莫将知见妄疏亲。念异便于玄体昧，心差不与道相邻。情分万法沉前境，识鉴多端丧本真。如是句中全晓会，了然无事昔时人。'至尊云：'参禅到这里，方始得受用。'师云：'古人念念无间，方得到此真实田地。'"功夫的持续无间，才是"离却语言文字，真实参究"的前提条件；然此处却将曹洞宗切勿"识鉴多端丧本真"的宗旨作为禅修前阶，从而与曹洞的默照禅有了相通之处。说到这里，我们当能理解，当孝宗帝有疑于禅修只是默然"块坐"，而希望"别做得个什么"时，德光和尚断然肯认此默照"契证"的"块坐"，并又举扬出一首南台和尚的偈颂："南台静坐一炷香，终日凝然万虑忘。不是息心除妄想，都缘无事可思量。"此中所谓"凝然万虑忘""息心除妄想"，难道不是曹洞默照禅之最佳写照吗？可见，大慧弟子与曹洞弟子虽有论辨之处，却仍多相通之点；这个相通，主要就通在默照禅所主张的，是要通过默照而自然获悟这一理念上。

因而，若要进一步深入德光和尚对此"乾坤独露"的透脱禅境之真实体验，又必读《禅林宝训》，其中记载德光和尚对虞允文丞相说："大道洞然，本无愚智。譬如伊吕，起于耕渔，为帝王师。讵可以智愚阶级而能拟哉。虽然，非大丈夫，其孰能与焉。"这里，德光和尚对虞允文丞相说：大道之体空洞无私，而人的品质原本也是无智愚之分的。譬如古时的伊尹和吕望，如果论他们的出身，不过是一位种田的和一位打渔的，但后来却成为帝王之师，这岂能以智愚阶级来比拟呢？虽然不能以智愚论，但如果不是伊尹、吕望这样的大丈夫，谁又能与之相比呢？得道者的表征，往往是出于智愚之表的。而修道习定，遣除妄想情识，则必须要以觉照为根本。如果背离觉照，与尘境相合，此心就被蒙蔽了。所以德光和尚又强调深究本源，他以为末法时代的学者，不肯深究本源，所学的都是一些表面上的工夫。平时只喜欢听别人说，自己却懒得用心去看读。刚听别人几句没意味的话，便自以为有得，即使前人有更深刻的教诫，也从不过目，所以始终不能下穷究功夫而深入到至深至妙的境地。古人不是说山不厌高吗，正因其山之高，其中才有重岩积翠的幽奇景色；古人不是又说海不厌深吗，正因其海之深，所以能容纳四溟九渊的浩瀚洪流。修禅想要究明大道，其功夫一定要能穷其极高极深之所在，然后才能悟明佛法中最幽深最微妙的真谛；那时自然能够圆融贯通而应变无穷。禅道自然，贵在能于优游自如之间而使彰显悟境。故凡所要做的事，切不可匆促期望速成，只冀望能耐心持久。不冀望必定要有显著的进步，只冀望日有所进。若用这种工夫来推详圣贤本意，得其郑重持久之禅法，就能持守延续到万世之后也不致有过失。可见德光和尚所强调的禅法理念，是贵在持久的功夫。到得"乾坤独露"的透脱之境，方知其所言"扣己研穷，自然七通八达"，原是其自身体验。

"能到妄念起灭处，则乾坤独露。"此虽为德光之个体禅境，但亦为世代禅法楷模，今人可学乎？当可。一个念头的起灭之间，或瞬间之事；然修身却是一生之修。无此，则何有"乾坤独露"之透脱。

南山起云北山雨（黄龙慧南）

临济宗黄龙派创始人慧南禅师，其禅法非常有特点，后人描述其"随缘任运"的禅法为"南山起云北山雨"。而这句话正来自黄龙慧南的一则上堂开示。

慧南（1002-1069），佛教禅宗临济宗黄龙派的创始人。宋代信州玉山（今江西省玉山县）人，俗姓章，世称黄龙慧南。慧南初学禅宗云门宗，后承法于临济宗传人楚圆禅师。慧南主张"真如缘起说"，认为宇宙万物都是"真如"派生的，所以"极小同大"，于一毫端，现宝王刹；"极大同小"，可纳须弥山入芥子中。慧南后至黄龙山崇恩院，开衍出黄龙派，为中国佛教禅宗五宗七派之一，临济宗的一派。

据《黄龙慧南禅师语录》载：

> 上堂云："大道无中，复谁前后？长空绝迹，何用量之？空既如是，道岂言哉？虽然如是，若是上根之辈，不假言诠，中下之流，又争免得？所以有僧问云门：'如何是云门一曲？'云门云：'腊月二十五。'"师云："今日正当腊月二十五，汝等诸人，如何委悉？若不委悉，汝等诸人谛听，待黄龙为汝等诸人重唱一遍：云门一曲二十五，不属宫商角徵羽，若人问我曲因由，南山起云北山雨。"以拂子击禅床，下座。

此中指出禅道是没有中心的，难以用语言作诠解言说；问题是当面对广大中下等根器的人来说，你不得不作出某种程度的描述、诠解或言说。这里说的正是这种描述、诠解与言说：云门一曲。云门宗创宗人文偃禅师即以此"云门一曲"为基本风格，他独特的启人获悟之途径，就是以这"云门一字关"来进行的。如有僧人问："什么是禅"时，他即刻作答："是。"若那僧人还问："什么是道？"则文偃师必答："得。"僧人若追问："父母不同意未能出家，如何才能出家？"文偃禅师将答："浅。"继问："学生不领会？"文偃师斩钉截铁答曰："深。"须知，文偃禅师所答，其实并非针对提问而来，而恰恰是针对着提问人的思维；他要用一个无关之字来截断提问者的思维，让提问者从那无休止的问题内容中走出来，从而体悟自己本有之自性，体悟"自性"的自由自在之禅境。

黄龙慧南的"随缘任运"，以禅宗史上又被人们视为"人间好时节"。禅门中有一首著名偈颂：

春有百花秋有月，
夏有凉风冬有雪。
若无闲事挂心头，
便是人间好时节。

若无闲事挂心头，便是人间好时节。这不正是现代人最缺失的"平常心是道"的禅道精神吗？

黄龙三关（慧南）

在禅宗史上，临济宗黄龙派的特色被人们总结为"黄龙三关"；事实上，从慧南禅法看，他对参禅者的开示，尽管每次内容都非常丰富，但大多仍涵括于"黄龙三关"之中。据《建中靖国续灯录》卷7载：

> 师（慧南）室中常问僧"出家所以，乡关来历"。复扣云："人人尽有生缘处，哪个是上座生缘处"，又复当机问答，正驰锋辨，却复伸手云："我手何似佛手？"又问诸方参请宗师所得，却复垂脚云："我脚何似驴脚？"三十余年，示此三问，往往学者多不凑机，丛林共目为"三关"。

此中所谓"三关"，实喻指三个阶段：生缘、佛手、驴脚。从"生缘"之"缘"，我们当可透见佛教所谓生命劫数之"业报轮回"与三世因缘说内涵；而"我手""佛手"，在思维指向上则涉于人身与诸佛之关系，实指人性同于佛性，人人皆可成佛；"我脚"与"驴脚"相比，则指向了人身与畜生之关系，其实亦是谓佛教六道轮回、悟者成佛之根本道理。可见，此三关是无法从字面去作"相对差别相"理解的，其深意本在：禅境不可言传。

所以我们来看慧南常问学人的这第一句："人人尽有生缘，上座生缘在何处？"此句一出，看似平常。可正当学人犹豫不决时，他会突然伸出手，问学人："我手何似佛手？"学人依然是困惑不解。接着，他又伸出脚，问学人："我脚何似驴脚？"三十余年，黄龙禅师常常用这三个问题接引学人，学人难有契其意者。此公案被天下丛林称之为"黄龙三关"，而在慧南本人，其禅意则在让学人触机即悟，不死于句下。这当中其实有个时代背景：宋人参禅，喜参"活句"，此已然成为其时的禅林风气，而此风气恰是针对着当时铺天盖地的"文字禅"——重振历史上有过的那种豪放明快之禅风。

溯其源，慧南的"三关"又实与百丈怀海的"三句"有内在关联，怀海强调"透过三句"，此三句即：初、中、后善之谓："夫教语皆三句相连，初、中、后善。初直须教渠发善心，中破善心，后始名好善。"透得过这三句，则"一切举动施为，语默啼笑，尽是佛慧"。慧南的"三关"，其意亦在此。故人问黄龙禅师："如何才能透过您的这三关呢？"黄龙禅师说："已过三关的人，自由自在，无缚无脱，哪里有什么官吏？若向官吏求过关，这正是未过三关的人。"从禅宗史上看，百丈怀海的"三句"、临济义玄的"三玄三要"、云门文偃的"云门三句"，乃至慧南的"黄龙三关"，都有着内在关联而透显出南禅精神。

关于"黄龙三关"，黄龙禅师自己有"三关别颂"与"三关总颂"：

> 生缘有语人皆识，水母何曾离得虾？
> 但见日头东畔上，谁能更吃赵州茶。
>
> 我手佛手兼举，禅人直下荐取。
> 不动干戈道出，当处超佛越祖。
>
> 我脚驴脚并行，步步踏著无生。
> 会得云收日卷，方知此道纵横。

三关总颂

> 生缘断处伸驴脚，驴脚伸时佛手开。
> 为报五湖参学者，三关一一透将来。

关于"黄龙三关"，学人有各种各样的回答。对于学人各种各样的回答，黄龙禅师从来不说是对，也不说是错，只是安然静坐，学人莫测其意。黄龙禅师之所以不作回答，这是因为，说得再对亦不是，唯独亲证方乃知。

黄龙禅师独创"黄龙三关"，开"参话头"之先，开辟了禅宗发展的新方向。"黄龙三关"赢得了"三关陷虎，生断十方"的美名，自成一宗，名震天下，声动丛林，被奉为一代宗主——黄龙祖师。

对现代人而言，能从慧南"三关"中学到的内在精神，恐不止是破除"差别相"的迷执、"不死于句下"而已，更重要的是能在日常生活中触机而悟，得其所得——语默啼笑，尽是佛慧。

禅不假学，贵在息心（黄龙慧南）

这是黄龙慧南上堂的示众法语，整则的关键在"息心"二字。据《慧南语录》载：

> 上堂云："道不假修，但莫污染。禅不假学，贵在息心。心息，故心心无虑。不修，故步步道场。无虑，则无三界可出。不修，则无菩提可求。不出不求，由是教乘之说。若是衲僧，合作么生？"良久云："菩萨无头空合掌，金刚无脚谩张拳。"下座。

此公案开篇第一句"道不假修，但莫污染"，即是马祖所言，是洪州禅的一个根本思想主张。但接下来的第二句"禅不假学，贵在息心"，则为黄龙慧南此开示的核心所在，故言毕"禅不假学，贵在息心"后，继又解释何为"心息"——"心息，故心心无虑"。这才是一个最为关键的前提，是"禅不假学贵在息心"之前提；而此句实可视作一禅学命题：心息，故心心无虑。须知，清静无虑之心性，本是道场菩提之所在；此不求、不学而来。

黄龙慧南的开示实是强调临济宗"立处皆真"的见解，体现出他对临济昔日"直探心源、杀活自在"宗风的向往；而对其时向外驰求、玩弄字句习气，慧南则大为不满。他以"立处皆真"的临济精神大声呐喊，实是以恢复临济正风、力挽禅门颓势为己任。他看到他所处时代的禅僧与古代宗师的一个原则区别，就在于前者玩弄文字禅，外向追求；而后者则主张内向返照，自力自悟。故他坚认："古人看此月，今人看此月；如何古人心，难向今人说。古人求道内求心，求得心空道自亲；今人求道外求声，寻声逐色转劳神。"所以，在上堂示法中，他坚持贯彻这一主张，其言："道远乎哉？触事而真，圣远乎哉，体之即神。……道之与圣，总在归宗拄杖头上。汝等诸人，何不识取！若也识得，十方刹土不行而至，百千三昧无作而成。"此中立处皆真、即事而真的理念，即临济禅髓。

黄龙慧南禅师深信："古人求道内求心"，此即佛性须自悟，"禅不假学"——不用外求。故曰"贵在息心"，但不少学人未能深明此理，不作"息心"之修，反而"假学"于外，心向外求；其结果，自己不仅道业无进，反被声色所转，步入与道相违之路。劳心费神，适得其反。须不知"无虑，则无三界可出"是指谓修道就是要使自己有个清净心，如果自己具有了清净心，也就用不着来修道了。参禅也是如此，参禅的最终目的是要人去除妄念，见自本性。如若禅者已然见性，当无须"假学"参禅。人若内心无染污和妄想执著，当为已出三界、修成正觉。

在黄龙慧南看来，佛性如摩尼、宝月，后代子孙却以光为珠，以影为月，犹如镜里求形，水中捉月，一切颠倒，违背祖宗教导。所以慧南禅师劝告弟子不要向外驰求，不作文字知解，从"息心"而自性清静并有所省悟。故黄龙慧南实际想要强调的是：参禅者须通过"一念常寂""三际杳忘"而做到凡心不动、随处作主。

今人多不解"息心"何谓？其实，此"息心"本身亦是一种禅修，不修之修亦为内在的心性之修；此为真修，是弃置"外求"、不"假学"声色文字之修；然此实为自性觉悟之道。今人解此，可作即门之径。

截断两头，归家稳坐（黄龙慧南）

这是《慧南语录》中所载黄龙慧南对僧众的开示，又称示众法语：

　　师乃云："未登此座，一事也无。才登此座，便有许多问答。敢问大众，只如一问一答，还当宗乘也无？若言当去，一大藏教，岂无问答？为甚么道教外别行，传上根辈？若言不当，适来许多问答，图个甚么？行脚人当自开眼，勿使后悔。若论此事，非神通修证之能到，非多闻智慧之所谈。三世诸佛，只言自知。一大藏教，诠注不及。是故灵山会上，百千万众，独许迦叶亲闻。黄梅七百高僧，衣钵分付行者。岂是汝等，贪淫愚执，胜负为能？夫出家者，须禀丈夫决裂之志，截断两头，归家稳坐。然后大开门户，运出自己家财，接待往来，赈济孤露，方有少分报佛深恩。若不然者，无有是处。"以拂子击禅床，下座。

　　开篇即涉及禅门答问示众方式合适与否的问题：一问一答，还能符合禅佛经教的旨意吗？如说这种方式得当，那么全部佛教的经教，岂能无这种问答方式而存在？但对禅宗而言，就不一样了——"教外别行"也即是"教外别传"，释迦牟尼当年在灵山法会上，就以独特的心心相印方式来传授；此正所谓禅旨非关文字，不设语句，而以别一样的方式传心。这别一样的方式，大概只能传上等根器之辈吧？

　　慧南的这一开示，一开头便直接指出：你等刚才提这许多问题，目的何在？行脚人（修禅）最终还是要靠自己打开法眼；而且一旦步入此途，那是无后悔之药吃的。禅修一途，哪怕你修证到了出个什么神通之类，记忆非凡无所不到，也未必能开悟。故三世诸佛只告知你，开悟自明，全在自己。就是打开所有经教圣典，也未能诠释到此处，好让你一见即悟。所以释迦牟尼在灵山会上，面对百千万众，只认可了迦叶一人，并当众将禅法授与摩诃迦叶。而五祖弘忍在黄梅法会上，也将衣钵传与心领神会的六祖慧能。这哪是像你等如此贪淫愚执、争胜逞强就能得到的呢？所以，对真正的出家人来说，须是禀持大丈夫那种气贯长虹般的决裂之志，除尽过去、未来，区别、对立等两头之执或边见，以融通眼光齐平万物，对宇宙万事万物作整体观照，才能终获禅悟而"归家稳坐"。禅宗"归家"，亦即返归自性；加上"稳坐"二字，则是喻指见自性而悟禅法。如此，方谈得上大开门户，而救度众生。

　　黄龙慧南圆寂后，得谥号为普觉禅师，名至实归也。其接世度人而法席鼎盛，宗风大振而蔚然成临济宗黄龙一派。

　　生活中，人们通常的烦恼，多为执人我、爱憎、取舍、得失、往来等两头之见而来；若不能顿断两头，径自逞能强解，何得妙明真心？何有体道之日？

　　学黄龙，断两头，得自在！

才入思惟，便成剩法（晦堂祖心）

这句话来自晦堂祖心对杨杰的一次开示。

晦堂祖心（1025—1100），北宋临济宗黄龙派高僧，慧南禅师之法嗣，慧南圆寂后，祖心继任黄龙山住持达12年之久。祖心广东始兴人，俗姓邬，号晦堂。19岁时依龙山寺惠全出家，翌年试经得度，住受业院奉持戒律。后谒云峰文悦，侍居三年；又参黄檗山慧南，亦侍四年。机缘未发，遂辞慧南，返文悦处，文悦示寂，往依石霜楚圆。一日阅《传灯录》，读多福禅师之语而大悟。后随慧南移黄龙山，慧南示寂后继黄龙之席，居十二年。其后入京，元符三年十一月十六日示寂，世寿七十有六，谥号"宝觉禅师"，安葬于南公塔之东，号称双塔。法嗣有黄龙悟新、黄龙惟新、泐潭善清等四十七人，著名诗人黄庭坚曾受法于师。祖心禅师遗著有《宝觉祖心禅师语录》一卷、《冥枢会要》三卷等。

据《林间录》卷1载：

> 转运判官夏倚公立，雅意禅学。见杨杰次公而叹曰："吾至江西恨不识南公。"
>
> 次公云："有心上座在章江，公能自屈，不待见南也。"
>
> 公立见师（祖心）剧谈神思倾豁，至论《肇论》会万物为自己者，及情与无情共一体。时有狗卧香卓下，师以压尺击狗，又击香卓曰："狗有情即云，香卓无情自住，情与无情安得成一体？"
>
> 公立不能对。师曰："才入思惟便成剩法，何曾会万物为自己哉？"

这里的公立是指夏倚，字公立，官至福建转运判官等。次公指杨杰，字次公，自号无为子，世称杨无为。南公则指黄龙慧南禅师。此段开示关键是如何理解"才入思惟便成剩法"的内在意涵。我们先看看憨山大师在《初心修悟要法》中的一段话："此之证悟，亦有深浅不同，若从根本上做工夫，打破八识窠臼，顿翻无明窟穴，一超直入，更无剩法。此乃上上利根，所证者深。其余渐修，所证者浅。"很明显，这个"剩法"，是针对上上利根者的"一直超入"的顿悟之法而言，意思是说若能成此顿悟之证，其他所有之法都成多余。而"多余"乃不必要者，对注重顿悟的禅宗而言,能达成顿悟之境,实乃最高禅境。而一旦处于对立思维状态中,如粘滞于好坏、善恶等概念的对立思维(禅宗又称其为"对待"思维)中不可超拔,则所有"多余"之法,便自然不自然地涌向你,而世界万物都成对立状态。这如何能体会"万物一体"之境?

　　所以这个开示虽在最后揭牌,但在前面已安排了一个前阶,是谈论僧肇《肇论》的话题。僧肇《肇论》的核心宗旨即在"会万物为自己者"一语,其意在:天地与我同根,万物与我一体。石头希迁就曾看《肇论》至"会万物为己者"处而豁然大悟。天地与我同根,万物与我一体,此乃至人之语,只有真性情的彻悟之人,才体会得天地与我同根之处,才会通得万物与我一体之源。《五灯会元》卷五说石头希迁:"师因看《肇论》至'会万物为己者,其唯圣人乎!'师乃拊几曰:'圣人无己,靡所不己。法身无象,谁云自它。圆鉴灵照于其间,万象体玄而自现。境智非一,孰云去来,至哉斯语也。'"可见,石头希迁理解僧肇的"会万物为己者",实乃有一个不可忽视逻辑前提,此即"圣人无己",无己者才能会通万物,才能无所不己;才能真正将自己融入万物。晦堂祖心在此的开示,正是要将此中深意传达给学人,让其警惕自己所处的"对待"思维,这种思维只会将学人粘滞在固定程式中而不可自拔,此如何能开悟而终获超脱之境?

　　据《人天宝鉴》,晦堂祖心在另一则重要开示中,也用了"剩法"一语:"告诸禅学,要穷此道切须自看,无人替代。……若不见离言之道,便将类会目前差别因缘以为所得。只恐误认门庭目前光影,自不觉知,方成剩法。到头只是自谩,枉费心力。"可见一落入"剩法",所有禅修都成枉然。

　　现代人在日常生活中,由于有太多的算计,过多的判断,其思维随时处在二元对立的紧张状态之中。这种思维带来的后果即是完全不能体会"万物一体""天人合一"之天然之境;缺失了整体性的审美、鉴赏能力,何谈"会万物为自己"的精神升华。

无弦琴（云盖守智）

　　云盖守智禅师（1025-1116），临济宗黄龙慧南法嗣，北宋时期湖南潭州云盖禅寺僧。俗姓陈，剑州（治所在今四川省剑阁县）人。年23受具于建州开元寺，受戒后游学四方，先后参法昌倚遇、翠岩（今南昌湾里）应真诸大德。及谒黄龙于积翠，始尽所疑；并得黄龙印可。后入湖南，开法道吾，旋徙云盖，大张法筵。哲宗元祐六年（1091）退居西堂，闭户数年，徽宗政和五年示寂，世寿91。

　　"无弦琴"公案载于《续传灯录》卷15：

　　守智禅师谒黄龙慧南于积翠，始尽所疑。后首众石霜，遂开法道吾、徙云盖。

　　有僧来问："有一无弦琴，不是世间木。今朝负上来，请师弹一曲。"

　　守智禅师拊膝一下。僧云："金风飒飒和清韵，请师方便再垂音。"

　　守智禅师曰："陕府出铁牛。"

　　"无弦琴"这一词汇，在禅门中是常用词语。为更好理解，我们将虚云老和尚的一首"无弦琴"诗先推出：

无弦琴

阿谁离指奏弦桐，一曲无生叶古风。

操到音声俱泯迹，悠然响落太虚空。

　　诗中所言"弦桐"，据汉桓谭《新论》："神农始削桐为琴，练丝为弦。"后因以"弦桐"为琴的别称。桐指木材，木材可做琴。弦则以金属、牛筋绳等物制成。弦精细不同，崩紧后可发出高低不同之音调。诗中所言"叶古风"，是指合于古风之调，叶为动词，义为"协"。诗中所言"无生"，又作无起，谓诸法之实相无生灭；与"无生灭"或"无生无灭"同义。所有存在之诸法无实体，是空，故无生灭变化可言。然凡夫迷此无生之理，起生灭之烦恼，故流转生死；若依诸经论观无生之理，可破除生灭之烦恼。又作阿罗汉或涅槃之意译：阿罗汉有不生之义，即断尽三界烦恼，不再于三界受生之意。又依弥陀之本愿往生净土者，乃是契合弥陀之本愿，此因无生为涅槃之理，故异于凡夫内心所想虚幻之生。于此，昙鸾之《往生论注》卷下称之为无生之生。自涅槃无生灭之观点言，即指觉悟涅槃，亦即证得无生身；极乐为契合涅槃之世界，由此义，故称为无生界。

对禅宗而言，无弦琴无疑是在喻指禅之理超出语言文字之外，禅之悟难以言传，故而禅宗祖师借无弦琴来"宣说"。《传灯录》卷13载省念禅师传："问：无弦琴请师音韵。师（沉默）良久：还闻么？"卷23载神禄禅师传："萧然独处意沉吟，谁信无弦发妙音？"又《五灯会元》卷3载庞居士说马祖道一："一等没弦琴，唯师弹得妙。"同书卷13又载献蕴禅师传："无弦琴韵流沙界，清音普照应大千。"虚云老和尚这首《无弦琴》诗，想说的是：谁不用手指而弹奏无弦琴？这名曰"无生"之曲，全然协和于古风之调。无弦琴弹奏至化境，音声杳无，指影泯灭，湛然常寂的宇宙虚空悠然回荡着无声的妙音。

而在守智禅师的这一公案中，他并未应那位禅师之请而真的去弹奏一曲，而是轻盈地"拊膝一下"，当那位禅师再度请守智亲弹一首时，守智禅师只是以一句"陕府出铁牛"对应之。可见他是以"铁牛"之句打断那位和尚的思维并告知他：世间真有"无弦之琴"吗？那当然只是某种意义的象征。它本为禅意情趣与精神格调的表征，然世人只知弹有弦琴，而不知弹无弦琴；以其迹用而不以其神用，全然不知弹无弦之琴可达何等境界。佛教最高之境的涅槃之曲，岂是有弦之琴可弹出？这一公案的深刻旨意是，生活中的无弦琴韵无处不在，它是无法言传的禅理，靠你亲身证悟。而虚云老和尚将无弦之琴与无生之曲对应起来，真高明无比。

现代人的生活，是来也匆匆，去也匆匆，哪有功夫体会无弦琴韵？没有深静反省的生活，就绝无"无弦"琴音之体会。读云盖守智禅师此公案、读虚云老和尚此诗，当反复诵读、反复吟咏，方能既得其韵味，又得其禅意。

抱桥柱澡洗，把缆放船（东林常总）

这句话来自东林常总的一次上堂开示。

东林常总禅师（1025-1091）是临济宗黄龙慧南法嗣，生剑州尤溪（今福建省）施氏。年 11 依宝云寺文兆法师出家，诣建州大中寺契恩律师受具。禅门以东林常总为苏轼嗣法之师。

据《五灯会元》卷 17 载：

> 上堂："老卢不识字，顿明佛意，佛意离文墨故。白兆不识书，圆悟宗乘，宗乘非言诠故。如此老婆心，分明入泥水。今时人犹尚抱桥柱澡洗，把缆放船。"良久曰："争怪得老僧！"

作为黄龙慧南的法嗣，东林常总无疑受"黄龙三关"影响甚深，所谓"黄龙三关"（黄龙常以三问拶人，曰：人人有个生缘，如何是汝生缘？曰：我手何似佛手？曰：我脚何似驴脚？）其时，云门也有三句："云门三句"。（"我有三句语，示汝诸人：一句函盖乾坤，一句截断众流，一句随波逐浪。若辩得出，有参学分；若辩不出，长安路上辊辊地。""直得乾坤大地无纤毫过患，犹是转句；不见一色，始是半提；直得如此，更须知有全提时节。"）其时还有洞山"三路"（鸟道、玄路、展手）等等说法；无非都在讲禅修功夫阶次。而关于禅修功夫的阶次，天童正觉禅师也多有开示，他总结为四个阶段：单明一色，独脱照忘，转身起用，向上全超。"单明一色"，指观照的功夫纯熟，进入空明一色之境，动静二相了然不生；然不断能所，言思犹在，我见尚存，相当于事一心。而"独脱照忘"，则指向能所双亡，前后际断，言思路绝，照体独立；幽灵绝待，一切不染，无心而照，照而无心，相当于理一心。接着是"转身起用"，这指的是不住空寂之体，转身入世，历境炼心，广修六度，随缘接引，圆满功德，偏正回互，如珠走盘，机转灵妙，相当于理事无碍。最后，"向上全超"，指不堕尊贵，异类中行，住无住处，相当于事事无碍。然而重要的是，与功夫的这四个阶次相应，其中隐藏着四种歧路或误区，修行人当避免落入：单明一色之前，忌落在黑山鬼窟中，即落在色阴区宇，被坚固妄想所束缚，默多照少；或者弄光影、玩知见、扯葛藤。单明一色之后，忌落在万里无云、青天白日处，即落在受阴区宇，被虚明妄想所束缚，耽著禅悦，不肯放舍。对学人而言，以上二病，是最易迷惑人，也是最难打破的模式与束缚。禅者谓"巨龙常怖碧潭清"，又谓"莫守寒岩异草青，坐断白云宗不妙"，又谓"今人多抱不哭孩儿，打净洁球子，把缆放船，抱桥柱澡洗"等等，皆指此二病。

东林常总在这个开示中，针对性极强，首先是在针砭当时的学人——"今时人犹尚抱桥柱澡洗，把缆放船"。这是说当时的学禅者只会把捉模式，亦步亦趋，终落形式上的"言诠"。如此，即使是苦苦"老婆心"，也必是"分明人泥水"。只能在"印板上""模子里"打转。

如隆兴府兜率从悦禅师在一次开示中就说道："诸禅德，大小傅大士，只会抱桥柱澡洗，把缆放船，印板上打将来，模子里脱将去。岂知道本色衲僧，塞除佛祖窟，打破玄妙门，跳出断常坑，不依清净界。都无一物，独奋双拳，海上横行，建家立国。"此中亦批评"抱桥柱澡洗，把缆放船"为只会固守模式的毛病。

东林常总这一开示具有恒常价值。任何时代的学人，若只会抱残守缺，固守模式，处处被教条所束缚，那就不仅于开悟的智慧无缘，在生活中也会时时处于绳捆索绑的状态中。

白月现，黑月隐（东林常总）

在禅宗史上，人们视常总照觉禅师的禅法为"平实"。其实他的开堂说法很有特点，平实之中蕴藏着深刻的辩证思维。事实上，常总作为黄龙慧南座下的第一弟子，他确实大力弘扬了临济宗黄龙派的禅风。如《禅林僧宝传》中的《东林照觉禅师》就高度赞扬他："自负密受大法旨决，志将大掖临济之宗。"

据《五灯会元》卷 17 载：

> 僧问："乾坤之内，宇宙之间，中有一宝，秘在形山。如何是宝？"师曰："白月现，黑月隐。"曰："非但闻名，今日亲见。"师曰："且道宝在甚么处？"曰："古殿户开光灿烂，白莲池畔社中人。"师曰："别宝还他碧眼胡。"又僧出众，提起坐具曰："请师答话。"师曰："放下著。"僧又作展势。师曰："收。"曰："昔年寻剑客，今朝遇作家。"师曰："这里是甚么所在？"僧便喝。师曰："喝老僧那！"僧又喝。师曰："放过又争得。"便打。

在禅宗另一文献《山铎真在禅师语录》的同一记载中，于"别宝还他碧眼胡"一句后，紧接着有一段："师曰：'者（这）则公案，自古自今，向白月现黑月隐处卜度；或在古殿户开光灿烂处商量。屙屎底见解有甚么限？山僧今日裂破面门，不但为汝诸人证明此事，亦令照觉通天彻地去也！'拍禅床下座。"可见，古代禅门向来就有此风尚，即"向白月现黑月隐处卜度"。此中亦可见所谓白月现黑月隐，是禅门内喜用的"卜度"之语，用来作两可之间的一种辩证。其深意则在否定那种非白即黑、非黑即白的定式思维——让你放下当前的执著。所以，当僧人再次要求东林常总作答时，常总即刻答曰："放下著。"当僧人仍不罢休时，常总则果断以一字"收"作结。

可见，这则对话式的公案中，实际传达出的是禅宗的根本精神——放下。放下你非白即黑的定式思维，放下你非白即黑的概念执著，你会恍然大悟，宇宙之间的最大"宝物"，原来就在你的"自性"之中。

专候乐官来（真净克文）

克文（1025–1102），人称隆兴府宝峰克文云庵真净禅师，为黄龙慧南法嗣。陕州阌乡（河南阌乡县）人，俗姓郑，号云庵。早年投复州北塔广公出家，后嗣法积翠黄龙慧南。机锋锐利，人称"文关西"。然其初参黄龙慧南并不契机，复往香城（陕西朝邑）见顺和尚，和尚以反问黄龙言句的方式来启悟克文，克文方闻而大悟并深知黄龙用意。其终归黄龙而开堂说法，禅修精进而提携天下衲子。

据《大慧普觉禅师宗门武库》（又称《宗门武库》）载：

> 刘宜翁尝参佛印，颇自负，甚轻薄真净。
>
> 一日，从云居来游归宗，至法堂，见真净便问："长老写戏，来得几年？"净曰："专候乐官来。"翁曰："我不入这保社。"净曰："争奈即今在这场子里。"翁拟议，净拍手曰："虾蟆禅，只跳得一跳。"又坐次，指其衲衣曰："唤作什么？"净曰："禅衣。"翁曰："如何是禅？"净乃抖擞曰："抖擞不下。"翁无语，净打一下，云："你伎俩如此，要勘坳僧耶？"

这个公案是以对话形式进行的，其中最具禅意的一句即"专候乐官来"。刘宜翁是云居佛印的在家弟子，在北宋的佛界还是个有名人物，所以对克文并不放在眼里。一见便问"长老写戏，来得几年？"这里的"写戏"显然是喻指禅修；"戏"是要经过千锤百炼才能出台的，禅修也是要持续修炼才能获悟的。克文以一句"专候乐官来"，是深藏禅意的。所谓"乐官"，当然是指掌管音乐事项的官吏，中国上古时期即有乐官一职。但这里"乐官"的出现，并非真是等待掌管音乐的官吏的来到，而是引申为"合唱伴奏"——能加入到这一合唱阵营，实是指禅修的觉悟状态与层级；故其真意在：你要加入进来吗？那还得看你的禅悟到了哪个层级呢！所以刘宜翁立即答曰：我不入你这团体。但克文并未放过他，紧接上一句说：你又如何脱得身，你不正好身在场内吗？刘宜翁还要继续作辩，克文却拍手称其为"虾蟆禅"。所谓虾蟆禅，喻指学禅而徒知坐禅者；又指不活脱自由之死禅——"只跳得一跳"，显然是喻指一知半解或只执一边而不解他术。虾蟆禅又相应于虾蟆口，故虾蟆禅还可指向徒弄口舌、于禅修无益之说。

其实这一公案的理解，还可参考克文的另一公案。据《禅林僧宝传》第 23 卷《泐潭真净文禅师》载："（克文）曰：'若然者，学人亦得自在去也？'南公曰：'脚下鞋是何处得来？'曰：'庐山七百钱唱得。'南公曰：'何曾自在？'师指曰：'何曾不自在耶？'南公骇异之。"这是慧南与弟子克文之间的一段精彩对话。其中慧南问克文"脚下鞋是如何得来？"正是以脚下之鞋喻指克文禅修功夫如何，是考验克文功夫深浅之语。而克文本为机锋锐利的禅者，对以脚下鞋乃花费了"庐山七百钱"才得到，其实是说，自己既花了功夫，也属开悟者了。但要注意的是，这里的原话是"庐山七百钱唱得"，用了唱戏之"唱"，仍是说完美之戏必深下功夫，实喻指自己的悟道，是通过禅修功夫得来。悟道之人，终得自在。故慧南不放过弟子还要续问何曾自在时，克文一句锐利的反问："何曾不自在？"结束了这段精彩对话。须知，此言亦可证克文禅师的自信与精进，到了何等地步。

两个公案的内在关联，是都以涉及"戏"与"乐官"，喻指了禅修功夫与悟道境界。

现代人，多是既无自信，更无精进可言；而事实上，愈无自信，愈不精进，乃愈成恶性循环。当今年轻人大可从此公案中汲取思想营养，从而加强自身修养。

帘卷帘舒（真净克文）

这是克文与师父慧南之间的另一则公案。据《续藏经》第 69 册载：

> 及南公居黄龙，（克文）复往省觐。南公尝谓师（克文）曰："适令侍者卷帘，问渠'卷起帘时如何？'曰：'照见天下。''放下帘时如何？'曰：'水泄不通。''不卷不放时如何？'侍者无语。汝作么生？"师曰："和尚替侍者下涅槃堂始得。"南厉语曰："关西人真无头脑。"乃顾旁僧。师指之曰："只这僧，也未梦见。"南公笑而已。自是门下号伟异，虽博学多闻见之无不垄缩。

这则公案体现了慧南对开悟了的克文，是如何的重视。它实是以侍者庆闲卷帘放帘一事，来勘验克文的悟道境界。

我们知道，通常帘子的状态只有两种，要么卷起，要么放下。"不卷不放"的状态是没有的。但慧南禅师正是以此来勘验弟子克文。哪知克文一句顶过"和尚替侍者下涅槃堂始得"。这意思是：师父你替这位侍者去一趟"涅槃堂"（古时丛林"涅槃堂"，是送老、病者养生送死之地）吧，或者理解为：师父你替这位侍者涅槃一回吧，要不然，你如何得到这"不卷不放"的状态呢？很明显，这是不可能的，此话一出，即是把师父的话匣子给彻底封死了。

但，无论如何，这则公案关于帘卷帘舒的话题是极具禅意的。它的核心旨意就在"自如"二字，这帘子本身，该怎样就怎样，该卷就卷，该放就放——卷起来你就可透过窗户看见天下，放下时它就封闭得水泄不通。卷放自如，就是最佳状态。这就像和尚的日常生活，该打坐就打坐，该吃饭就吃饭；一切自然而自如。

事实上，克文在禅学上也是有造就的，其禅旨核心就在消除差别，放下担子，事事无碍；一切痛苦与烦恼都来自"差别"思维，若能放下，则得解脱之境。《古尊宿语录》卷 34，就记载了克文消除"差别"思维的极致说法："法法本然，心心本佛，官也私也，僧也俗也，智也愚也，凡也圣也，天也地也，悟则视同一家，迷则千差万别。"将这段与上面"帘卷帘舒"的公案结合起来看，我们当能明白克文禅师的禅意所在：一无差别，一一明了，则放得下解得脱，则"帘卷帘舒"，则自然自如。

　　但实际上，人们在生活中确难达自然而自如之境。原因在人的日常思维，是有对象的，是"对象思维"，往往执著在对象上而难以放下——放不下痛苦、放不下压力、放不下自卑、放不下烦恼、放不下抱怨、放不下犹豫、放不下懒惰。而禅悟的前提是要你放下：放下是一种解脱、一种顿悟；学会放下，压力、烦恼、痛苦等自会减去。现代人只有学会放下，人生才精彩。而这种"放下"的自如，在无数的禅宗公案中均有上佳展演。

自悟自成佛（真净克文）

这是来自《克文语录》所载的一则克文对僧众的开示：

> 大众，信得及么？若自信得及，即知自性本来作佛；纵有未信，亦当成佛。但为迷来日久，一乍闻说，诚难取信。以至古今天下善知识，一切禅道，一切语言，亦是善知识自佛性中流出建立。而流出者是末，佛性是本。近代佛法可伤，多弃本逐末，背正投邪。但认古人一切言句为禅为道，有甚干涉！直是达摩西来，亦无禅可传。唯只要大众自悟自成佛，自建立一切禅道。况神通变化，众生本自具足，不假外求。如今人多是外求，盖根本自无所悟。一向客作，数他人珍宝。都是虚妄，终不免生死流转。

此开示强调了自信而"信得及"，批判向外而"弃本逐末"。此为开示的核心所在。禅者如信得过自己，当知自性本来是佛；即便还没来得及建立起自信之基，理念在兹，他日亦当成佛。但受迷惑时间一长，刚一听说佛法，诚然难以信得及。须知，古往今来的天下得道禅师，其一切禅法与一切语言，全都是从禅师自身佛性中自然流出而建立起来的。关键是：流出来的仅是末而已，佛性之体才是根本。今日当下的佛法传播，可真是可悲，因其多为舍本逐末、弃正向邪。可见，仅将古人一切言语认作是禅是道，其实与真实的禅道并不相干。须知，即使达摩从西方来此，也无禅可传。所以真正说来，唯有学人自己觉悟，自己成佛，自己建立起一切禅道；才是真实而实在的。何况所谓神通变化之类的自然本性，实是众生本有自备而内在充足的；所以你无须向外寻求。而现当下的人们个个尽往外寻求，根本原因在没有自悟的内在根据（一向客作），而只认他人的珍宝为珍宝。其实根本就是虚妄，此虚妄导致其不得解脱，终难免万劫轮回之苦。

"一向客作"一语极妙！"客作"，即以客作主，主宾颠倒，作他人奴仆；又一心瞅着他人，望着他人的珍宝，而不知自身珍宝何在。从此步入虚妄之态，持此心态，可谓弃本逐末，何能成道？更何能免轮回之苦？

佛性是本，自性是本。舍本逐末者，非悟道者也。今人于自性自悟之道，亦须信得及，悟得入，才能在日常生活中得些自在。

入海算沙，空自费力（黄龙慧南）

这是黄龙慧南的上堂开示。据《慧南语录》载：

> 上堂云："入海算沙，空自费力。磨砖作镜，枉用功夫。君不见，高高山上云，自卷自舒，何亲何疏？深深涧底水，遇曲遇直，无彼无此。众生日用中云水，云水如然人不尔。若得尔，三界轮回何处起？"下座。

任何读者，一面对这个开示，自然会将其与马祖道一的"磨砖作镜"等同视之；因其都是在枉费功夫。大海中的沙，如何算得尽？这当然是喻指徒劳无功之行为。

且慢，仅是针对空自费力、枉用功夫的行为讥刺一番，至多只是在传达：执于某种修炼方式是如何于禅悟无涉而已。而让你透见那自然界的山水，是如何地自卷自舒、曲直自如，那才是呈显大自然含藏的禅机呢！"云""山"之间，何亲何疏；"涧""水"之间，无彼无此。然而，这不正是大自然自生自长一派生机、蓬勃旺盛的奥秘所在吗？众生日用，何以未能像大自然的"云水"那般，天然如此呢？

禅道亦须自然，禅道本为自然，悟此，三界（欲界、色界、无色界）轮回也免受了！不亏是黄龙慧南，上堂法语亦让你当即开悟：切莫入海算沙，枉自费力。

话说回来，现代学人职途分工，专业性越来越强，作个专家，似亦须在职场中下一番"算沙"的功夫不可。然细审之，熟练到一定程度、一种纯然境界的专家，其实就接近或成为通人了。而通人之境，通在自然，自卷自舒，无彼无此，如云水般有活力。故此，慧南这一开示确如那曲直自如的云水，让你在九曲十八弯后，回归自然，一切不为。

一槌打透无尽藏，一切珍宝吾皆有（黄檗道全）

"一槌打透无尽藏，一切珍宝吾皆有"，是克文弟子道全的一则开示。

黄檗道全是克文的嗣法弟子。道全（？－1084），俗姓王，洛阳人。早年出家，20岁受具足戒，多方参访名师，未得法。遇真净克文，五年而开悟。

据《五灯会元》卷17《黄檗道全禅师》载：

> 瑞州黄檗道全禅师，上堂，以拂子击禅床曰："一槌打透无尽藏，一切珍宝吾皆有。拈来普济贫乏人，免使波吒路边走。"遂喝曰："谁是贫乏者。"

这则短短的开示，不足百字，然禅蕴无穷。我们再结合道全与其师真净克文之间的另一则《宗门武库》所载的公案来看：

> 筠州黄檗全禅师，初习《百法论》，讲肆有声。更衣南询，见真净和尚于洞山。有《悟道颂》，其略曰："一锤打透无尽藏，一切珍宝吾皆有。"
>
> 机锋迅发，莫有当者。
>
> 真净尝叹曰："惜乎！先师不及见。"
>
> 后上堂说法，不起于座，而示寂灭。
>
> 真净之言益验。

一则开示与一则公案，内容交叉面很大，内涵则都指向了"一槌打透无尽藏，一切珍宝吾皆有"这二句话。其中"一槌"与"无尽"相对应，"一切"与"吾有"相对应；其气魄之大，其心胸之广，其自信之深，真如其师所说"莫有当者"。"一槌"的涵容是如此之不可限量，它囊括了无尽之藏；而无可限量的一切珍宝，却又如此之容我把捉，尽在吾之胸中。它实际传达出这样一种理念：我们每个人的真如佛性是异常灵明的，其囊括无尽之藏而有着不可思议之妙用；在真如佛性的作用下，我们面对万事万物不用度量权衡即契合中道，随缘化物，真空亦可生起妙用。这正是六祖慧能所言"一切万法不离自性"。而在这一切万法不离自性的前提下，才可说"一切珍宝吾皆有"。可见，道全这一说法，仍可追溯至六祖慧能的理念。

道全的这则开示与公案，体现出了临济黄龙宗的气度与精神，而道全的那种高度自信，更是直追临济义玄。

当今我们讲"文化自信"，首先需要的就是这种黄龙派的"一槌打透无尽藏，一切珍宝吾皆有"的气度与精神。当然，就其哲学深度而言，我们也需要学习并理解从六祖慧能开始的南禅那种"自性"涵括"万法"的理念。

平地捞鱼虾（清凉慧洪）

《五灯会元》将慧洪列于"宝峰文禅师法嗣"下，即黄龙派慧南弟子克文的门下。

慧洪（1071-1128），一作德洪，字觉范，自号寂音尊者。俗姓喻（一作姓彭）。筠州新昌（今江西宜丰县）人，出生在当地一个"文化大家"中，终成北宋著名诗僧。自幼家贫，14岁父母双亡，入寺为沙弥，19岁入京师，于天王寺剃度为僧。当时领度牒较困难，乃假借原编籍天王寺僧人"惠洪"之名剃度受戒为僧，自此以"惠洪"为己名。元祐二年（1087），惠洪知克文禅师自江宁返筠州洞山，遂投真净克文禅师，此后学识大进，后又随师迁靖安宝峰寺。惠洪一生多有不幸，曾两度入狱；又被发配海南岛，直到政和三年（1113）才获释回籍。建炎二年（1128）圆寂，年58岁。

"平地捞鱼虾"，是惠洪与其师克文之间的一则公案，据《指月录》卷28载：

> 少孤，依三峰靓禅师为童子。日记数千言，十九试经得度，从宣秘度讲《成唯识论》。逾四年，弃谒真净于归宗，净迁石门，师随至。净患其深闻之弊，每举玄沙未彻之语发其疑。凡有所对，净曰："你又说道理耶？"一日顿脱所疑，述偈曰："灵云一见不再见，红白枝枝不着花。巨耐钓鱼船上客，却来平地捞鱼虾。"净见为助喜。

这则公案中又套有一个著名公案，"每举玄沙未彻之语发其疑"，此中的"玄沙未彻"即是一禅门内的著名公案。说的是福州灵云志勤禅师初于沩山灵祐禅师座下，因见桃花而悟道；随之作一偈语："三年年来寻剑客，几回落叶又抽枝。自从一见桃华后，直至如今更不疑。"沩山灵祐见此偈语为之一动，下决心要试他一回，看其悟道达何程度；乃一一发问，然志勤禅师从容答来，一一契旨。沩山灵祐遂印可他，同时嘱咐："从缘悟达，永无退失，善自护持。"后有一位僧人将此事告知玄沙师备禅师，玄沙答道："谛当甚谛当，敢保老兄未彻在。"众人皆疑此语。因沩山灵祐乃一代宗师，其一生从未随便印可于人；其既印可志勤禅师，志勤必为悟道之人。然玄沙禅师对此不予认肯，此后，玄沙禅师的"平地捞鱼虾"一语，便成为禅门内勘验学人的一个话头。

然而，平地岂可"捞鱼虾"？这不是故意搅局或在玩"文字游戏"吗！须不知禅门内多有"无根树""无孔笛""无孔锤""无缝塔""无量秤""无弦琴"等说法吗？一切万法不离自性，死水不藏活龙，真空亦可生起妙用。"自性"就犹如那无弦琴、无量秤——无弦琴弹奏至化境，音声杳无，然湛然常寂的宇宙虚空却悠然回荡着无声的妙音；无量秤从不实际度量，却无不在在中道。你若真落于"无"之言诠，那就真信"平地捞鱼虾"了；那就大失禅之寓意、禅之韵味了。对惠洪来说，他的"平地捞鱼虾"，那是无作而妙用之空灵禅境；只有那"顿脱所疑"、大彻大悟的禅者，才能无时不处于那自由自在、无作而妙用的境界。所以在这则公案中，特别要注意领会惠洪所述之偈，前提是他已然"顿脱所疑"而真正悟道了。

此则公案可谓意味深长。现代人要学其中之奥秘，首先要理解如何从"发疑"到"顿脱所疑"的经历，其实是一个漫长的修炼过程，不修何有"悟"之到来。

但向尿臭气处参取（兜率从悦）

兜率从悦（1044-1091），黄龙宗真净克文禅师之法嗣。虔州（江西赣县）人，俗姓熊，法号从悦。15岁出家，16岁受具足戒，为宝峰克文禅师法嗣。从悦禅师学通内外，能文善诗，率众勤谨，远近赞仰。因住于隆兴（江西南昌）兜率院，故世人尊称兜率从悦。元祐六年示寂，享年四十八。宋徽宗宣和三年（1121），丞相张商英（无尽居士）奏请谥号"真寂禅师"。有《兜率悦禅师语要》一卷行世。

据《五灯会元》卷17载：

> 初首众于道吾，领数衲谒云盖智和尚，智与语，未数句尽知所蕴。乃笑曰："观首座气质不凡，奈何出言吐气如醉人邪？"师面热汗下，曰："愿和尚不吝慈悲。"智复与语，锥札之，师茫然，遂求入室。智曰："曾见法昌遇和尚否？"师曰："曾看他语录，自了可也，不愿见之。"智曰："曾见洞山文和尚否？"师曰："关西子没头脑，拖一条布裙，作尿臭气，有甚长处？"智曰："你但向尿臭气处参取。"师依教，即谒洞山，深领奥旨。复谒智，智曰："见关西子后大事如何？"师曰："若不得和尚指示，泊乎蹉过一生。"遂礼谢。师复谒真净，后出世鹿苑。

这则公案所言洞山文和尚，即真净克文禅师；"智和尚"是指云盖守智禅师。"你但向尿臭气处参取"，正是云盖守智禅师对从悦的开导之语。这则公案还出现了云盖守智以"锥札之"的情况。为更好地理解此公案，我们先看《五灯会元》卷18所载《丞相张商英居士》，此中有一公案说的正是从悦禅师与张氏之间的事，《五灯会元》将张氏列入从悦法嗣。从悦之所以很受张商英赏识，因为张商英早听说从悦善写文章，便直问从悦禅师是否如此，从悦幽默答曰："运使（按：转运使）失却一只眼了也。从悦，临济九世孙，对运使论文章，政（正）如运使对从悦论禅也。"此意在说自己如何敢在张商英面前谈善写文章呢，其实更深层的意思是说，你要在禅师面前谈禅，那不也是外行吗！当晚，张商英便随从悦在兜率寺住下。而事实上从悦对张商英的到来，早有准备，他示意寺内首座，如若张氏来寺，"吾当深锥痛札，若肯回头，则吾门幸事"。这里所言"深锥痛扎"，就与上面公案中守智禅师对从悦的"锥扎之"，内涵一致；意在不扎不得获悟也。张商英进寺便参禅，当其走进寺后的拟瀑亭并看到竹筒接泉水的装置时，便发问："此是甚处？"从悦答曰："拟瀑亭。"又问："捩转水筒，水归何处？"从悦并未正面答复，却说出一句似不相关之语："目前荐取。"告诉他眼前看的即是。张商英不解其意，便作思索状。从悦于是对其说："佛法不是这个道理。"实际是提示他，苦苦思索并不能直达悟境。

而在云盖守智与兜率从悦的公案中，我们也分明看到，云盖守智是如何传达禅即自然之道、生活之道的："你但向尿臭气处参取"一语，即是要从悦明白，禅就是生活，就是生活之道；你若一天到晚去苦苦思索，是走了死胡同。你要"参取"的，是生活本身。以"锥扎之"，是要扎你那个执著一头的"思维"，思维方式死于文字中，或死于苦苦思索的拘执中，那对禅悟，是离题万里了。

在日常生活中随时随处悟道，也正是值得我们现代人提倡的一种面向自然的思维方式。

一切现成（湛堂文准）

湛堂文准（1060-1115），真净克文禅师法嗣。俗姓梁，兴元府（今陕西汉中）人，

"一切现成"是湛堂文准与真净克文禅师之间的一则公案。据《五灯会元》卷17载：

> （湛堂准和尚）初谒真净，净问："近离甚处？"师曰："大仰。""夏在甚处？"师曰："大沩。"净云："甚处人？"师曰："兴元府。"净展手曰："我手何似佛手？"师罔措。净曰："适来祗对，一一灵明，一一天真。及乎道个我手何似佛手，便成窒碍。且道病在甚处？"师曰："某甲不会。"净曰："一切现成，更教谁会？"

这则公案说的是湛堂文准禅师学禅之时去拜访真净禅师，真净禅师问他：你最近离开的是什么地方？他答：从大仰山来。问：你在什么地方过的夏天？答：在大沩山过夏。问：你是哪里人？答：我是兴元府人氏。真净禅师伸开两手，突然转问道："我手何似佛手？"这下文准禅师却答不上来了。真净禅师说：刚才那三问三答，你句句现成，灵明天真，一一答来，不费思索。怎么说个"佛手"便成障碍了？这是哪里出了毛病了？文准禅师说：这一问，文准不能领会。看！到这儿他不能领会了。为什么不能领会？他觉得"我手何似佛手"内含玄机。前三问三答平常，到这儿就玄妙了。其实，平常心是道，有什么玄妙！所以真净禅师进而喝问："一切现成，更教谁会？"就因为一切现成，他反而不能把握，总是往奇特处想。

元音老人对这则公案的眉批是：只因现成极，转令明悟迟！因世人均在玄妙处探索也。的确，人尽往玄妙处深探，而不知简单的道理是如此现成地摆在面前。禅宗认为万事万物原本现成，自然而然；事物实体本身之存在是超乎人的是非观念的，人一用二元对立的概念如善恶、是非、好坏等去作评判，就扭曲了事物本身。须知，所有评判的概念基准，都来自人为的设定，而这一设定本身就存在问题（或前提、或时间、或诠释、或对位等都极易成问题），以这一人为的设定概念去一一对应现成的万事万物，哪有不出差错的呢？

这里，我们再举出法眼宗文益禅师与桂琛禅师之间的一则同样题目的公案。据《文益语录》载：

雪霁辞去，地藏门送之，问云："上座寻常说三界唯心，万法唯识。"乃指庭下片石云："且道比石在心内在心外？"师云："在心内。"地藏云："行脚人，着什么来由安片石在心头！"师窘无以对，即放包依席下，求抉择。近一月余，日呈见解说道理，地藏语之云："佛法不恁么。"师云："某甲词穷理绝也。"地藏云："若论佛法，一切现成。"师于言下大悟。

这则公案更是以"一切现成"为核心宗旨。文益禅师在雪停之后，辞别而去，临行时地藏禅师送他，随即问：上座平日里所说的三界因心而生，万物因识而起。那么，你说这块石头是在心里还是在心外呢？文益禅师坦然答曰：当然在心里。地藏禅师继问道：行脚人，又何必要将石头放在心里呢？这一问，倒真的使文益禅师窘得发慌，无言以对。他当即放下包留在地藏禅师法席下，并请求地藏禅师予以指点。在一个月的时间里，文益禅师居然每天都提出他的见解与观点，地藏禅师均答曰：佛法非如此这般。文益禅师最终自认理屈词穷。地藏禅师此时只亮出一句：若论佛法，一切现成。而正是这一句，让文益禅师即刻彻悟。

在现实生活中，人们往往以某个概念或从某个视角，对事物进行钻牛角尖式的夸夸其谈，毫无收获却仍一如既往，须不知我们面对的世界，一切现成，自然而然，你若懂得顺其自然，因势利导，抓住要害，成功即在眼前。

见山见水三境界（青原惟信）

所谓山水三境界，来自青原惟信禅师的一段开示，而此开示也就是青原惟信禅师的一段著名语录。

吉州青原惟信，是黄龙晦堂祖心禅师的法嗣，其生卒年不详。

据《五灯会元》卷17载：

> 青原惟信禅师，上堂："老僧三十年前未参禅时，见山是山，见水是水。及至后来，亲见知识，有个入处。见山不是山，见水不是水。而今得个休歇处，依前见山只是山，见水只是水。大众，这三般见解，是同是别？有人缁素得出，许汝亲见老僧。"

这段开示经历史演化，早已成为一著名公案。见山见水三境界，在哲学上也可视为三段论。惟信大师以其亲身参禅之经历，揭示了由初见山水的素朴感受，到知识加入后的非山非水之取相迷执，其实就是一种由"原我"到"自我"的取相迷执。然后第三阶段，又恢复到原山原水的见解，其实已然不是原初阶段的见解了，而是一种达至"真我"的大彻大悟。如此一个悟道过程：最初是"原我"，然后是"自我"，最后达至"真我"的大彻大悟之禅境。这三段过程造就的三个境界，实质上高度浓缩了禅的智慧——未悟、初省、彻悟的客观真理。

禅宗面对同样的山水，却能以其测出修禅者的悟境深浅。奇哉！

初见山水，自然而然——见山是山，见水是水。人来自于大自然，他生活于大自然中，而不是生活在大自然之外；他的根，本源于自然。他不能揪着自己的头发脱离这个自然界。因此，人与天，本无对立。在禅的视野中，人与自然的亲和本来如此。

问题是，人一生下来，所有的常识便向他涌来。在这个"未参禅"时期，人们只是以素朴的眼光去看山看水，山是山，水是水。一切都处在"素朴之心"或"稚心"的感性当中，人们最多也只是用笼统的感性去素朴而直接地摄取事物。显然，这第一阶段的山水是没有生命的山水。但初参禅后，他学得了知识，开始有了理性的"分别心"，并进入概念世界，这就像戴上了有色眼镜，山不再是山，水不再是水，因为它们夹杂了太多的东西。然而，当我们获得了真正的禅悟——禅悟之境是需要整体生命扑入而得来的，我们便十分自然地把山水融合在自己的生命之中，把生命融合于山水之中。这时的山水，是有生命的山水。此时，我与山水自然，不仅彼此参与，更得到根本的合一。我在山水之中，山水也在我之中。"我见青山多妩媚，青山见我亦如是。"我之见山即山之见我；我与山水，全然是生命的互融互摄，不再是漠不相关者了。

素朴阶段是仅仅以"质直"的感官而与山水关联，理性阶段则是以分别心将我们与山水二元对立起来。现在，第三阶段，我们的生命不仅与山水互融互摄而直接合一，我们同时也是自由地保持着自我的自觉，故山仍是山，水仍是水。注意，达到这样的禅境，纯粹的主观便是纯粹的客观，主体即客体，天人合一，人与自然达到完全的合一。第三阶段的见山又是山，见水又是水，只能证明，主体的我并没有消失，山水也没有消失。我与山水的相融相摄，并没有导致我吞没山，山仍耸立于我面前。山同样没有埋没我，我仍持有高度的自觉。主客相融，物我一如；而不是主客相泯，彼此泯灭。

是的，我们要再一次地说：人与自然合一，但这种合一决不"为此而失彼"。第三阶段禅者所见的山水，不再是"原我"俗眼所见山水；"原我"观中的整体山水，虽也是原初素相之整体形相，但并非道眼涵盖下的整体山水。道眼整体观下的山水，自他不二，物我一如，物我相融相即，妙契无上的禅悟之境。然须知，道眼毕竟要有历练阶段，未经历练，不成悟境。

这就是禅，这就是第三阶段禅悟之境的"见山又是山，见水又是水"。

五、曹洞宗

无情说法（洞山良价）

这是洞山良价与其师父云岩昙晟之间的一则公案。

曹洞宗的创始人良价禅师（807-869），会稽诸暨（今浙江诸暨）人，俗姓俞。《五灯会元》将其列为青原下四世，云岩昙晟禅师的法嗣。幼年在当地村院出家。院主教他念《般若心经》，当读至"无眼耳鼻舌身意"处，就产生了疑问："我有眼耳鼻舌身意，何故经言无？"院主不能答，知道良价不是寻常之人，便将良价亲自带到婺州（今浙江金华）五泄灵默处。灵默是马祖道一的弟子，他给良价剃度，却仍未消解良价的疑问。灵默又将良价推荐给马祖的另一高徒南泉普愿。灵默说："寻取排择下，问取南泉去。"良价辞曰："一去攀缘尽，孤鹤不来巢。"南泉普愿预言他将来"有雕琢之分"。

据《五灯会元》卷13载：

> 师（良价）遂辞沩山，径造云岩，举前因缘了，便问："无情说法，甚么人得闻？"岩曰："无情得闻。"师曰："和尚闻否？"岩曰："我若闻，汝即不闻吾说法也。"师曰："某甲为甚么不闻？"岩竖起拂子曰："还闻么？"师曰："不闻。"岩曰："我说法汝尚不闻，岂况无情说法乎？"师曰："无情说法，该何典教？"岩曰："岂不见《弥陀经》云，水鸟树林，悉皆念佛念法。"师于此有省。乃述偈曰："也大奇，也大奇，无情说法不思议。若将耳听终难会，眼处闻时方得知。"师问云岩："某甲有余习未尽。"岩曰："汝曹作甚么来？"师曰："圣谛亦不为。"岩曰："还欢喜也未？"师曰："欢喜则不无，如粪扫堆头，拾得一颗明珠。"

这一公案虽全由对话构成，却意义深远。星云法师有个解释：所谓无情说法，见到天空的明月，忽然兴起思乡之念；看到花落花谢，不禁有了无常之感；巍巍乎，山高愿大；浩浩乎，海宽智远。这不是无情跟我们说法吗？因此经云："情与无情，同圆种智。"

而从佛教哲学的角度看：无情说法，是强调佛性、法性的普遍性；同时这个公案也是以"无情说法"喻指世间万物都是宣示佛法的所在，故不一定要以语言文字来宣说佛法。云岩禅师以一句"水鸟树林，悉皆念佛念法"，就最好地表征了宇宙万物都是佛法的宣示者。正是云岩禅师的这一点睛之句，让良价有所省悟，连连说出"也大奇，也大奇，无情说法不思议"的赞叹之语。赞叹之余，良价得出了自己的结论："若将耳听终难会，眼处闻时方得知。"这是说面对"无情说法"，你不能像常人那样用耳朵去听，而要使用"眼听"的方法；这当然是说用眼睛去观察万物是如何在无形中"说法"的。省悟后的良价能得出这样的极具哲学方法论的结论，真是难能可贵。无怪良价欢喜得说自己如粪扫堆头拾得一颗明珠。禅宗把自性比作明珠，将学人认识了自己的本性真如称为拾得了明珠。"粪扫堆头拾得明珠"，就是指摆脱了世间尘识的遮蔽迷失，恢复了本来清净的自在本心，这当然是禅悟。

佛法遍在，遍在无语；佛法是无体之体。这亦如同老子《道德经》所言：道可道，非常道。最高的道法是无法用语言形式表征的，但它遍在于万事万物中。这一公案虽是处于良价的早年时期，但已充分透显出禅佛思想的辩证性。

的确，曹洞宗被称为"思想的贵族"。但这个贵族是由一代又一代精英禅师：药山惟俨、云岩昙晟、洞山良价与曹山本寂等接续成就的，石头希迁则是其辩证思想的源头所在。良价作为曹洞宗的开创人，经几代禅师共同努力而造就一个宗派。从中我们亦可看出，唐代是中国禅宗第一度群星灿烂的时代，五家七宗无不发源于这一奇特时空——公元 7 至 8 世纪之交。曹洞宗的创立就得益于这个时代，良价的成长更得益于这个可在"粪扫堆头拾得明珠"时代。

读此公案、思此公案，今人能不从"无情说法"的公案中获得一种认识世界的视角吗？

逢渠偈（洞山良价）

这是一个关于良价获悟的著名公案。据《祖堂集》卷5《云岩和尚》载：

> 师（云岩）临迁化时，洞山问："和尚百年后，有人问还邈得师真也无，向他作么生道？"师云："但向他道：只这个汉是。"洞山吃沉底。……师见洞沉吟底，欲得说破衷情。洞山云："启师：不用说破。但不失人身，为此事相著。"师迁化后，过大相斋，共师伯欲往沩山。直到潭州，过大溪次，师伯先过。洞山离这岸、未到彼岸时，临水睹影，大省前事，颜色变异，呵呵底笑。师伯问："师弟有什么事？"洞山曰："启师伯：得个先师从容之力。"师伯云："若与摩，须得有语。"洞山便造偈曰：
>
> 切忌随他觅，迢迢与我疏。
>
> 我今独自往，处处得逢渠。
>
> 渠今正是我，我今不是渠。
>
> 应须与摩会，方得契如如。

这个公案的核心就是这首偈语。从这首开悟偈可以看到，良价的开悟是从"我他"关系上切入的。显然，"我"表征的是自性，是本具的自性，与庐山慧远所说的神明等同。良价已悟及自性之"我"。"渠"是他，指对象，这里指映在水中的影子；以哲学视角透入，可理解为自性之"用"。故此偈传达的旨意是切忌到自身之外去寻求佛法——"法身"才是唯一的真实。故此偈关涉色身、法身的佛教哲学之核心理念，自我法身是不能离开色身外求的。这里实际体现出二者的辩证关系，色身（渠，影子）为"我"（自性，法身）外在体现，而色身却并非真"我"法身，因为"渠"（色身）是虚幻的，不是本质的；要寻找宇宙的本质，就要寻找自性（法身），不能向外界去追寻，如果向外求，那就只会越求越远，越求越隔，"迢迢与我疏"——这如同骑驴觅驴一样，追逐外界，而迷失自性。所以，认识法身的自性，只能向自身寻找，而不能到"渠"（影子）的虚幻中去寻求真实之"我"。良价的这首开悟偈，表明了他已经彻底开悟了，奠定了他日后开创曹洞宗的基础。

这个公案对现代的意义，不仅在认识自我，更在于怎样认识自我。只有通过现象直透本质，才能逐级认识自我——自性——法身。对佛教而言，当然最高的认识目标当在法身，亦即佛性。每个人的生命都有一个外在之像（影子），只是这个影子仅表征了一个表相而已。而表相，恐怕是世界上最能影响我们的东西。若我们执著于我们所认知的那个"表相"，就很容易迷失自己，迷失世界，终至迷失那无形无相的道体——法身。

三种渗漏（洞山良价 曹山本寂）

"三种渗漏"是洞山良价对曹山本寂的开示之语，据《五灯会元》卷 13 载：

> 师又曰："末法时代，人多乾慧。若要辩验真伪，有三种渗漏。一曰见渗漏，机不离位，堕在毒海。二曰情渗漏，滞在向背，见处偏枯。三曰语渗漏，究妙失宗，机昧终始，浊智流转。于此三种，子宜知之。"

举出三种渗漏，并一一界定，这恐怕只有在曹洞宗门中才有的教法。说起渗漏，须知佛教统称烦恼为"有漏"，而有漏则证明修行未至真解脱境界，故有漏即是不圆满。这里，良价是提示本寂修行过程中容易出现的三种错误。参考《人天眼目》卷 3 所载一段对话，我们当能更好理解何谓三种渗漏："师（洞山）谓曹山曰：'吾在云岩先师处，亲印宝镜三昧，事最的要。今以授汝，汝善护持、无令断绝，遇真法器，方可传授，直须秘密，不可彰露，恐属流布，丧灭吾宗。末法时代人多乾慧，若要辩验向上人之其伪，有三种渗漏，直须具眼。'"这是谆谆告诫：你必须对这三种渗漏具备考察的眼光，否则会涉及到本宗法脉的流传。

末法时代人，人多偏枯，易走偏锋，而未得乾坤并列之圆融智慧。这里说"人多乾慧"，实质上是指智慧偏于一边，偏在"乾"而未得"坤"，故未能圆融。那么，要在这样的时代条件下勘验真假，当然有难度；因走偏锋者无不宣称自己是真理的持有者。故举出"三种渗漏"实际上是给出一个检验尺度。一是见渗漏，这显然是指见解、知见上的缺陷；而"机不离位"的"机"，在此是指谓过程中的"变化"；"位"则是针对曹洞宗核心理念中的"偏正五位""功勋五位"而言。机不离位，当然是指修行过程中的功夫"到位"；而一旦出现认识、见解上的问题，就极易偏执、偏滞而走极端、走偏锋。这是最为致命的缺陷，古今中外，人类理性的每前进一步，都为此付出过极大代价。在佛教哲学上，这叫理事不能圆融；无明而永世轮回，故曰"堕在毒海"。

二是情渗漏：人必有情，而一深及人之"情"——如情之溺、情之堕、情之固等等，就易形成各种习性、习气甚至世俗之俗情。而这对修行人来说，习气未除，何能转识成智？故又有"情执"之谓，情执者，由情而执，仍是偏于一端，执于一隅。佛教以为，这最终仍是丧失中道圆融境界——所谓"滞在向背，见处偏枯"也。

三是语渗漏：有了前二者的渗漏，语渗漏已成必然。对修行人而言，语言之误必将使其丧失禅机，失尽妙趣。参禅答问，机不圆通而最终"究妙失宗"，不得解脱。或偏于"死句"之中，或执于"误句"之下而"机昧终始"：无法前后照应，破绽四出而终被捆绑。

不言而喻，这三种渗漏，对佛教修行过程而言，造成了情况十分严重的滞缚，简直就是三缚、三滞；是参禅道路中的窒障，必须去除，否则何有"明心见性"之谈！

其实，这个公案中对我们现代人的启示意义极为深刻，三种渗漏所造成的状况，古今中外，于常人概莫能外。故今天的我们就不仅应警惕习性的形成，而且应从自己平时习性中，不断反省自己，提升自己。

鸟道、玄路、展手（洞山良价）

这个开示，在禅宗史上也被称为"三路接人"。最早的记载文献是《祖堂集》卷6《洞山和尚》：

师示众曰："展手而学，鸟道而学，玄路而学。"

又据《洞山语录》载洞山开示语：

师示众曰："我有三路接人：鸟道、玄路、展手。"

再据《祖堂集》卷6《洞山和尚》所载公案：

问："承和尚言，教人行鸟道。未审如何是鸟道？"师曰："不逢一人。"僧曰："如何是行？"师曰："足下无丝去。"僧曰："莫是本来人也无？"师曰："者梨因甚么颠倒？"僧云："学人有何颠倒？"师曰："若不颠倒，你因什摩认奴作郎？"僧曰："如何是本来人？"师曰："不行鸟道。"

以上开示与公案中都出现了"鸟道"，开示中所言"三路接人"，亦是以"鸟道"为先。须知，这与佛教"空"的根本理念相关，学禅、打坐，日常修行，若不落在一"空"之境界上，则无有禅法；而鸟行空中，正是无有痕迹，此鸟道也！故公案中当僧人一问起如何是鸟道时，洞山良价即刻回答："不逢一人。"这里的不逢一人，不正是以鸟行空中，而借喻"空"之境界吗？在禅修中，心不著物，执空驭有，也就是如行鸟道。法身之空，自性之体，乃"真我"之所在；行鸟道，目标正在体认"真我"的自性之体、法身之空。故鸟道之行，用良价的话说"不逢一人"还要"直须足下无丝去"，全然是喻示鸟足无有绳捆索绑而自由飞翔，从而以空观来断除执著，认识"本来人"——本来面目，也就是自性。而"不行鸟道"的说法，则大有马祖道一的"非心非佛"说之意味。其实，禅修到了最高境界，就是"不行鸟道"；当然，它是在"行鸟道"而悟道之后。显然，这是针对上上根性的学人而言的。

"玄路"之"玄"，当来自道家玄学，玄喻指道体；"石头路滑"，即指谓曹洞源头希迁的玄机禅风。禅宗特别是南宗禅，与中国道家的内在关系至为紧密，此不赘言。所谓"玄路"，是针对中等根性的学人，需要借助一定的语言、逻辑，并以一定的耐心，接引学人。故以"玄路"接人，即是以体用相须，理事相即的道理，去启发学人。实际上，曹洞的"五位"常说，当为一种"玄路"之教。此教之宗旨，即在体用一如，理事圆融之理念。"玄路"之教，可针对中等根性的学人。

如何诠释"展手"？此为"三路接人"说法中的难点。从语言本身看，所谓"展手"无非是展开双手，此可视为洞山接引学人的一种手段。针对第三等资性的学人，师父显然需要有更多的耐心，反复展示，以接引学人入门，此正类似希运、大愚的"老婆禅"。日本禅学大师忽滑谷快天就指出："展手者展两手迎来学，使直入甘露门。"而毛忠贤先生在《中国曹洞宗通史》中的另一解释是："展手就是将对方有无兼问而且答案不可统一的双项诘难双手推开，在对方的话题中接出一路，既借以自脱又借以困缚对方。这正是临济义玄说的互抛'胶盆'。"这一诠释，显然要复杂得多，但仍属接引学人而展以手段这一范畴。而杨曾文的对"展手而学"解释则是：大意当为主张无修无证。

无论如何，我们从以上开示与公案中，可看出洞山对待学人、接引学人的方法、手段之高明。"三路"的核心所在，仍是曹洞理论宗旨的体用、理事之"回互"与圆融。

学人根性不一，师父施设的手段、方法要有针对性。这对当今教育中的"教"与"学"双方，都颇有启示。学"道"、学"艺"都要入门对路；教导弟子，更要针对弟子之不同根性、资性，转辗悉心传授。此方可使教学双方各得其所也。

性如清净，即是法身（洞山良价）

这是洞山良价在劝勉弟子的开示中的一句话。据《祖堂集》卷6《洞山和尚》载：

> 天地之内，宇宙之间，中有一宝，秘在形山（喻身体），识物灵照。内外空然，寂寞难见，其位玄玄。但向己求，莫从他借。借也不得，舍也不堪。总是他心，不如自性。性如清净，即是法身。草木之生，见解如此。住止必须择伴，时时闻于未闻。远行要假良朋，数数清于耳目。故云：生我者父母，成我者朋友。亲于善者，如雾里行，虽不湿衣，时时有润。蓬生麻竹，不扶自直，白沙在泥，与之俱黑。一日为师，终世为天；一日为主，终身为父。玉不琢不成器，人不学不知道。

这段开示语中最核心的一句话即："性如清净，即是法身。"这句话，我们可视为一个禅学命题。一开头就指出天地宇宙间有一宝物，那宝物就在你身内，但这宝物是可以觉知自性、灵照万物的。接着出现的"空然""寂寞"二语，无非是要衬托"其位玄玄"一句出台。道体无有形相，至为玄虚；佛性难觅，其位玄玄。但对学人而言，你真正要做的是，不是向外求、向外借，你要借也无法得到，舍去这份心思又觉不堪。然对修行者来说，你唯一须做的就是向内求、向己求，总以他心为己心，不如求取自性、彻悟自性。而修行的最高境界即是"性如清净，即是法身"，心性清净，与真如契合，则法身自见。

所以作为师父谆谆告诫弟子的开示之语，良价不仅在一开始便点出灵明"宝物"就在你自己那里，而且告知你这一宝物只能内求——自性只能内求，此乃唯一之路。清净自性，法身是也！何须从外借求。此下都是告知你如何保持这清净之性的途径，也就是要在"明自己事"上深下功夫。唐代惟则禅师的弟子云居智也在一次开示中对弟子谈了自己对"清净之性"的基本看法："僧继宗问：'见性成佛，其义云何？'师曰：'清净之性，本来湛然。无有动摇，不属有无、净秽、长短、取舍，体自悠然。如是明见，乃名见性。性即佛，佛即性，故曰见性成佛。'"云居智禅师已说得再明白不过：切勿用有无、净秽等对立知见去看待每人本有的自性，自性之清净，是本来如此而清澄明澈的、自然超脱的；如此看待清净之性，便知自性即佛，佛即自性。这也就是见性成佛，亦如良价所言：性如清净，即是法身。

　　的确，明自己事、见性成佛，在曹洞义理中尤为凸显，洞山良价的弟子曹山本寂都以"五位"之论大讲如何"明自己事"。在后面的公案及开示中，我们仍要展开此例。

　　时代步入今天，如何洞见自性并护持这一内在的清净之性，从而面对世界而直达事物本质，仍是值得学人下功夫的一种生活中的修行，功夫愈深，对自性的认知会愈明。心静了，方能听见自己的声音；心清了，方能照见万物的实性。

不明大事最苦（洞山良价）

这是《洞山语录》中良价禅师与僧徒之间的对话，实亦为一则开示：

> 师（良价）问僧："世间何物最苦？"僧云："地狱最苦。"师曰："不然。"云："师意如何？"师曰："在此衣线下不明大事，是名最苦。"

起始便问世间何物最苦，在禅门中亦不多见，且是师父对徒弟发问。弟子答以地狱最苦，属佛教最基本常识。然却遭师父断然否定。那么，师意何在？师父的回答直接而简明：不明大事，是为最苦。不过此句之前还有个限定语："在此衣线下"，此无疑是指僧人穿着的这付僧袍。好，这个前置词妙得很！妙就妙在是对和尚僧人的职途所下定语：谁要你做和尚呢？做和尚的，是真正以生死大事为任者；你披着这一身僧袍，岂能不称职。所以这句"在此衣线下不明大事，是名最苦"，实是对僧人禅者的警语。反过来说，唯有你明了大事，你才可对得起这身袈裟。

禅家向以彻悟生死、超脱生死为终极目标。然每个僧人的悟道门径、禅法各各不同，根性亦不一，故悟道之时也各有早晚；悟道之机，更各具特色。但既以生死大事为任，则禅者的悟道，自须念念在兹、心心不间。然禅门中彻悟生死其境界如良价者，亦实属罕见，其真为理论实践打成一片而终获自由者。有兴趣的读者，可一读后面良价禅师"来去自由"一公案。

不过，笔者以为此公案对今人给出的最有启示之点是，人各有其职，职途虽不同，悟机却须有。如实说来，每种职业，都有其"最苦"的机窍所在，如操弦琴的职业，最苦之点，在上手便音不准；运动员职业，最苦之处，怕是状态不佳；从事论文写作的研究人员，其最苦之处，恐在毫无逻辑、说理不清。良价能对自己的僧徒，亮出僧人的"最苦"之处，实乃天长日久自己心悟处得到体验的极深之语。值得吾人反复咀嚼。

直道本来无一物（洞山良价）

这是洞山良价对僧众们的垂示之语，亦成一公案。据《景德传灯录》卷15《筠州洞山良价禅师》载：

> 师有时垂语曰："直道'本来无一物'，犹未消得他钵袋子。"僧便问："什么人合得？"师曰："不入门者。"僧曰："只如不入门者还得也无？"师曰："虽然如此，不得不与他。"师又曰"直道'本来无一物'，犹未消得他衣钵。遮里合下得一转语，且道下得什么语？"有一上座下语九十六转，不惬师意，末后一转，始可师意。师曰："者梨何不早恁么道？"有一僧闻，请举，如是三年执侍巾瓶，终不为举。上座因有疾，其僧曰："某甲三年请举前话，不蒙慈悲，善取不得，恶取。"遂持刀向之曰："若不为某甲举，即便杀上座也。"上座悚然曰："者梨且待，我为汝举。"乃曰："直绕将来亦无处著。"其僧礼谢。

这里的"直道"决不仅仅是"直接说"的意思，其中深意可从最后一句"直绕将来亦无处著"来加以领会。将儒家孔子的"直道"之语，结合六祖慧能的"本来无一物"，真是奇妙的思想组合；然其禅意却在"入门"的理念上。当然，话题的核心旨意，仍在禅悟之道，如"本来无一物"之空、之直，决非要绕九曲十八弯那般，拐来拐去。此意即在：悟道是直达目标的。

"垂语"多半是垂告僧众的开示之语，有肯切教诲之意，可见，此开示非同一般。开头便直奔主题："直道本来无一物"，此语读来平实，而实可作一深刻的禅学命题。这次垂告众人的话题，直接破题地说：我要告诉大家，禅如直道，是本来无一物的。但我这么说，还是不能让禅者消受，未能获得禅者的衣钵（未得禅者允可）。话未落音，一僧人便问道：什么人该消受呢？良价的回答，出人意料：没有入门之学人可得。僧徒显然不满此答，继问：你的意思是凡没入禅门者都能得到吗？良价回答说：虽然如此，但你要知道，此属不得不给他。接着又补充说：禅之平常直道，确如"本来无一物"般，也依然未让他消受（未获他的衣钵）。所以这里该说一句转语，且说说看吧，该说句什么转语呢？其中一位上座，说了九十六句转语，九曲十八弯，仍未契于良价本意。直至最后一句，才让良价满意。良价此时倒是反问那上座，你这里为什么不先这么说呢？另一僧人听到后，也请那位上座告诉他其中奥妙，这僧人还执持布巾、净瓶服侍那上座达三年之久，但那上座始终未告知他任何东西。直到那上座后来生病，僧人着急，便对上座不客气地说道：我三年来一直求你告诉我那句话，却没等到你慈悲发话，看来我的善意你不能接受，那我就采取恶的手段来取得。接着就拿着把刀直对上座说：再不说，就吃我一刀。上座果然害怕，立即对僧人说：你且等等，我马上就说。再接下来，上座说的那句话是：就是拿来也没地方放啊。

对禅者来说，能否消受得了佛教真理，那得靠他自己开悟，别人是打不开他那衣钵袋子的。但这里有意思的是，当僧人问什么人可得消受，良价竟然说是未得入门者。何以如此？原由就在禅者、学人满脑子知见，"空"不下来，禅道本为自然直道，本来无一物，他却以满满知见来待见自然之禅道。这当然无法消受禅道。未入门者，是张白纸，好画画；其接受禅道的可能性空间当更大。这样一来，自是不得不与他。不过，这未入门者，一旦进门就以知见待禅，依然是不能消受"直道本来无一物"这样的禅道的。僧众们听到此，未能惬意，因为这不等于入门不入门都打入冷宫吗？一位上座就九曲十八弯地说了许多，良价全然否掉。只有最后一句还算能符契于他的本意。然而，这句话并未在公案中透露出来。公案到此本可结束，却转向了他者。然而就是这两个他者故事的加入，更衬托出整个"直道无一物"禅道的深刻意义。因为上座最后一句，其实是告诉那苦苦追求着的僧人：我不管说出一句什么，对于你来说，那都是没地方安置的。

这个公案的最大启示就在：禅者自悟，悟者自悟。他人的千言万语，万语千言，你不到火候，不到时机，都成多余。后面这个"动两片皮作么"的公案，似能帮我们进一步加深理解本公案。

今人亦如此，一切靠自己。在学习中、在工作中，每天都会碰到新东西；你都得不持偏见，才装得进真知，才放得下真货。你那脑瓜，什么时候能真正开悟，能消受得真理，能让自己真正受用，全凭你自己了，别指望别人来撬开你的脑瓜子帮你开悟。

悟在自求、自得、自彻。

动两片皮作么（洞山良价）

这是洞山良价早期的一个公案，是洞山良价与慧省禅师之间的一则对话。

据《景德传灯录》卷15《筠州洞山良价禅师》载：

> 洞山参师（慧省），师问曰："来作什么？"洞山曰："来亲近和尚。"
> 师曰："若是亲近，用动两片皮作么？"洞山无对。

洞山良价早年也参拜过慧省禅师，慧省曾参拜过药山惟俨而得法，住宣州（今安徽宣城一带）传法。惟俨禅师，何许人也！禅宗史上惟俨是极有独特禅风者，此独特就独特在"不许人看经"上，其住药山后，就大开"不许人看经"之道，并以其训导学人。药山本人亦是以身作则、身体力行。他曾垂示学人：常人习于向纸上记诵言语，结果却被经论中的言句所迷惑。可想而知，参学于药山惟俨的慧省禅师，是如何地反对学人动辄在读经后卖张嘴皮子。

这则公案里的"亲近"和尚，并非现代汉语中的亲密接近之意，而是学人向师父求教，在求学中接近禅师、禅法上近于禅师，达成与师父、与禅道的一致，终而开悟。师徒之间，性情接近者，更易入门，更易求道。

洞山良价这番求道慧省，自是虚其意而取其法，故慧省一问为什么来我这里，他立即作答：来亲近和尚。慧省当知其是个有知见，喜逞能的学人，故意用话激他：你若是说亲近，光动口舌，是作什么呢？这里"两片皮"，是指光用嘴唇说话。其意是否定良价，良价自然无对，此刻保持沉默，是最好的回语。他自知是来学道的。

但这一公案的核心宗旨，却在另一层面，是喻指佛法无言，学禅亦不必言。禅是直指人心、见性成佛的。休说"亲近"之语，你自己去悟吧！

悟在自省，不能自省、自悟，而只是动嘴皮子逞能，以语句求胜，与开悟何干？

这个公案，针对性极强，是针对良价而发的。良价悟性高，语句深，嘴皮子一开，便一发而不可收拾，语句一堆，概念一团，谁能解开？慧省以此语激他，自是让他深省、深悟平常自然之直道，才是禅道。

日常生活中，喜动两片嘴皮者，多有所在。随时随地，你都可见到此等人，傲然于世，锋芒毕露，似开路先锋，如智者现身，滔滔不绝，言语不断。而其实，空空如也。用一语："动两片皮作！"正可对治此等人。

来去自由（洞山良价）

这恐怕要算洞山良价所有公案中最为著名的一个，因为它记录了良价入灭涅槃的经过。据《洞山语录》载：

（良价）乃命剃发、澡身、披衣，声钟辞众，俨然坐化。时大众号恸，移晷不止，师忽开目谓众云："出家人，心不附物，是真修行，劳生惜死，哀悲何益？"复命主事办愚痴斋。众犹慕恋不已，延七日，食具方备，师亦随众斋毕，乃云："僧家无事大率，临行之际，勿须喧动。"遂归丈室，端坐长往。

须知，这是禅门中最为生动而具体的生死"来去自由"的真实记录，这是禅师对自己终身信仰的最佳实践。

参禅悟道，最终无非是要超脱生死，而像良价禅师如此"来去自由"者，亦属罕见，此公案可透见洞山良价修行真正到位，境界真正高超，故能彻悟生死而终得自由。关于洞山良价的入灭之神奇，《宋高僧传》如此感叹："系曰：其却留累日古亦有之，如价之来去自由者，近世一人而已。"当然，禅宗史上像良价一样凭意志做到生死由己的禅师还有人在，其中有无神秘的东西不为我们所知。但我们从良价这里看到的是这样一种生死境界：生死完全凭自己的自由意志，而不是在自然法则面前的无可奈何。做到这一点的前提，就是泯灭生死界限，对死亡毫无芥蒂，生亦欣然，灭亦欣然。

确实，禅师们照样有生死相，不过对修行境界高的禅师来说，他们可做到不以生死为苦，也不以生死为乐；佛教史上确有许多大德、高僧及大修行者，能够不畏生死而自主生死，自由来往于生死之间。

读者若想进一步获取此中消息，笔者可再随拈两例：一是《五灯会元》卷11所载唐代鄂州灌谿志闲禅师"行七步而逝"之例：

唐乾宁二年乙卯五月二十九日，问侍者曰："坐死者谁？"曰："僧伽。"师曰："立死者谁？"曰："僧会。"师乃行七步，垂手而逝。

这记录了灌谿志闲禅师在行步中"垂手而逝"的奇特故事，是发生在唐代，公元 895 年的真实事件。

又据《景德传灯录》卷 8 载隐峰禅师 "倒立而化" 的公案：

> （隐峰）遂入五台，于金刚窟前将示灭。先问众云："诸方迁化，坐去卧去，吾尝见之，还有立化也无？" 众云："有也。" 师云："还有倒立者否？" 众云："未尝见有。" 师乃倒立而化，亭亭然其衣顺体。

这个隐峰禅师倒立而逝的公案，更是在禅宗史上传为美谈。其来去自由之程度、之境界，都是现代人难以想象的。其实，现代人若能借此深思，悟及自性，其自性、自心则大有发掘内在潜能之可能，且此空间与取向都极富妙趣。只是现代人利欲熏心，无从起念，将好的故事全归了古人，甘愿作个永不悟道的懒汉。

向不变异处去（曹山本寂）

这是曹山本寂的一个公案。

《五灯会元》将本寂置于青原下五世，洞山良价禅师法嗣。本寂（840-901），俗姓黄，泉州莆田（今福建省）人。早年习儒，深受儒家思想熏陶。19岁在福州灵石山出家，25岁受具足戒。咸通年（860-873）中期，本寂来到宜丰洞山，参良价禅师。

据《五灯会元》卷13《曹山本寂禅师》载：

> 山（洞山良价）遂密授洞上宗旨，复问曰："子向甚么处去？"师曰："不变异处去。"山曰："不变异处，岂有去邪？"师曰："去亦不变异。"
> 遂往曹溪礼祖塔，回吉水。

这说的是曹山本寂与师父洞山良价的初次见面，良价师问本寂的名字，本寂以"本寂"对。良价问他"向上更道"，本寂说："不道。"良价问："为什么不道？"本寂说："我不是叫'本寂'"。这个很具深意的回答让良价十分满意，他开始器重本寂并让他进入密室。本寂跟随良价几年间，接受了洞山宗旨。辞别洞山时，良价师问他将去什么地方，本寂答道：向那不会变异的地方去。良价师接着问他：那不变异的地方哪里有去路呢？本寂说：去那也不会变异。离开洞山后，本寂先往广东韶关曹溪，礼拜六祖塔。然后回到江西，在吉水应众僧之请，逗留了一段时间，不久来到宜黄县，信士王若一舍何王观，请本寂主持。本寂改何王观为荷玉寺，为了表达承继曹溪法脉之意，将所住山头改名为曹山，所住禅寺也就叫曹山寺了。本寂在曹山一住二十年，弘扬洞上宗旨，一时学侣聚集，宗风大振。

师父良价问弟子：向什么处去？其实是双头语，可以是具象的，也可以是抽象的；具象的是实指你还想去什么地方拜师，抽象则在：学佛法之路怎么走？显然，弟子本寂以抽象的后者作答：向不变异处去。意在我学佛法，终须把握那不变异的道体——佛性；这才是我的去处。师父良价此刻要难一难这位新到弟子，而且仍是用具象法来难弟子：世上哪有永不变异之地呢，这个去处没门啊！弟子抽象到底：我的"去路"，本就是一条学佛之路；我的终点，仍是佛法之最高境界；这是一条安顿自性之路，是永无变异的。

在中国佛教史上，这种为寻求佛法真理而毫无动摇、坚如磐石的僧人禅者，举不胜举；曹山本寂当然是这其中的佼佼者。他最终成就了完密的曹洞宗"五位君臣"理论，人们推本寂为曹洞宗祖师。

日常生活中，人们经常会遇到需要在思想方法上加以考虑的"来去"问题，处理得不好，常常会带来焦虑。而来向何处、去向何处——本应平常的来，平常的去。但求人求事即生烦恼。须知，人生就是不断在思维取向中来去较量，从而不能心有定向（俗称未吃定心丸），终而失去内心的一块清凉之地。失去内心的定向，纷纷扰扰的烦恼便铺天盖地而来；失去了内心的定向，便无可观照人生，更何谈识取自性，看那"本地风光"。

五位君臣（曹山本寂）

"五位君臣"是曹山本寂在洞山良价偏正五位理论基础上作出的禅学体系。在一次针对僧人提问而作的开示中，本寂作出了简明而概括性很强的回答。据《五灯会元》卷13《曹山本寂》载：

> 师因僧问："五位君臣旨诀？"师曰："正位即空界，本来无物。偏位即色界，有万象形。正中偏者，背理就事。偏中正者，舍事入理。兼带者冥应众缘，不堕诸有，非染非净，非正非偏，故曰虚玄大道无著真宗。从上先德，推此一位，最妙最玄，当详审间辨明。君为正位，臣为偏位。臣向君是偏中正，君视臣是正中偏。君臣道合是兼带语。"僧问："如何是君？"师曰："妙德尊寰宇，高明朗太虚。"曰："如何是臣？"师曰："灵机弘圣道，真智利群生。"曰："如何是臣向君？"师曰："不堕诸异趣，凝情望圣容。"曰："如何是君视臣？"师曰："妙容虽不动，光烛本无偏。"曰："如何是君臣道合？"师曰："混然无内外，和融上下平。"师又曰："以君臣偏正言者，不欲犯中，故臣称君，不敢斥言是也。此吾法宗要。"乃作偈曰："学者先须识自宗，莫将真际离顽空。妙明体尽知伤触，力在逢缘不借中。出语直教烧不着，潜行须与古人同。无身有事超岐路，无事无身落始终。"

这个并不算太长的开示，可以说是极为简明地将曹洞"五位君臣"理论作了概括。但实际上要真正理解"五位君臣"之论，实须下一番功夫。

通常，学者多以曹洞宗的"偏正五位"与"功勋五位"（后曹山本寂根据"偏正五位"进一步发展出"君臣五位"）之学说为其思想核心，此固然表征了曹洞理事交涉的基本义理。然而在笔者看来，它更深层的内涵在揭示禅的内在精神；对思维方式而言，即在抛弃已形成惯性动力的支配人们日常事象的思维习性。然曹洞义理何以能随时间推移而日益丰富？曹洞宗风何以能为禅门带来新风气？说到底，盖缘于它对思维方式的创新及对禅的生命精髓之揭示。

问题在它所采用的新的固定的图式模式（这里无法一一示例），一方面有繁复且模式化之嫌，另一方面又有着相当广阔的解释空间，这即便在当时也引起过与临济宗人的辩论。后来甚至有论者将其作为周敦颐太极图之前身。这固然因其显而易见的援《易》入佛，其时，中国文化确有着儒、释、道合一的总体倾向，其对禅的思想浸染当然也是无处不在的（曹山本寂就曾"业儒"，并对玄学有其特殊兴趣）。不过，我们更应看到的是禅宗在思维取向上对般若直观的那种根本肯定；对禅而言，佛的"自性"层面是绝对的。或许，玄学在思维建构上，能帮助曹洞建立起它特有义理图式？事实上，以图释"义"，在中国思想史上，早已成为儒、道二家的一种手法。

必须强调的是，从义理承续关系上看，曹洞最重要的思想基础也许是石头希迁的"回互"观。希迁受道家魏伯阳《参同契》影响，后自著《参同契》并以"明""暗"互摄来讲明理与事之相互关系；所谓"明中有暗""暗中有明"，意在告诫人们切不可偏于一隅。洞山良价据以阐明"偏正回互"之义理，其最重要之核心当在"融合"。于此亦可见石头希迁在思想上对整个南禅的意义所在。

然而，对禅宗而言，所有的禅悟都须建立在真切而具体的情境之中。无疑，开悟是一种思维过程中质的突变。良价更为真切而直接的悟入，则是昙晟对良价的点化，这其中留下了良价涉水睹影而大悟昙晟"即这个是"的典故，此不赘言。重要的是，昙晟提出的"宝镜三昧"之法门，其意在指出：人观万象，如同面对宝镜一般，其镜中的景像（事），正是镜外实物（理）的显现。这难道不是理事回互、由事相而透出理体之境界？云岩昙晟的"十六字谒"即"重离六爻，偏正回互，叠而为三，变尽成五"，于是成为洞山良价与曹山本寂的最为直接的曹洞义理之基础。作为华严体用一如、事理圆融之观念，在曹洞义理中得到了彻底的发挥。吴言生曾指出："在禅宗五家七宗中，曹洞宗对理事关系表现出特别关注，曹洞宗的正偏回互、君臣五位等理论，远绍华严，近承《参同契》《宝镜三昧》，经由诗学的转型，使理事圆融境得到了生动的象征。在曹洞的正偏五位等禅法体系中，'正'指本体、平等、绝对、真如等，'偏'指事相、差别、相对、生灭等。正偏回互，组成五种不同的阶位。曹洞宗的核心是理事、正偏的兼带回互，其哲学象征体系的核心也是理事回互。……曹洞宗禅诗通过相对的两大意象群的正偏回互，启迪人们扬弃分别意识，将相对的意识逐层脱落，将正偏两大意象群打成一片，从而顿悟真如佛性，抛弃二元、相对、有限、虚幻、无常的世俗意象，进入一元、绝对无限、真实、永恒的禅悟之境"①。

需要稍加解释的是，所谓"偏正五位"，一般的理解是，正中偏、偏中正、正中来、兼中至、兼中到五种，这在创立之初即被视为修禅的五种境界。而所谓"功勋五位"是向（趋向佛道）、奉（信奉受持）、功（努力用功）、共功（继续用功）、功功

---

① 吴言生：《禅宗哲学象征》，中华书局，2001年，第363–364页。

（到达圣境）五种，此则被视为修行过程中逐步前进的五个阶段。曹山本寂在此基础上进一步提出的"君臣五位"，便基本成为事理交融的一种观念。所谓"君臣五位"，是指君位、臣位、君视臣、臣向君、君臣合，可见它实际上是一种哲学象征。对常人而言，是很难理解曹洞既有的义理模式（连他们自己也要用图式加以解说），与他们一贯的不立一法之宗旨。这二者是统一的吗？如果统一，构建这种统一的基础是什么呢？如果不能统一，难道不是一种悖论？

看来，光从理论是很难切入深层理解的层面的。下面这一例，也许多少可说明曹洞事理回互、法无定法之思想。有一次洞山良价和密师伯过河，洞山问密师伯，过河有何感想，密师伯只说没有打湿脚。洞山则言，应说脚没有打湿。两种说法难道不是一回事？这多少让人感到玩文字把戏的味道。但对洞山而言，两种说法虽然在本质（理）上是一致的，但"没有打湿脚"显然是将着眼点放在"水"上；而"脚没有打湿"，其着眼点则在主体之"脚"上。这无宁是说：法无定法，条条道路通长安，岂能拘于一地一法！要之，其事其理是圆融回互的，本质上的一致，"看"的角度却可不同。最根本的是，我化万法，法为我用，而非万法缚我。

曹山本寂又对"五位君臣"之旨诀又作进一步解释："正位即空界，本来无物；偏位即色界，有万象形；正中偏者，背理就事；偏中正者，舍事入理；兼带者，冥应众缘，不堕诸有，非染非净，非正非偏，故曰虚玄大道，无著真宗。"无疑，在这里"正"即"空界"，亦即"理"。而"偏"则为"色界"，亦即"事"。为作更好的说明，理与事的暂分是必须的。然重要的是，无论是一三两位的"背理就事"还是二四两位的"舍事入理"，都无法构成正确认识，因其偏于一隅。而第五位能理应众缘、众缘应理；所谓两边"兼带者"，则将是非正非偏的，从而可达到"事理双明，体用无滞"的高超境界。妙就妙在这个"五"，它是理解其理事回互的五位说的关键。综括言之，"五位君臣"的义理，"君相当理，臣相当事。在二者关系中，若只有君主一方面发挥作用，相当一'舍事入理'，反之，若只有臣民一方面发挥作用，就是'背理入事'，都是失'位'的表现，只有'君臣道合'，上下一心才是'事理俱融'"[1]。在曹洞义理中，事理俱融才是合乎"大道"的。从其各种图示中似更能体验这个层次。

从总体上说，良价与本寂师徒二人共创的这一洞山宗旨，其特色前人概之为：君臣道合正偏相资，鸟道（任运自然）玄途，金针玉线，内外回互，理事混融，不立一法。

曹山本寂亦有一"如驴觑井""如井觑驴"之典故。前者是说若以具象的"眼

---

① 黄夏年主编：《禅宗三百题》，上海古籍出版社，2000年，第172页。

根"为实，必因外缘而"由尘生色"，亦即"心"随外缘而转；结果难免生执著之心，苦苦寻求。佛门常说"端着金碗讨饭"，就指即佛而不知佛。反之，"井觑驴"，则为镜照万物，而又不留一物，不受物所蔽坏；因为物去水净，井水原本就是纤尘不染的，它在本无形影之前提下，无不应物现形。这似如李贽所言"吾之色身洎外而山河，遍而大地，并所见之太虚空等，皆是吾妙明真心中一点物相耳"（《解经文》）。

南宋智昭在《从天眼目》中对"洞上玄风"有个概括性的说法："大约曹洞家风，不过体用、偏正、宾主，以明向上一路。"所谓向上一路，亦即佛门中的"向上事"，指的是成佛解脱之道。必须强调的是，曹洞的人生观亦建基于此。由此可见曹洞义理中的理事圆融，也就是其形上哲学观。

三种堕（曹山本寂）

　　本寂在接引学人的方法上，还极有创新地提出"三种堕"的学说。日本学者忽滑谷快天说："堕者古人云此有落居自在之义。因此三堕可云即三大自在。"此说以堕为解脱自在之境界。

　　据《五灯会元》卷13《曹山本寂禅师》载：

　　　稠布衲问："披毛带角是甚么堕？"师曰："是类堕。"曰："不断声色是甚么堕？"师曰："是随堕。"曰："不受食是甚么堕？"师曰："是尊贵堕。"乃曰："食者即是本分事，知有不取，故曰尊贵堕。若执初心，知有自己及圣位，故曰类堕。若初心知有己事，回光之时，摈却色声香味触法，得宁谧即成功勋。后却不执六尘等事，随分而昧，任则碍。所以外道六师，是汝之师。彼师所堕，汝亦随堕。乃可取食，食者即是正命食也。亦是就六根门头，见闻觉知，只是不被他染污将为堕。"

　　这就是曹山本寂著名的"三种堕"之说。堕含两方面的意义：一是堕落，一是堕除。人有三种执著，若是滞于其中，不得超拔，就是堕落；若能在这三种执著之中觅到路径，转身出离，就是堕除。故此三种堕：一是披毛戴角堕，亦称类堕，是转身之妙。僧人应以披毛戴角之畜生为解脱之榜样，此只因畜生毫无分别计较之思虑，这才是真正符合佛教息心泯别的根本原则。本寂说："南泉病时，有人问：'和尚百年后向甚么处去？'泉曰：'我向山下檀越家作一头水牯牛去。''某甲拟随和尚去还得么？'泉曰：'若随我含一茎草来。'拣曰：'这个是沙门转身语。'"本寂又说："披毛戴角是沙门坠"，"披毛戴角沙门堕者，不执沙门边事及诸圣报位也"。这显然是说不计较、不执著得何报位，如南泉、沩山那般都能做到不执于"诸圣报位"，宁作一头水牯牛。须知，水牯牛正是不执分别终而得道的僧人楷模。

　　二是不断声色堕，亦称随堕。本寂又说："只今于一切声色物物上转身去，不堕阶级唤作随堕。又云：不断声、色，随类坠者为初心知有自己本分事，回光之时摈却声、色、香、味、触、法。得宁谧则成功勋，后却不执六尘等事，随分而昧，任之无碍。"

　　三是不受食堕（尊贵坠）：本寂说："法身法性是尊贵边事，亦须转却，是尊贵坠。只如露地白牛是法身极则，亦须转却，免他坐一色无辨处。又云：不受食尊贵堕者食者是本分事，知有不取故曰尊贵堕。"

曹山的"三种堕"：所谓披毛戴角堕的意思是不拘圣教位，投身于迷界来救度众生，不受沙门外在形式的束缚，而随顺境遇。不断声色堕是指不执六尘，不求不避知觉生活之外的任何绝对性事物，明了知觉，超越知觉，而得自由无碍的境界。不受食堕中的"食"，乃为本分之事，也就是本来的面目、成佛的当体，知有此本分事而不取不求，忘却此尊贵事，便可得自由无牵挂的境界。其实，三种堕所言者无非是指人所遭遇的三种处境：轮回中的世界、现象世界、超越现象界的本体世界，本寂要告诉人们的是：既要承认这些境遇，又不要迷惑、执著于这些世界之中，而应随缘任运，超脱各种计较，从而获得身心的自由。

后出的法眼宗文益所著的《宗门十规论》称曹洞宗的宗风是"敲唱为用"，敲即敲击，一齐截断，唱为唱举，敲属理的方面，唱属事的方面。敲唱并用，理事兼备，正是曹洞宗的宗眼所在。本寂在与学人对接时，常常陷学人于无立锥之处，以截断学人的凡情差别，直指根本。

有僧人问本寂："学人我通身是病，请师医。"师曰："不医。"僧人问："为什么不医？"本寂说："教汝求生不得，求死不得。"所谓求生不得，求死不得，就是不生不死。不生不死是什么状态呢？在世上到哪里寻找不生不死状态呢？其实在世上是找不到不生不死状态的，那本寂所说的不生不死，就是要人消除生死界限；消除了生死界限，也就解脱了生死。

有僧人问本寂："世间什么物最贵？"本寂随口应道："死猫头儿最贵。"僧人追问："为什么死猫头儿最贵？"本寂回身一转，答道："无人着价。"死猫是没有谁愿意要的，死猫头更是如此，根本没有人会去买死猫，所以在一般人眼中，死猫并没有什么价值。而本寂借死猫无人开价，说死猫是世间最贵重的东西，是要告诉人们：世间最贵的东西和最贱的东西是没有什么区别的。

有僧人问本寂："国内按剑者谁？"本寂指自己说："曹山。"僧人问："拟杀何人？"本寂答："但有一切总杀。"僧人问："忽逢自己的生父母时怎么办？"本寂问僧人："拣什么？"僧人说："怎奈自己何？"本寂问，"谁奈我何？"僧人说："为什么不杀？"本寂说："无下手处。"本寂之意，在于要人们破除世俗之见，摆脱对现象世界的执著。这个公案中，本寂提出要"总杀"一切来隐喻扫除一切俗见，禅僧以遇到父母"杀不杀"来诘难本寂；本寂则以"无下手处"将禅僧驳回。

将此三堕理解为三大自在，无疑是正确的。但这似不合俗界常人之思路：如宁做一头水牯牛，这至少要有不避"披毛戴角"的勇气。然从禅思境界看，此当为一种至为深刻的禅佛脱俗之智慧了。

明自己事（曹山本寂）

这是曹山本寂的开示之语。据《祖堂集》卷8《曹山本寂》载：

> 你见他千经万论说成底事，不得自在，不超始终，盖为不明自己事。若明自己事，即转他一切事为者梨自己受用具。若不明自己事，乃至者梨亦与他诸圣为缘，诸圣与者梨为境。境、缘相涉，无有了时，如何得自由？若体会不尽，则转他一切事不去；若体会得妙，则转他一切事向背后为僮仆着。是故先师云："体在妙处。"莫将作等闲。

这与前面洞山良价性如清净，即是法身的开示，有异曲同工之妙。这里所言"说成底事"，是指公案、语句类所载过去之事；而"不超始终"，与佛教常言"不超生死"大致等同。整段意思是：哪怕你论说过千万种经，似乎成就了禅师的大事（此段前面就出现过"诸方多有说成底禅师在，你诸人耳里总满也"），你还是不能彻悟而获得大自在，从而超脱生死。根本原因就在你没有悟透自己本分之事，没有见性。如果悟透自性，看到了自己的本来面貌，则世上万事万物都转化成为你所受用者。而没有悟透自性，看不到本来的自己，那必然是"境、缘相涉，无有了时"，此中"境"是作为"对境"而言，意思是诸圣是众生永久的追求目标；而"缘"在这里，亦是指"所缘"，佛菩萨也永远是以众生为济度对象的。所以，你若真不明"自己的事"，在境、缘关系中就会永远处于被动之中——你也学不到佛，佛也救度不了你；所以是无有了时，永在尘劫中打转，如何得自由？曹山本寂在这里最终要传达的是：体悟自性，是自己的大事；若体悟不到位，将一切被动，被万千事物所转。而若能悟入精妙到位之境，则万千事物为你所转。

认识你自己，这也是古希腊大哲苏格拉底的一句名言。其实，苏格拉底也有与曹山本寂相同意思：一种没有意义的生活是不值得过的。一个人心灵困窘到完全不明自己，其实那才是人生中最可怕的精神贫穷。对人生而言，这不仅是一种价值取向，也是一种人生处世的方法论——生命还在，你就要在人生过程中不断悟道、不断重新认识自己、不断摆正自己，甚至从零开始。

无刃剑（曹山本寂）

世上真有"无刃剑"而能所向披靡吗？这确是曹山本寂对僧人的一则开示中提到的。据《五灯会元》卷13《曹山本寂禅师》载：

> 问："如何是无刃剑？"师曰："非淬练所成。"曰："用者如何？"师曰："逢者皆丧。"曰："不逢者如何？"师曰："亦须头落。"曰："逢者丧则固是，不逢者为甚么头落？"师曰："不见道能尽一切。"曰："尽后如何？"师曰："方知有此剑。"

可见，此剑非同寻常，逢不逢皆丧在这把无刃剑下。这个"无"，其实威力无比！当然，这是无体之体的抽象之剑，而非真剑。须不知，禅门内专参这个"无"字，有多少和尚。刃即刀锋，所以常有"利刃"之说，利刃砍头，其锋无比；不逢其刃，头如何落？

禅门多有"无"字公案，种种呈显，各逞机锋，但难得有此剑而无刃之篇。其罕见就罕见在以刀剑说法，利刃藏机，而不与前此"无"字公案有半点相似。故该公案乃极有个性特点之公案，个性特点坦露在暗藏杀机，来者皆杀，无有漏网者——剑来无挡，来者无去淋漓禅境中。此实喻指禅悟之透，若无比之剑锋，能尽一切！此亦公案中所谓"能尽一切"，确为这个"无刃剑"中的禅中机锋；到此，你"方知有此剑"，你方知此剑之利（禅悟之透）。

现代学人就是难得有此"能尽一切"之洒脱精神，若拿得出曹洞这种气概与精神，还怕持此无刃之剑吗！

求生不得，求死不得（曹山本寂）

　　这是曹山本寂与僧徒的一次问答，属开示范畴，但在禅宗史上，也作为一个极为生动的公案而被人传颂。据《曹山语录》载：

　　僧问："学人通身是病，请师医。"师曰："不医。"僧云："为甚么不医？"师曰："教汝求生不得，求死不得。"

　　若照字面解释，让你处于求生不得，求死又不得的状态，可能是人生最为不堪的痛苦状态。但此语出在禅门，就有完全不同的涵义了。曹山本寂所言，实隐含佛教宗旨——超脱生死。须知，禅者、学人参禅悟道之终极目标，亦即禅家所谓本分大事，不就是获得彻悟而超脱生死吗？

　　圣严法师就深以为：生死问题须分几个层次。一是不知死活层次：即至为愚昧的醉生梦死者，对"死活"究为何义全然不知；事实上，众生之中，有很多低等动物是不知死活的，但是稍微高等的动物就已经知道死活了。净土宗的《往生传》中，富于灵性之动物也有往生净土者，此非表明所有动物都能明了"生死"之道。二是贪生怕死层次：人若贪生，当会爱惜自身生命；因为怕死，就会悉心照顾自身健康。而人类为求进一步发展，更须在克服种种困难的过程中发挥智慧；由互助而促成社会的进步，由彼此之沟通而带来了语言文字与相应文化的演进。故在一定条件下，"贪生怕死"又成为人类文化与文明之内在动力。三是了生脱死层次：众生经受过无量劫，即无数的生死轮回，却对过去无从记忆。若不出生死，不论何人，除了随业流转生死，别无自主的能力。生不知从何处来，死不知往何处去，现世为人，来世不知为何物；除非能截断生死之流，否则业力溯自无始，缘熟即报现，谁知道下一世再以什么面孔见人？佛法的了生脱死，不是叫长生不死，而是生与死跟我不相干。我们只要有身体在，就没有办法离开生死；心执著这个身体，妄认这个身体为我，叫作生死法；同时，心缘自心也是生死法。只要有心的执著和攀缘，便不能脱离生死。缘外境固然是生死因，心缘内境也是生死因；迷于物欲是生死因，执著悟境，也是生死因。临济慧照禅师说："设有修得者，皆是生死业。"故厌离生死而修行证果，便出离生死；出离分段生死，便出三界，证小乘果；出离变易生死，便证佛果大涅槃。四是生死自在层次：常人对于生前与死后的认知是，人死如灯灭，生是开始，死是结束。

因此导致一般人以死亡为解脱的认识。在佛教，"生"固然是由过去无始以来所造业力的果报，故唯有不受业力牵引而入生死，也不以生死为实有而不入生死，才是大涅槃、大解脱的"生死自在"。其实，在西方哲学中，生死问题也是二千多年来一直在探讨的话题，尤其在存在主义哲学流派中，讨论至为深刻。这里仅举卡缪所言：人类唯一必须去解决的难题就是自杀，那是唯一的玄学问题。

这些公案的佛理内涵至为深刻。生死问题，虽是古往今来从未中断的常谈常新话题，但像禅宗如此将理念与实践一体化，确实太不可思议。然细思深究之，一些禅者的生死自在，确非假相，而是真实存在。现代佛教禅门中虽不多见，但仍有此例。故此公案，其味至深，值得现代人反复咀嚼。

即相即真（曹山本寂）

这也是曹山本寂禅师与僧徒在对话中的一次开示。据《景德传灯录》卷17《抚州曹山本寂禅师》载：

> 问："于相可真？"师曰："即相即真。"曰："当何显示？"师提起托子。
>
> 问："幻本何真？"师曰："幻本元真。"曰："当幻何显？"师曰："即幻即显。"曰："怎么即始终不离于幻也。"师曰："觅幻相不可得。"

这个究"真幻"之义的对话，实在是大显曹洞门风的一次精彩对话。曹洞义理，极富哲学意味。从南宗禅的历史接续而言，即相而真，是对洪州禅"即心即佛"理论的深化；从哲学探讨而言，曹洞宗的各种理论，特别是从偏正五位到君臣五位的理念，实际上也是一种探讨佛教真理的新尝试。

真理的本质属性何在？从日常生活的具体事相中能透见事物的本质吗？如能，则事相中必涵本质属性；如不能，则事相属幻。这个开示中，其"相"正是指一具体之画像；若从其形式看，当然只是一具体对象的外在描绘而已，何有内在精神之谈？但人们正是从这一外在形式中而透见了、发现了内在的精神所在。画像中人物能够显示其"自性"吗？这被描绘之形相，与真实的佛性有对等关系吗？也许是真，也许是幻，觅幻不可得，觅真岂又可得？

这一切，在曹山本寂那里，来得如此自然而平常。他对僧徒"于相何真"（那个具体的形像怎可看出是真的呢）的提问，只以一句"即相即真"这涵括一切的命题作答。且慢，僧徒不甘，继问："当何显示？"曹山本寂用"提起托子"的行为，中止了僧徒的提问——其深意当在，你如此提问，可谓无边无际，"当何显示"是你内在心性中所发，你如何看待"当何显示"，便是"当何显示"的一种视角；他人仍可有他自己"当何显示"的视角。僧徒转一话题："幻本何真？"接着，出现了最为迷人或最有魅力的回答："幻本原真。"这回答太过精彩！须知，此中可有多层内涵：即幻即真，一也；幻中有真，真中有幻，二也；幻相乃真之所在，源头仍在真，三也；真幻换位，可真可幻，四也。

这可好，你师父既然说"幻本原真"（那幻相本从原本的真相中而来），那我作为弟子还有问题呢："当幻何显？"僧徒照着他的逻辑一直问下去，你师父既说那形像源于真相，那我当然要问你：幻相如何显真呢？这问题当然难不倒本寂这样的义理禅师，一句"即幻即显"，实有当断则断之禅机在：这正是我们在上一段中提到的幻中有真，真中有幻之前提，无此前提，则无"即幻即显"之说。此正如马祖当年说"即心即佛"一般，你一触其"幻"，便知其何以含藏其"真"；而你一触其"真"，亦便知其"幻"何以能从中透显。

僧徒仍穷追猛打："怎么即始终不离于幻也。"这实是执迷不悟之问，执在一"幻"字上，迷在一幻相上；从其所问言语透露出的"始终不离"四字上，可见其执于幻相何等之深。见弟子如此执相，师父一句："觅幻相不可得。"当为最佳、最到位的作结之答。此答实是精彩到无可用其他回答替换——你若如此执幻相下去，我只好告知你，你跳不出来，一心想从幻相中得到真正佛性，没门！

显然，这僧徒没学会曹洞义理中的思辩特性：幻中拔不出来，真中穿不出去；真幻的辩证，半点未透。

这段对话式的公案，体现出曹洞宗对佛教真理的觉悟境界，今人可学者，追求真理的深探精神，此其一；寻求真理的辩证眼光，此其二也。

只是个"之"字（曹山本寂）

这也是曹山本寂的开示之语，是"示众"法语。

据《洞山语录》载：

> 示众曰："一大藏教只是个'之'字。"

作为真理的佛法，和作为科学的真理一样，都有其客观性，都有其内在的本质属性，亦有其自身的方法论。这个"之"字，实是佛教方法论特性的最佳表征。禅门内的"示众"，也就是向寺院的僧众宣说禅法，是较为典型的开示。

此中所言"一大藏教"，当指整个佛法经教，是整体而言。试想，如果整个佛法经藏、典教，只不过是个"之"字，这个"之"字当作何解呢？劈头而来，让人丈二和尚摸不着头脑，似可作多解；诠释空间巨大。然仔细深想，无非一解，且是立足禅宗悟境之一解：学人若执著经教，钻入经典、执著教说，那不是永无了日吗？即便你能读完，你能全部诠释吗？即便你有此能力，作诠释，你又能作到位吗？须知，终日只知围绕着经典、教说，那不正像个"之"字吗？绕来弯去——九曲十八弯，就是不能直达终点。即便看到目标，不能践行直达，岂非枉然。

这不正是喻指不得要领，绕来弯去，拐去弯来，不得悟道吗！

直道而行，古代贤哲如孔子、老子亦持此论，孔子论政，倡言"直道而行"，老子"素朴"，意在直道。故儒释道思想，在此点上，不约而同。

大道至简，古来相尚。此中国古代思想聚焦之点也。今人可学，但首要者，在学禅者的悟道精神与禅门的入门方法。

"之"字可解也，"之"字可悟也。

天上无弥勒，地下无弥勒（云居道膺）

这是云居道膺与南泉之间的一则著名公案。《五灯会元》列道膺为曹洞宗禅师，是青原下五世，洞山良价禅师的法嗣。

云居道膺（853-902），幽州（河北省）蓟门玉田县人，俗姓王。幼年出家于范阳延寿寺，25 岁即成大和尚。曾叹曰："大丈夫岂可桎梏于律仪！"后入翠微山问禅要，不久又往参洞山良价，契悟宗旨，遂嗣其法。云居道膺初居三峰庵，后住云居山，接四众；故有"云居道膺"之称。师开堂讲学 30 年，徒众常达千余人。天复元年秋示疾，翌年正月三日示寂，享年不详。谥"弘觉大师"，塔号圆寂。

据《五灯会元》卷 13《云居道膺禅师》载：

> 南泉问僧："讲甚么经？"曰："弥勒下生经。"泉曰："弥勒几时下生？"曰："见在天宫，当来下生。"泉曰："天上无弥勒，地下无弥勒。"师问洞山："天上无弥勒，地下无弥勒，未审谁与安名？"山被问直得禅床震动，乃曰："膺阇黎，吾在云岩曾问老人，直得火炉震动；今日被子一问，直得通身汗流。"师后结庵于三峰，经旬不赴堂。山问："子近日何不赴斋？"师曰："每日自有天神送食。"山曰："我将谓汝是个人，犹作这个见解在？汝晚间来。"师晚至，山召："膺庵主。"师应诺。山曰："不思善，不思恶，是甚么？"师回庵，寂然宴坐，天神自此竟寻不见。如是三日乃绝。

这个公案不仅叙述了当年南泉普愿与其僧徒之间谈弥勒下生经一事，且继而叙述了云居道膺"天神送食"的故事。一日，道膺禅师向洞山禅师举说南泉勘僧之公案：南泉（普愿）问僧：最近讲什么经？僧答：弥勒下生经。南泉此时想难一下这个僧徒，就继续发问道：弥勒几时下生？须知，面对此问，这个僧徒如何答得来？然此僧徒仍随意答曰：见（现）在天宫，当来下生。南泉当即反驳曰：天上无弥勒，地下无弥勒。道膺举述此公案，是要继此思路而向洞山良价禅师请教。道膺禅师陈述完后便问洞山禅师：天上无弥勒，地下无弥勒，不知这两句话到底是谁说出来的？

洞山禅师被道膺禅师这一问，直问得禅床震动，当即说道：道膺你今天在这里问我的这个问题，我也曾在云岩禅师处问过那老人，当时那情形，也是直问得火炉震动，今日又被你这来一下，直让我通身汗流啊！可见，这一问题意义之重大。

　　道膺禅师后结庵于三峰，住在那儿隐修，经常十几天不回寺院过堂（用斋）。洞山禅师问：你近日如何不过来吃斋？道膺禅师答道：我每日自有天神为我送食。洞山禅师一听，便呵斥道：我还说你是个和尚，居然还持这个见解？你晚间再来趟吧。到了晚上，道膺禅师来到丈室。洞山禅师召唤道："膺庵主。"道膺禅师应声而诺。然后，洞山举述了当年六祖慧能向道明和尚开示的那两句话：不思善，不思恶，是甚么？道膺只能回庵悟道去，终日寂然坐禅；而所谓"天神"从此也不见了，连续三天后影子也无。实际上很可能是道膺的坐禅偏了道，从而出现幻象；而良价正是针对此现象，让他在禅修过程中"不思善，不思恶"，方能消失幻觉，心如壁立。

　　那么，此公案中那关键的两句："天上无弥勒，地下无弥勒"，在这里是要呈示何道呢？我们知道：佛教教门中向有弥勒为未来佛之说，所以弥勒佛是中国民间普遍信奉、广为流行的一尊佛。在大乘经典中，弥勒是姓，阿逸多是名，此佛常怀慈悲之心。窥基在《阿弥陀经疏》中说："或言弥勒，此言慈氏。由彼多修慈心，多入慈定，故言慈氏，修慈最胜，名无能胜。"其名为阿逸多，即"无能胜"。据载，弥勒出生于古印度波罗奈国的一个婆罗门家庭，与释迦牟尼佛是同时代人。后来随释迦出家，成为佛弟子，他在释迦入灭之前先行入灭。弥勒传说在佛教史上起源甚早，南传小部经《波罗延品》中人帝须弥勒与阿耆多（又译为阿逸多）为佛陀的两位弟子，《中阿含经》描述说，他们一位发愿成佛，一位发愿成转轮圣王。由于弥勒既是未来承继释迦佛之后的第一位佛，又是兜率天主，故弥勒崇拜有弥勒佛崇拜，也有弥勒菩萨崇拜。弥勒信仰发展出弥勒净土信仰，与净土思想发展有极大关联，这其中涵括了弥勒人间净土信仰（下生信仰）和弥勒兜率净土信仰（上生信仰）。这里我们不妨先看一下《大方广佛华严经卷·入法界品第三十九之二十》所云："或见弥勒最初证得慈心三昧，从是已来号为慈氏；或见弥勒修诸妙行，成满一切诸波罗蜜；或见得忍，或见住地，或见成就清净国土，或见护持如来正教，为大法师，得无生忍，某时、某处、某如来所受于无上菩提之记。"足见"慈氏"之称亦为弥勒佛之表征。再来看天台大师智顗在《妙法莲华经文句》所言："弥勒者，此云慈氏。《思益》云：若众生见者，即得慈心三昧，故名慈氏。《贤愚》云：国王见象师调象，即慈心生，从是得名慈氏。《悲华》云：发愿于刀火劫中，拥护众生。今观解者，中道正观即是无缘大慈。慈善根力，令诸心数皆入同体大慈法中，离诸不善，故称慈氏。又云慈乃姓也，名阿逸多，此翻无胜。"此中已明言：弥勒表征的就是"无缘大慈即中道正观"。这里需要注意的是"无缘大慈"的概念。据明夷法师解释："所谓无缘慈，乃是不住有为、无为性中，不住过去、未来、现在世，知诸法不实、颠倒虚诳之相，心无所缘，通达一切法空之后而起慈悲心。这里的慈悲心安住于空性之中，但法性空并不障碍缘起有，所以依然可以看到众生的痛苦，只是不将它执以为实有。以中道正观，以诸法实相，发菩提心，拯济一切。这是般若与慈悲的统一，即空性而起慈悲，所以称作无缘慈。"由此再透见《法华嘉祥疏二》曰："弥勒，此云慈氏也。过去值弥勒佛发愿名弥勒也。出一切智光仙人经，弥勒昔作一切智光仙人。值慈氏佛说慈心三昧经，故曰慈也。"经此一疏解，"慈心三昧"这一说法就出之自然了。

北朝，"弥勒信仰"是中国弥勒信仰发展史早期的一个重要阶段。弥勒菩萨在印度的出现是北朝弥勒信仰的源头所在，北朝之前，包括"弥勒三经"在内的有关弥勒信仰的重要经典就已经被大量地翻译出来，同时也出现了部分弥勒信仰者。弥勒信仰的理论在北朝时基本上仍以对弥勒菩萨的崇拜为主，以上生信仰和下生信仰为核心，所不同的是北朝弥勒信仰者更注重弥勒信仰中的净土思想，往生兜率净土和在人间建佛国净土成为他们追求的共同目标。他们为了能够实现弥勒信仰，普遍非常重视以造像为积累功德的主要实践活动，这也是北朝弥勒信仰中的一个最突出的特点。此外，还有供养、礼忏、抄诵弥勒经典、称念弥勒名号等其他形式的修持方式，他们希望通过这些具体的修持能够早日实现自己的弥勒信仰。北朝弥勒信仰流行非常普遍，弥勒信仰与统治者、僧侣、普通民众及反抗者等社会各阶层之间都存在着密切的关系，他们对弥勒信仰的态度不一，从中反映出当时这些人所特有的心态以及弥勒信仰在北朝社会发展的一般状况。隋唐之间，弥勒信仰仍然存在。智顗对弥勒净土的信仰可为一例。智顗，生于南朝陈隋之间，他也是一位信净土的信仰者。《续高僧传·灌顶传》说他殁后往生的是弥勒净土。《传》云："（灌顶）尝有同学智晞，（智）顗之亲度，清亮有名。先以贞观元年卒，临终云：吾生兜率天矣，见先师智者，宝座行列，皆悉有人，唯一座独空，云：'却后六年灌顶法师升此说法。'焚香验旨，即慈尊（弥勒）降迎，计岁论期，审晞不谬矣。"此例当为其时弥勒信仰的明证。唐代禅宗虽极重悟道，但并非与弥勒信仰无关。从禅宗的《祖堂集》《古尊宿语录》等文献中，我们甚至可透见马祖道一禅系的弥勒信仰：马祖门下僧侣相当普遍地涉及弥勒信仰，表明弥勒信仰在唐五代禅宗中有一定地位；马祖一系对待弥勒的观念，是直承道信、惠能和净众保唐禅派而来的。

至此，我们也就多少能理解道膺与良价禅师之间也如此热衷于弥勒话题。然而，他们毕竟是禅僧，在禅门内浸染许久，他们更为讲究的是借生活中的机缘自然悟道，而不再是仅以"崇拜"偶像为核心。故此中透出两句"天上无弥勒，地下无弥勒"，实在是禅门机缘之语；而开篇南泉所问僧徒的那句："弥勒几时下生？"也实是问难之句，深藏"陷虎"之机。事实上，至整个公案结束处，我们已然看透：天神也无，悟道才真。笔者之所以对此公案作如许多诠释，无非是因为虽然佛教教门中确立了弥勒未来佛之说，但禅门的根本禅旨却主心外无佛，自性即佛。

禅的自主精神，于此公案中亦透显无遗。当知，信仰与偶像崇拜虽在禅宗中亦为一前提，然其根本宗旨却在自性自悟的自主精神。对此，现代学人多是知而无行，宁作知见汉，不作自由人。其心其性，如何能壁立千仞？

一法诸法宗，万法一法通（云居道膺）

这是云居道膺对僧徒的开示之语，是一则学理性很强的开示，且此开示中的两句话，完全可作一佛教哲学命题来对待。故我们在此须稍多费些笔墨。据《五灯会元》卷13《云居道膺禅师》载：

> 问："如何是一法？"师曰："如何是万法？"曰："未审如何领会。"
>
> 师曰："一法是你本心，万法是你本性，且道心与性，是一是二？"僧礼拜，
>
> 师示颂曰："一法诸法宗，万法一法通。唯心与唯性，不说异兼同。"

"一法"为理，"万法"是事；故此开示其实是在强调理事关系。我们知道，在佛教经典文献中《华严经》对理事关系的论述是最为深刻的，禅宗各家几乎也都以此为准。不过追根溯源，我们当知："一法通"语源《庄子·天地篇》，其引记中有："通于一而万事毕。"而《法华经》中亦云：一法藏万法，万法藏一法，万法即一法，一法通万法。对《华严经》作过深入系统研究的方东美就指出过："华严要义，及其理论条贯系统，首创杜顺（557-640），踵事增华于智俨（602-663），深入发挥于法藏（643-720），弘扬光大于澄观（760-820）与宗密（卒于841）。其法界观含三重观门：（1）真空观；（2）理事无碍观；（3）周遍含容观。"此中"三观"之说，就是一个立于华严理事关系上的结论；而此华严"三观"，又是我们理解《华严经》理事圆融境界与文化价值取向的一个入路。华严宗在佛教哲学上的重大贡献，即在理事关系的通透无碍之圆融境界上，将个别与普遍统一起来：这种既承认共性，又承认个性，既肯定整体，又肯定个体的主张，在中国佛教史和思想史上都是不多见的。但由于华严宗把"相即"的关系绝对化，最终导致了无矛盾，甚至无差别的结论。也就是说，现实的矛盾和差别，最终要被那个一般的"理"所浸没。须知，华严宗的"一切即一""一即一切"，不仅是禅宗"一法诸法宗，万法一法通"，也是宋代理学中程颐所说"体用一源，显微无间"的源头。

在华严宗理事圆融的逻辑关系中，由杜顺大师的法界三观，后来又发展为四法界。一是"理法界"、二是"事法界"、三是"理事无碍法界"、四是"事事无碍法界"。然而要想真正把握这"四法界"，按方东美的说法，仍要再回到"缘起论"的本身去求得解决。这也就是华严宗思想中的"法界缘起""真如缘起"，又叫作

"法性缘起"。相对于这个法性缘起是一种"无穷缘起"。这样，将前面的缘起论、法界三观、四法界三方面扩充为一套根本的本体论，叫作"十玄门"，又叫作"十玄缘起观"。正因为如此，方东美称华严宗哲学为真正的机体统一之哲学，并可解决哲学上二元对立之偏执。当然，此中最重要者莫过于"无碍"这个范畴。它"把宇宙里面千差万别的境界，透过一个整体的观照，而彰显出一个整体的结构，然后再把千差万别的这个差别世界，一一化成一个机体的统一。并且在机体的统一里面，对于全体与部分之间能够互相贯注，部分与部分之间也能够互相贯注。于是从这里面我们就可以看出，整个的宇宙，包括安排在整个宇宙里面的人生，都相互形成一个不可分割的整体。"这实际上就是华严经里所说的"一真法界"。

而在云居道膺的这个开示中，我们不仅可看到他对华严理事关系十分到位的把握，他还以自己视角得出的命题：一法诸法宗，万法一法通。这个"一法"是本体，而这个本体之永恒存在，是据于其有"不生不灭"之过程；故云居道膺十分巧妙地用了一个"宗"字，意谓这个"一法"本体，是"万法"之宗、之源。既是宗、源，那么，其不生不灭之永恒性，就可证其"实体性"；此"一法"，就是实体性的存在。这个实体性存在的特征，就显与佛教般若"空"观有所区别，而与如来藏系的佛性说保持了一致。其透显出来的佛理就在多与一的辩证性上：多（万法）纳之于一，一派生出多（万法）；一为多（万法）之母。诚如方东美所悟及：这种具过程性、动态性的理事关系整体观，是永续而存在的、是真实存在的。此中的"多"（万法、事）须通过"一"（理、本体）而出现——"万法一法通"。道膺实具道眼，一个"宗"字，一个"通"字，实显其为彻悟之人，是具道眼而观万法于一法之中的、超于前师的禅师。他既守师说，如示颂中最后两句："唯心与唯性，不说异兼同。"显示出曹洞五位的"兼带"，泯灭"多"而持守"一"之圆融观；更富有创新地以"一法诸法宗，万法一法通"命题，展显出源头一理而浮生万物的"宗通"观。伟哉！道膺。

道膺此开示，是佛教哲学学理中之典范，仍值得今人仔细琢磨，学其守一，得其圆融；学其宗通，得其真体。

迢然非迢然，非不迢然（疏山匡仁）

这是疏山匡仁与洞山良价禅师之间的一则公案。《五灯会元》列疏山匡仁为曹洞宗禅师，他与道膺同样，是青原下五世，洞山良价禅师的法嗣。

疏山匡仁，晚唐江西金溪疏山寺僧人，亦是唐代诗僧。字圆照，号白云，吉州新淦（今江西省新干县）人。生卒年及俗姓不详，大约公元857年前后在世。早年投抚州元证禅师出家，受具后，出外参学。于东都听经，得人指点，赴江西宜丰洞山，师事良价禅师，承嗣其法。良价圆寂后，继游大鸿、福州、婺州、夹山，遍参高德。终住金溪疏山，建白云禅院，即今之疏山古寺。生前自造墓塔，预定圆寂日期。及逝，葬本山。传徒甚众，各自开山立寺，弘扬曹洞宗风。

据《五灯会元》卷13《疏山匡仁禅师》载：

> （匡仁）遂造洞山。值山早参，出问："未有之言，请师示诲。"山曰："不诺无人肯。"师曰："还可功也无？"山曰："你即今还功得么？"师曰："功不得即无诲处。"山他日上堂曰："欲知此事，直须枯木生花，方与他合。"师问："一切处不乖时如何？"山曰："阇梨，此是功勋边事。幸有无功之功，子何不问？"师曰："无功之功，岂不是那边人？"山曰："大有人笑子恁么问。"师曰："恁么则迢然去也。"山曰："迢然非迢然，非不迢然。"师曰："如何是迢然？"山曰："唤作那边人，即不得。"师曰："如何是非迢然？"山曰："无辨处。"山问师："空劫无人家，是甚么人住处？"师曰："不识。"山曰："人还有意旨也无？"师曰："和尚何不问他？"山曰："现问次"，师曰："是何意旨？"山不对。

这一公案的禅思指向似为"迢然非迢然，非不迢然"一句，其实还有关键一句为"空劫无人家，是甚么人住处？"这前后两句其实是有内在关联的。先看开头这个"造"字，当然是造访之"造"，相当我们今天的访学，匡仁求学参拜洞山良价，他问的第一句话就不免让洞山良价吃惊：请师父垂示从未有过的言句。"示诲"是垂示教诲之意，求教于他人，却规定他人讲什么，且要求特高——这不明明在摆弄人家吗？须知，这个世界上从未出现过的言句，一旦说出，自可非之（难得说到究竟圆满程度）；而不作垂示，又如何为人天师。故此问禅机甚深，洞山良价已然知晓。故机锋对机锋：我说出来是可以，但若不得像你这样的禅者承诺听信，更有何人肯信呢？其意在：你今来并非诚心求教，谁又愿意真心开示。疏山不肯作罢：你既不开示，又岂有功勋在？其意为不可言者，还可行否？此明为逼人，实含"陷虎"之机。洞山智者，岂会受之。果然一句反问：你即今还功得么？意思是，你刚才要我开示未有之言句，我既无功，你难道就可以之为功吗？疏山无松懈之意，紧接着说：既不为功，你也就没必要避讳说什么了。后来，洞山再上堂开示时，再度提起此事，说是如要真透知此事，须得"枯木生花，方与他合"。须知，所谓枯木生花，那是死里得生，是重生；而得此重生，自可示未有之言，而为无功之功。疏山此时何会放过良机，当即问道：一切处不乖时如何？"乖"古时本义指背离、违背、不和谐，如"乖气致戾"，故汉语中有乖戾一词。"一切处不乖"，也即是无有违处，一切和谐，于物自在。此当为枯木生花之重生状态，当能与其合。洞山此时乃告知疏山：你所说一切处不乖的自在，虽可修可证，实是功勋边事，实属有为之功德，而对佛教而言，不足为法。你为何不问问"无功之功"呢？疏山似有所悟，即言：所谓无功之功，不正是那边人的事情吗，于这边人何缘？洞山听此言，觉此实为笑柄，让人笑话。疏山不以为意，说那我就迢然而去了，洞山说当可，然须弄明白何为"迢然"？他以佛教的"离四句，绝百非"来难疏山，道出了"迢然非迢然，非不迢然"的句子。疏山不解，继追问："如何是迢然？"洞山断然作结：你如果是那边人，自不得迢然。疏山打破沙锅问到底："如何是非迢然？"洞山当知此已是徒费口舌了，即言：此无可再辨。

公案至此，本可结束，然洞山却突然转问疏山：空劫无人家，是什么人住处？这实是呈显出洞山老人确为"老婆心切"：在暗示"这边""那边"并无对立之别、众生与诸佛无异时，疏山似未即时领悟。故再度以反问形式，使其有可能省悟。然疏山又似不识，终亦未答。其实，洞山意旨明确，既非薄此（边），亦非重彼（边）；既不受物所役，亦不为佛所使——自性自悟，见性成佛，作自家主人。疏山当省悟，然存逗机之辨，故翻来覆去，不作明言；实是机锋过人，不落窠臼。此亦可表征疏山名句："不堕无斫斧。"

禅宗就是如此，在对辨中藏机锋，在机锋中涵禅悟；四处埋伏，逗机转语，智慧过人，直达上乘。其幽默、其曲变、其洞见、其活泼，今人都解会不易、难得迢然自在。故此公案可学处，可觉处，禅机甚深，非浅尝而能深得。

透过祖佛（龙牙居遁）

这是龙牙居遁上堂对众僧的开示。《五灯会元》将龙牙居遁列为曹洞宗，青原下五世云岩昙晟禅师法嗣。

龙牙居遁（835-923），洞山良价法嗣。俗姓廓（一说姓郭），抚州（今江西抚州）南城人。14岁出家，后往嵩岳受具足戒。曾策杖游方，遍参禅师，后于洞山良价处得悟玄旨。住潭州（治所在今湖南长沙）龙牙山，号证空大师，人称"龙牙和尚"。

据《景德传灯录》卷17《湖南龙牙山居遁禅师》载：

> 上堂示众曰："夫参演人须透过祖佛始得。新丰和尚云：祖教佛教似生怨家，始有学分。若透祖佛不得，即被祖佛谩去。"时有僧问："祖佛还有谩人之心也无？"师曰："汝道江湖还有碍人之心也无？"又曰："江湖虽无碍人之心，为时人过不得，江湖成碍人去。不得道江湖不碍人。祖佛虽无谩人之心，为时人透不得，祖佛成谩人去。不得道祖佛虽不谩人。若透得祖佛过，此人过却祖佛也，始是体得祖佛意，方与向上古人同。如未透得，但学佛学祖，则万劫无有得期。"

这个开示中有几个关键词须界定与厘清。一是"透过"一语究作何解？这里其实可作多解：洞穿、透见、穿越、看透、洞见、超越。笔者倾向于最后的"超越"一语，禅宗之所以为禅宗，大有创新、自由、自在之深意在。百丈怀海就极富创意地提出：对弟子而言，"见与师齐，减师半德；见过于师，方堪传授。"此即指谓：作为学法的弟子若只是机械地继承师父的见解，而不能超过，那是不可以的。宗门延续将会"丧我儿孙"而因此趋向衰微。因此，超越师父百丈怀海，当有必然性。南禅中甚至常有"超佛越祖"的声音。所以居遁禅师的"透过"实有超过、超越之意在。第二个关键词是"谩"，如何是谩，谩的原义为欺骗、蒙蔽、欺诳，故有谩欺、谩语、谩诞、谩天谩地之语的组合；这里以"蒙蔽"之义为主。

居遁禅师面对众僧的开示，是极富创新气概的。他上堂的第一句就几乎是号召性的：你们参禅学道，必须透见并超越祖师和佛才行。新丰和尚说过：看待祖教、佛教好比冤家，方有学佛的资格。如不能看透并超越佛祖，就会被佛祖所蒙蔽。一僧人问道：这样说来，佛祖有没有欺骗人之心呢？居遁祖师反问僧人：那你说说，江河湖泊有没有碍人之心呢？继又说：江河湖泊虽无碍人之心，但因人们未能穿过它，江湖便自然成了障碍。故不能说江湖不碍人。佛祖虽无蒙骗人之心，但因人们不能洞见、看穿并超越他，所以佛祖也就自然蒙蔽掉了人们。如此这般，也就不能说佛祖不蒙人了。如果能够真把佛祖洞穿，此人自然就超佛越祖，也自然能体会佛祖意旨，也就能与古来佛祖相同。如果没有洞穿或超越，只是原地踏步地学佛学祖，则永远不得超脱。

这个开示，极有思维方式之价值，缘由在：洞穿、超出固有模式，才有创新，无超越即无创新。若不在思维方式上就确立起超越前人之前提，何有创新之空间？今人亦如是。

除习气，善保任（虚云和尚）

这是虚云和尚在多次开示中反复用到的开示语。据净慧法师编《虚云和尚全集》第二分册《开示》载：

> 纵悟门已入，智不入微，道难胜习，舍报之际，必为业牵。须以绵密功夫，坐断微细妄想，历境验心，不随境转，一旦悬崖撒手，百尺竿头，再进一步，方为自在人。此亦不过是小歇场，还有后事在。

可见，此中道出了功夫论中的至难之点，即"道难胜习"。虚公认为入了悟门，不过是"小歇场"，要做真正的"自在人"，还大有"后事在"；故"绵密功夫"亦为"保任"之功。已入悟门者，仍须以入微的智慧一步步"除习气"，仍须以绵密的功夫，斩断所有的细微妄想；这才是真正难能可贵的持续性地用功，功夫到了一定境界，才能行解相应地"不随境转"而"保任"之。习气不除，无以保任；而除习气本身亦为保任之功。因而禅修要达到真正"自在"境界，是不能撒手悬崖的，他只能精进前行，百尺竿头，再进一步。故虚公反复教诫说："除习气，诸恶莫作，众善奉行，就向上升。自性本来是佛，不要妄求，只把贪瞋痴习气除掉，自见本性清净。"此中所言"不要妄求"，仍在强调注意方法，特别是除掉贪瞋痴习气的保任之功。

虚云大师的禅修观，强调要"善保任"。虚公的"善保任"，出自其《复鼎湖山巽海上座》一信中；虚公是在谈到禅师们因如理如事、深浅不同而所证般若有实相般若、文字般若之不同时，凸显了"善保任"作为禅修方法的重要价值。

前述"戒、定、慧"及"信、解、行、证"作为总原则或禅修践行的基本理念，其都是贯穿整个禅修过程的。这点对虚云大师而言，是非常坚定的。他在1942年的南岳祝圣寺开示中指出："戒是止恶防非之义，恶非既止，定慧自生；定是制心一处之义，内心不乱，戒慧全彰；慧是随缘觉照之义，觉照一切，戒定双融。举三即一，举一即三，只在修学的人善加体会与力行罢了。"若能在修行过程中"举三即一，举一即三"，则可成为一个统一融贯的整体而"觉照一切"了。达此境界，则是"定慧自生"的保任功夫了；若三法圆融，保任亦能无碍。诚然如此，但亦未说得如此简单，故虚公一生反复强调的则是勤修勿怠："吾人如能发心勤修勿怠，则由十信、十住、十行、十回向以至十地，亦自得步步进益，以达等觉妙觉。"可见，步步进益不仅靠有效方法次第，还要靠"勤修勿怠"的保任功夫，才能达到"等觉妙觉"的境界。当然，虚公总是不忘强调学佛无论修何法门，总要以戒为本的。修行而不持戒，纵有多智，亦皆为魔事。《北京佛教文献集成·律学篇》中的《敕建万古柏林禅寺同戒录序》有言："盖闻禅宗正法，非戒无防，故而因戒生定，因定发慧。戒乃除众生一切烦恼苦海，拔出贪瞋痴，三毒永灭，五蕴尽销，止恶防非之要路也。"最后一句特提示"戒"作为"止恶防非之要路"的方法论意义。虚公当然也十分重视此方法论意义，故言："用功办道，首要持戒。戒是无上菩提之本。"

当然，禅修作为佛教修持的一种法门，有自身独特之处，如虚公强调的"疑情""话头"等方法，就可作为特有的"保任"方法来持有。诚如其所言："独顾疑情现前，绵绵无间，寂照分明，无堕沉浮，及空顽无记，密密打成一片。"加之"勿贪玄妙空幽，聪慧神异"，则能"总有悟彻时期"。显然，所谓"绵绵无间""密密打成一片"，全然指绵密无间的禅修工夫。但此处要注意的是，虚公亦指出了勿贪玄妙空幽、聪慧神异的基本原则，其实这本身对常人来说就不易做到，常人所贪者，无非是神异功能或玄妙境界，虚公对此洞察极深。故提示修行如有"绵密功夫"而又不贪此境，则悟道当为不难。虚公以为入了悟门还有远为重要的工夫在后面。

进言之，我们还要深入虚云和尚保任禅修观中的另一重要命题："在作务行动中悟道。"虚公在与《复星洲卓义成居士》的信中说"静坐不过是教行人返观自性的一种方便方法"。"悟道不一定皆从静坐得来，古德在作务行动中悟道者，不可胜数。"这种"作务行动中悟道"的禅观，具有极其浓厚的洪州禅特色。正如虚公在《参禅法要——禅堂开示》中所指出："所谓运水搬柴，无非妙道；锄田种地，总是禅机。不是一天盘起腿子打坐，才算用功办道。"这显然是针对那种只认枯坐为正宗禅修的言论而发的。而按照虚公"作务行动中悟道"的禅观，当然无分行住坐卧，正所谓永嘉禅师《证道歌》云："行也禅，坐也禅，语默动静体安然。"此亦为虚公平时常称道的"平常心是道"；所谓"任运"之任、"保任"之任，都涵括了"平常心是道"的那种安然、自然之行动中悟道的境界。故虚公禅观，一方面最契于无挂无碍，无我无人，行住坐卧，妙合玄机的深远静穆禅悟境界，一方面又最大程度地符契于那种潜修密行、平实淡定的保任修行观："静则默会弥陀，动则正言直行，以及行住坐卧，常常收摄其身心。""不为八风转，不被五欲牵，何等解脱！何等自在！"这是在现代史上难得一见的将玄与实、深与平、行与坐、动与不动统一起来的禅修观，真正自在。

诚如虚云大师常开示之语：参禅不参则已，既决心参，就要勇猛精进，如一人与万人敌，直前毋退，放松不得。虚云大师的一生修行，确如其所言："'如切如磋，如琢如磨'，'江汉以濯之，秋阳以曝之'渐臻于精纯皎洁，这就不能说不修行了。"

虚云大师《牧牛颂》十一首所透显的禅修次第，真实地透显出其除习气、善保任的禅修境界，现照录于下：

牧牛颂十一首

一 寻牛

飘然一物角蹄齐，半掩深林半逐溪。

南北东西无觅处，犹然落在画桥西。

二 见迹

茫茫一片没西东，草蔓林深处处同。

寻遍山边及水际，依稀歧路见微踪。

三 见牛

徘徊古道觅真踪，烟水茫茫未易逢。

晓夜不辞狂瘁力，云中隐隐角峥嵘。

四 得牛

几回寻觅遍天涯，寻到天涯日未斜。

当处忽然成色相，空拳付与牧童跨。

五 纯熟

牧来岁月已云赊，草水天然到处佳。

不触东西与两岸，端然露地乐烟霞。

六 骑牛

漫劳牧童已多年，不事鞭绳蓦直前。

当下倒骑牛背上，胡腔汉调任讴弦。

七 忘牛

狂性消融六不遮，风清月白自荣华。

饥餐睡卧白云里，一曲瑶琴了大车。

八 人牛双忘

秋水澄清一月圆，长年湛湛映青天。

两九烁透乾坤外，那识浮生寄大千。

九 还源

当年粉碎太虚空，地转天旋物自融。

水即是波波是水，浑无南北与西东。

十 入廛

驾得铁船把钓游，何缘一见便吞钩。

大千载尽无高下，不住两岸与中流。

十一　总颂

本无一事可商求，平地风波信笔收。

从地倒还从地起，十方世界任优游。

　　禅宗以牧牛譬喻修心历程的诗歌，唐以来便传唱不歇，其形式有单首成篇的牧牛诗，亦有多首组诗组合而成的牧牛诗组；而其中最为繁复多元的，则为牧牛诗组与绘画相结合的牧牛图颂。以宋代廓庵禅师的《十牛图颂》最为完备，流传也最广。开凿于南宋孝宗淳熙至理宗淳祐年间的大足石刻的牧牛图造像，亦是一很好的例证。牧牛早已成为禅宗修行的象征性符号之一，以其表现禅宗宗教实践的开展历程与终极关怀，极富感染力且有境界。

　　以虚云大师的禅修体系看，禅的修行，决非一蹴而就、一步登天。最终到达大智慧、大解脱、大自由的境界，必须历经艰难的历程，而修行的层面，也各有次第。然禅的终极境界是"十方世界任优游"的大自在。只有当你真正明白这点时，才能理解虚云大师作的这十一首《牧牛颂》，实乃禅修次第展现的十一个层面，亦即他强调并反复开示"除习气善保任"的根本缘由。

万缘放下，一念不生（虚云和尚）

这是虚云和尚《参禅要旨》中的开示之语。据净慧法师编《虚云和尚全集》《参禅要旨》载：

一、参禅的先决条件

参禅的目的，在明心见性；就是要去掉自心的污染，实见自性的面目。污染就是妄想执著，自性就是如来智慧德相。如来智慧德相，为诸佛众生所同具，无二无别，若离了妄想执著，就证得自己的如来智慧德相，就是佛；否则就是众生。

只为你我从无量劫来，迷沦生死，染污久了，不能当下顿脱妄想，实见本性，所以要参禅。因此参禅的先决条件，就是除妄想。妄想如何除法？释迦牟尼佛说的很多，最简单的莫如"歇即菩提"一个"歇"字。禅宗由达摩祖师传来东土，到六祖后，禅风广播，震烁古今，但达摩祖师和六祖开示学人最要紧的话，莫若"屏息诸缘，一念不生"。屏息诸缘，就是万缘放下，所以"万缘放下，一念不生"这两句话，实在是参禅的先决条件。这两句话如果不做到，参禅不但是说没有成功，就是入门都不可能。盖万缘缠绕，念念生灭，你还谈得上参禅吗？

"万缘放下，一念不生"，是参禅的先决条件，我们既然知道了，那么，如何才能做到呢？上焉者一念永歇，直至无生，顿证菩提，毫无络索（啰嗦）。其次则以理除事，了知自性本来清净，烦恼菩提、生死涅槃皆是假名，原不与我自性相干，事事物物皆是梦幻泡影，我此四大色身与山河大地，在自性中，如海中的浮沤一样，随起随灭，无碍本体。不应随一切幻事的生住异灭，而起欣厌取舍，通身放下，如死人一样，自然根尘识心消落，贪瞋痴爱泯灭，所有这身子的痛痒苦乐、饥寒饱暖、荣辱生死、祸福吉凶、毁誉得丧、安危险夷，一概置之度外，这样才算放下。一放下，一切放下，永远放下，叫作万缘放下。万缘放下了，妄想自消，分别不起，执著远离，至此一念不生，自性光明，全体显露，至是参禅的条件具备了，再用功真参实究，明心见性才有分。

　　日来常有禅人来问话，夫法本无法，一落言诠，即非实义。了此一心本来是佛，直下无事，各各现成。说修说证，都是魔话。达摩东来，直指人心，见性成佛。明明白白指示，大地一切众生都是佛，直下认得此清净自性，随顺无染，二六时中，行住坐卧，心都无异，就是现成的佛。不须用心用力，更不要有作有为，不劳纤毫言说思惟。所以说，成佛是最容易的事、最自在的事，而且操之在我，不假外求。大地一切众生，如果不甘长劫轮转于四生六道、永沉苦海，而愿成佛，常乐我净，谛信佛祖诚言，放下一切，善恶都莫思量，个个可以立地成佛。诸佛菩萨及历代祖师，发愿度尽一切众生，不是无凭无据，空发大愿，空讲大话的。

　　上来所说，法尔如此，且经佛祖反复阐明，叮咛嘱咐，真语实语，并无丝毫虚诳。无奈大地一切众生，从无量劫来，迷沦生死苦海，头出头没，轮转不已，迷惑颠倒，背觉合尘，犹如精金投入粪坑，不惟不得受用，而且染污不堪。佛以大慈悲，不得已，说出八万四千法门，俾各色各样根器不同的众生，用来对治贪瞋痴爱等八万四千习气毛病，犹如金染上各种污垢，乃教你用铲、用刷、用水、用布等来洗刷琢抹一样。所以佛说的法，门门都是妙法，都可以了生死，成佛道，只有当机不当机的问题，不必强分法门的高下，流传中国最普通的法门为宗、教、律、净、密，这五种法门，随各人的根性和兴趣，任行一门都可以，总在一门深入，历久不变，就可以成就。

　　宗门主参禅，参禅在明心见性，就是要参透自己的本来面目，所谓"明悟自心，彻见本性"。这个法门，自佛拈花起，至达摩祖师传来东土以后，下手工夫屡有变迁。在唐宋以前的禅德，多是由一言半句，就悟道了，师徒间的传授，不过以心印心，并没有什么实法。平日参问酬答，也不过随方解缚，因病与药而已。宋代以后，人们的根器陋劣了，讲了做不到，譬如说"放下一切""善恶莫思"，但总是放不下，不是思善，就是思恶，到了这个时候，祖师们不得已，采取以毒攻毒的办法，教学人参公案。……

　　虚云和尚的这个《参禅要旨》十分重要，而此中的《参禅的先决条件》更是尤为关键；核心又在"万缘放下"四字上，理解这点，才算理解其整个《参禅要旨》的根本思想，方有入门之可能。

　　心若能真正做到万缘放下，一念不生，才有了参禅的先决条件。看来，虚云老和尚作为一肩担五宗的现代和尚，还是个"条件论者"，讲究参禅的先决条件，并将这一先决条件界定为"万缘放下，一念不生"。当然在这一开示的第二段中，他也将"除妄想"作为参禅的先决条件；其实"除妄想"与"万缘放下一念不生"两者之间，又存在着逻辑前提问题，此即不除妄想，"万缘"也就放不下来，"一念不生"也就成为不可能。禅门各宗的禅法多有不同，但对治烦恼，除去妄想，均为其修行之根本途径。虚云老和尚就认为：人们平常心中的妄想，在动念中其实并未发觉，而是到了清静修行、打坐用功时才发觉许多杂念一直在不断起伏，而在这妄念起伏沸腾之中，你禅修功夫不得力，自己就作不得主，也就不得悟道。所以虚云老和尚在这里又用到了"屏息诸缘"四字，其实这正是禅修的一种功夫，此功夫对寂然不动而除去妄念，有极大助益。宣化上人也曾说过："真正自在是什么？就是不打妄想。你若尽打妄想，就不能自在，总是尽虚空遍法界随处乱跑。所以你若不想真修行，那是无话可讲；你若想真修行，就不要打妄想，你要把心制之一处，使心念专一，所谓'专一则灵，分歧则弊'。这是想修行的人所应该知道的一个道理。"

虚云和尚又针对不同根性的禅者，提出了不同的方法路径，悟性上等者是"一念永歇，直至无生，顿证菩提，毫无络索"。这已然是一种很高的悟境了。而对根性其次者，他则提出了十分具体的路径，然要在"以理除事，了知自性本来清净"——这是要求禅者先行确立的基本理念，明了自性即佛。继之，"不应随一切幻事的生住异灭，而起欣厌取舍，通身放下，如死人一样，自然根尘识心消落，贪瞋痴爱泯灭"，这已是十分具体的作法了：先是心不随一切幻事，继而心念不起"欣厌取舍"之分别，再是通身放下，境界自出：根尘心消、贪瞋痴灭。此境一出，在虚云老和尚看来，才叫作"一放下，一切放下，永远放下，叫作万缘放下。万缘放下了，妄想自消，分别不起，执著远离，至此一念不生，自性光明，全体显露，至是参禅的条件具备了，再用功真参实究，明心见性才有分"。

虚云和尚是现代和尚，故这一开示对今人的意义重大：现代人若在日常生活中，多放下得一分，就多一分自由；多悟得几分空性，便多得几分自在。外在的"万缘"放下了，你才有可能不再去执著于扑面而来的事相，从而不受各种事相、外境的打扰，寂然不动，随遇而安。此时，你方能感觉"一切放下"是何等的自由自在了。放下的过程，就是妄想自消的过程，就是越活越自由的过程。

六、云门宗

头上著头，雪上加霜（云门文偃）

这是云门文偃的上堂法语，是对众僧的开示。

云门文偃（864—949），云门宗的创始人。俗姓张，姑苏嘉兴（今浙江嘉兴）人，少怀出尘之志，15 岁出家，24 岁受具足戒。慧洪的《禅林僧宝传》说其"性豪爽，骨面丰颊，精锐绝伦，目纤长，瞳子如点漆，眉秀近睫，视物凝远"。他曾受到过黄檗希运的影响，游历参访过江西的曹山、疏山、归宗、九江等地，与曹山本寂还有过机锋相拄之辩论。文偃一生遍览佛典，深究四分律。谥号"匡真禅师""觉化大师"。

据《景德传灯录》卷 19《韶州云门山文偃禅师》载：

> 师上堂云："诸和尚子，饶你有什么事，犹是头上著头，雪上加霜，棺木里桄眼，炙疮盘上著艾燋，遮个一场狼藉，不是小事，你合作么生？各自觅取个托生处好！莫空游州打县，只欲捉搦闲话。……驴年得个休歇么？"

"头上著头"，是喻指重复多余，累赘繁复；再加上一"雪上加霜"，虽意思相同，但显然程度上加强了。"棺木里桄眼"——棺材板上钻通气眼，又是多此一举；而"炙疮盘上著艾燋"，说的是在针灸的疮疤上再用艾草来进行灼疗，这更是有害无益！列举如此多的无益之举，无疑会造成"一场狼藉"，在文益禅师看来，事却非小。因这关系着禅者的大事，你若不能完成你的大事，你来这何干？好吧，赶紧各自寻个托生之处为好！不要徒劳地到处游历闲荡，只想抓住个话头来闲聊……这之后文偃又说了一大段，无非是为了衬出那最后一句："驴年得个休歇么？"意思是：如此办理，你猴年马月才能开悟呢？

可见，云门文偃这一开示实是教训弟子：禅修若是持续地作无用之功，于禅悟只会越来越远。作为一个深受临济、曹洞二大禅宗影响之人物，文偃在作略上，有黄檗与义玄的气魄精神；而在禅学义理上，他更有曹洞"五位"说的熏陶奠基。故其终而创立了禅门的又一新宗——云门宗。

云门文偃之例，至今仍值深究。文偃能创立新宗，实因其不仅有创宗之宏大气魄，更有融会贯通而后立宗之思想根基。

披毛戴角（云门文偃）

这是云门文偃的一个著名公案。据《云门匡真禅师广录》卷下载：

> 师（云门文偃）问曹山："如何是沙门行？"山曰："吃常住苗稼者。"
> 师云："便与么去时如何？"山云："你还畜得么？"师云："学人畜得。"
> 山云："你作么生畜？"师云："着衣吃饭有什么难。"山云："何不道
> 披毛戴角？"师便礼拜。

披着毛，长着角，自然是指牲畜类。在禅宗公案中，所谓"披毛戴角"是喻指入畜生道了。公案最终落脚在这一问题上，可见是谈修行的终极境界。

开篇是"沙门之行"一问，所谓沙门之行虽是开悟见道的修行，然亦离不开日常生活的"著衣吃饭"，故文偃问起沙门行问题时，曹山本寂却作答以"吃常住苗稼者"；意谓离不开著衣吃饭之道。文偃接着问"便与么去时如何？"这既是个当下的问题（当下去什么处、怎么去？），也可喻指终极问题（生死涅槃）。曹山则以当下问题反问文偃"你还畜得么"，意谓你当下怎么解决生养吃饭问题。文偃自然不避，正面答曰：在下可以自己解决生养吃饭问题。曹山逼问：你作什么生养的行当呢？文偃答得极为自然：这有何难？不过是著衣吃饭而已！接下来，曹山可就问得不一般了：何不道披毛戴角？你为什么不说说畜生道的事情呢，这实际是指向了终极修行的范畴。

然而，修行为什么要谈披毛戴角？在佛教中，上焉者，有人道、天道、声闻道、菩萨道与佛道；下焉者，则有地狱道、饿鬼道、畜生道。涅槃之境，就是要出生死、离三界，修行者只要发愿求生西方阿弥陀佛的极乐净土，就有可能横出三界——信心坚固，愿心正确，终极的目标不变，就不必畏惧"披毛戴角"之状。事实上，诸佛菩萨在修行过程中，往往是适应众生需要而示现不同的身份和形象。在《本生谭》中，就载有释迦世尊在因地时，曾为种种的动物，已度种种动物中众生；马祖弟子南泉普愿禅师，也曾说死后愿到山下村庄里做头水牯牛。因此，作为一个真正的修行人，只知当下努力修行，至于是否能够出离三界，应该是采取只顾耕耘、不问收获的态度。正常之佛道，既不恋生死，也不畏生死。故此公案，亦不避谈此。其实，在曹山的"三种堕"中，就有所谓披毛戴角一堕，其意指不拘圣教位而投身迷界来救度众生；

且不受沙门外在形式束缚而随顺境遇。其内在精神，与本公案极为一致。

　　禅佛之不畏生死，多有范例；然此不避"披毛戴角"，则更可透见其超越精神。禅佛终极境界虽在超脱生死而入涅槃，然对当下却无所畏惧，一心向道，一心悟道，精进前行。读此公案，今人可得其不避、不惧之禅意乎？

黄鹤楼前鹦鹉洲（云居晓舜）

《五灯会元》将云居晓舜列为云门宗"青原下十世上"，洞山晓聪禅师法嗣。

晓舜，瑞州（今江西高安）人，生存时代约为十世纪下半叶与十一世纪上半叶，得法于洞山晓聪禅师，住云居寺，故号云居。

据《五灯会元》卷15《云居晓舜禅师》载：

> （晓舜）参洞山（晓聪）。一日如武昌行乞，首谒刘公居士家。士高行，为时所敬，意所与夺，莫不从之。师时年少，不知其饱参，颇易之。士曰："老汉有一问，若相契即开疏，如不契即请还山。"遂问："古镜未磨时如何？"师曰："黑似漆。"士曰："磨后如何？"师曰："照天照地。"士长揖曰："且请上人还山！"拂袖入宅。师么罗即还洞山，山（晓聪）问其故，师具言其事。山曰："你问我，我与你道。"师理前问，山曰："此去汉阳不远。"师进后语，山曰："黄鹤楼前鹦鹉洲。"师于言下大悟，机锋不可触。

这是个很著名的云门宗公案，禅宗史上又称其为"古镜二问"。公案所述之事发生于唐末五代，"武昌行乞"，其地点即在今湖北武汉三镇地带，著名的黄鹤楼就在此地，有唐代名诗人崔颢之诗为证："晴川历历汉阳树，芳草萋萋鹦鹉洲。"其时有个晓舜禅师，自认已开悟。一次，他到一位刘大居士那里去拜访，刘大居士乃为时人所敬的高人，而年轻的晓舜禅师并不知其为饱参之士。刘大居士知其来化缘，即向晓舜禅师提出：我有个问题，你若答得到位，我一切供养，答不到位，则请还山。这第一问即：古镜未磨时如何？和尚答曰：黑如漆。刘大居士又问：古镜既磨后又如何？晓舜答曰：照天照地。显然，这是顺着通常的知见逻辑作答的。而刘大居士对此二答均十分不满，故作一长揖后，发话让晓舜禅师还山。

须知，"古镜"是喻指佛性或本来面目，亦称自性本体；深言之，佛性具实相无相的净体之妙，是无体之体。你若说这自性（古镜）是漆黑，必然要磨砺。而六祖慧能《坛经》中早已说透自性本来清净、自性本来具足之理；故未磨亦本自清净。而和尚说其黑如漆，则必含磨砺之修。故刘大居士继问：古镜既磨后又如何？那和尚当然顺其逻辑答曰：照天照地！此答对本来清净自性之镜，更是离题万里：若还有"照天照地"之相，那正好落入了凡夫"著相"之知见。两人之间，自是因缘不契。

而晓舜禅师于此，当是大受挫折。他回到洞山继续修行，洞山晓聪见他一去即返，便问原由；晓舜即和盘托出。晓聪师父则让弟子复原一遍后自己来作答。还是那个问题：古镜未磨时如何？师父答曰：此去汉阳不远。第二个问题亦同然：古镜既磨后如何？答曰：黄鹤楼前鹦鹉洲。

先看第一回答：此去汉阳不远。此分明暗指古镜（自性）磨与不磨，都为清净本性，离真正佛性无有距离。接下来的第二答意味更深：黄鹤楼前鹦鹉洲，其地仍在汉阳——自性古镜仍是古镜。未磨亦古镜，这指的是佛性如常啊。

此为整个晓舜禅师的洞山悟古镜因缘，在师父至为简捷而深含机锋的回答中，晓舜禅师瞬时开悟了："黄鹤楼前鹦鹉洲"，其地仍在此地，其镜仍为此镜。

悟在相契，而契与不契，实有接引者的智慧在。刘大居士，显然未如洞山晓聪那般深通禅机又把握得当。无怪著名居士杨亿亦在其门下习禅而得悟，而著名禅师契嵩亦成为其嗣法弟子。

读此公案，仍感意味无穷。今日之学人与师长，可否各自从中寻到与古人智慧的"相契"之源？

从门入者，不是家珍（洞山晓聪）

这是洞山晓聪与另一禅僧对话中的开示之语。

晓聪（？ -1030），俗姓杜，广东韶州曲江人。早年出家于南华寺，后入乳源云门寺受具戒，《五灯会元》列其为“云门宗”，青原下九世，文殊真禅师法嗣。晓聪曾一度行脚于庐山一带，后去云居山道场参访，并于云居山真如寺作管理香灯之“灯头”。后晓聪禅师在洞山说法达 20 年之久，气象高古，禅风峻烈；与其时临济宗的汾阳善昭、曹洞宗的大阳警玄并立为禅林之泰山北斗。

据《五灯会元》卷 15《洞山晓聪禅师》载：

> 僧问：“达摩未传心地印，释迦未解髻中珠。此时若问西来意，还有西来意也无？”师曰：“六月雨淋淋，宽其万姓心。”曰：“恁么则云散家家月，春来处处花。”师曰：“脚跟下到金刚水际是多少？”僧无语。师曰：“祖师西来，特唱此事。自是上座不荐。所以从门入者，不是家珍。认影迷头，岂非大错？既是祖师西来特唱此事，又何必对众切切？珍重。”

此开示中最关键的理念即为“从门入者，不是家珍”一句，这是在特指从知见入手，永无悟道之日，即便祖师也好，佛祖也好，最终都须见性——见到自己的本分或本来面目；自己本分所有者，才是家珍。抛弃家珍，却不停地攀附在祖言佛语上，那已然落二落三了。

所以这个对话一开始，就以僧人之口传达出：达摩从来也未明确传授过什么心地法印，佛祖也从来没有解开过什么是髻中珠宝（佛法），而此时此刻我们若硬要问“祖师西来意”，有意义吗？到底有没有祖师西来意呢？此问问得彻底，或根本不是在提问，而是直接宣示自己的真正见解。须知，“祖师西来意”本是唐宋禅僧最常提的话头，此僧人一出此语，便可见出其为学问僧。未曾想晓聪禅师话锋一转，竟回答一句完全不相关语：“六月雨淋淋，宽其万姓心。”此究为何意？机锋也好，转语也好，总之是打断了学问僧。或许，那时正处六月大暑之天，天降大雨，连绵不歇；好雨赶时节，让万民顿有舒畅之感。学问僧倒也顺着晓聪禅师的思路来了一句：“恁么则云散家家月，春来处处花。”其实这是一句激语：你不是说雨天带来了好时节吗，那么，接下来的“云散家家月，春来处处花”又是如何到来呢？这个“则”字用得好，有逻辑关系在内，与前面晓聪禅师那句"六月雨淋淋，宽其万姓心"架起了内在关联之桥。哪知晓聪禅师就是要砸断你这知见逻辑之桥："脚跟下到金刚水际是多少？"这是无可回答、无有答案之问；此语楞是断掉了学问僧的知见之桥。那僧人自然无语，无语沉默才对，那是在等待……

果然等到了师父的结论：祖师西来，倡导的就是自性自悟的"见性"禅，但你们硬是要从知见之门而入，丢弃了自身家宝。这不是"认影迷头"（将影子当法身）吗，大错特错了！此中"认影迷头"实际是佛门内的典故，洞山良价也曾置入其偏正五位理论中："偏中正，失晓老婆逢古镜。分明觌面别无真，休更迷头犹认影。"晓聪禅师这番开导，总算说服了学问僧。的确，既然祖师给你带来的，也只是让你持自家珍宝而见性开悟，你又何必天天叨叨，要以祖师之语作知见之门，那不是锁住自己吗？珍重！

我们也要对现代学人、现代禅者说一句珍重。珍重你的家珍，护持你的自性——如此才能透见世界，觉悟自心。

异号而一体（佛日契嵩）

"异号而一体"，是佛日契嵩以其儒佛贯通的基本理念而在其《辅教篇》中所作的理论性很强的开示。

《五灯会元》将契嵩列入云门宗，青原下十世上，为洞山晓聪禅师的法嗣。北宋初，欧阳修在读完《传法正宗记》后，掩卷长叹曰："不意僧中有此郎耶！"指的正是宋代融通佛、儒，创佛、儒一体论之始的高僧契嵩。契嵩与江西禅宗的缘分很深，他早期曾花费十多年时间来往于各地而不得法，一直到成为洞山晓聪的门下弟子，才大显身手。

契嵩禅师（1007-1072），俗姓李，字仲灵，自号潜子，出生于藤津（今广西藤县）。生于宋真宗景德四年，卒于神宗熙宁五年，年六十六岁。13岁时落发为沙弥，一年后即受具足戒，并开始了"一钵千家饭，孤僧万里游"的游方生涯。后下沅湘、陟衡岳，谒神鼎諲禅师。諲与语奇之，然无所契悟。继而游袁筠间，受记前于洞山聪公庆历间。契嵩于洞山每夜必顶戴礼拜观世音菩萨法像，并诵念观音圣号满10万声。此后，契嵩智慧之门大开，世间儒佛道等经典章句，一见即窥其大意、通其要旨；这使他作文得心应手。1045年前后居杭州灵隐寺。曾作《原教论》《辅教编》《传法正宗记》，合三书共献于朝廷。皇祐间（1051年前后），入京师，两次作万言书上仁宗皇帝，并将其所作《传法正宗记》《传法正宗论》《传法正宗定祖图》及《辅教篇》进献宋仁宗，仁宗赐号明教大师。寻还山而卒。契嵩博通内典，著名的《孝论》，即综儒、释为一炉的通论之作，此作足以与当时辟佛者抗衡。契嵩还釐定禅宗的印度世系为二十八祖，强调禅为教外别传。一生著有《镡津集》二十二卷，《四库总目》传于世。

契嵩将佛教的五戒十善与儒家的五常仁义视为"异号而一体"，此为其将佛、儒一体化的重要理念。他于《辅教编》如此解说五戒十善："曰人乘者，五戒之谓也。一曰不杀，谓当爱生，不可以己辄暴一物，不止不食其肉也。二曰不盗，谓不义不取，不止不攘他物也。三曰不邪淫，谓不乱非其匹偶也。四曰不妄语，谓不以言欺人。五曰不饮酒，谓不以醉乱其修心。曰天乘者，广于五戒谓之十善也。一曰不杀。二曰不盗。三曰不邪淫。四曰不妄语。是四者其义与五戒同也。五曰不绮语，谓不为饰非言。六曰不两舌，谓语人不背面。七曰不恶口，谓不骂亦曰不道不义。八曰不嫉，谓无所妒忌。九曰不恚，谓不以忿恨宿于心。十曰不痴，谓不昧善恶。然谓兼修其十者，报之所以生天也。修前五者，资之所以为人也。脱天下皆以此各修，假令非生天，而人人足以成善，人人皆善而世不治，未之有也。"那么，契嵩是如何将此五戒对应于儒家五常的呢？他是站在哲学的本末论高度来解说的。

据《大正藏》52 册载契嵩《辅教篇》：

> 以儒校之，则与其所谓五常仁义者，异号而一体耳。夫仁义者先王一世之治迹也。以迹议之，而未始不异也；以理推之，而未始不同也。迹出于理，而理祖乎迹。迹，末也；理，本也。君子求本而措末可也。语曰："视其所以，观其所由，察其所安，人焉廋哉？人焉廋哉？"孟子曰："不揣其本而齐其末，方寸之木可使高于岑楼。"谓事必揣量其本而齐等其末而后语之。

显然，这里强调的是五戒与五常的一体化。在契嵩看来，五戒十善与五常仁义，只是概念称号上有不同，但其实质内涵是一致的，所以称其为"异号而一体"。然而，从哲学的角度看这个"一体"之体，则可上升到二者贯通的内在逻辑来看待了。这一内在逻辑的关键点可称之为"善德"或"善道"，所以契嵩要说"圣人为教不同，而同于为善也"。契嵩曾在《寂子解》中表白自己是如何学佛又喜儒的："今儒之仁义礼智信，岂非吾佛所施之万行乎？"这当然需要眼光，需要彻悟儒、佛二家中确有深刻一致的地方。从其将佛教人天乘的五戒十善与儒家五常名教所作的会通来看，契嵩确为开悟之人，故其真正做到了将大乘佛教之六度（布施、持戒、忍辱、精进、禅定、智慧）为核心的禅法，与儒家名教作深度融通，而这一融通的理论基础就在"孝"这一理念上。

下面一公案，我们将要呈示契嵩是如何将他的孝论与五戒十善作内在关联的。

历史已然证实，契嵩之后的儒、释、道三家历史，在步向"合一"的进程中。此中实有契嵩一分功劳。今日之学者，可悟此而对学术史趋势重作一预测否。可见，学而觉之，修而悟之，会而通之，北宋佛日契嵩即是范例。

孝名为戒（佛日契嵩）

　　这也是契嵩的理论性开示。对契嵩而言，戒与孝的一体化是以五戒涵括孝之意蕴为前提的；他的孝论，融摄佛、儒而以戒为孝蕴作逻辑贯通。其《孝论》说："夫不杀，仁也；不盗，义也；不邪淫，礼也；不饮酒，智也；不妄言，信也。是五者修，则成其人，显其亲，不亦孝乎？是五者，有一不修，则弃其身，辱其亲，不亦不孝乎？夫五戒，有孝之蕴，而世俗不睹，忽之而未始谅也。"有了戒为孝之蕴这一逻辑关系，我们就可将佛教的持戒与儒家的孝行视为统一了。

　　《大正藏》52册载契嵩《孝论》，契嵩如此以界定来开示：

> 孝名为戒，盖以孝而为戒之端也。……夫孝也者，大戒之所先也。戒也者，众善之所以生也。为善微戒，善何生耶？为戒微孝，戒何自耶？故经曰：使我疾成于无上正真之道者，由孝德也。

　　这里传达出了《孝论》所引大乘戒律《梵网经》中"孝名为戒"一说。然而更为重要的是契嵩在这里提出了"孝德"这一范畴，而"孝为戒先"这一命题正好支撑了"孝德"的存在。因此，无戒即无"孝德"即无善；而无孝，也即无持善。对此，杨曾文老师有一个很好的解释："佛教的戒，是维护教团正常运作，保证僧俗信徒按照佛法修行，并且为谐调信徒之间及与社会民众、政府之间的关系而制定的禁条和规定，不少重要戒条如五戒、十戒等本身就具有道德规范的意义。然而，戒是一个包含范围很广的范畴，本身并不等于孝。契嵩据《梵网经》将戒直接称之为孝，实际是用的引申之义，意为守戒有益于修行，能为父母、教团带来好的影响，不就是孝吗？至于说除孝父母外，尚需孝师僧、佛道，正是对佛教的孝所作的定义，与儒家讲的孝顺父母的孝，有明显区别。他说三者是'天下之大本'，要达到觉悟和建立教法必须依靠'三本'，是强调信徒修孝道的必要性。"契嵩对孝的论证，实已上升到了哲学的高度，此诚如其在《孝论》中所言："天地与孝同理也，鬼神与孝同灵也。"故孝之理是孝之行的根本依据。也正因如此，契嵩才赋予孝以宇宙普遍性的精神原则："佛曰：孝顺至道之法。儒曰：夫孝置之而塞乎天地，普之而横乎四海，施之后世而无朝夕。故曰：夫孝天之经也，地之义也，民之行也。至哉大矣，孝之为道也夫。是故吾之圣人欲人为善也，必先诚其性而后发诸其行也。孝行者，养亲之谓也。行不以诚，则其养有时而匮也。夫以诚而孝之，其事亲也全，其惠人恤物也均。"这已是在深究普被四海的"孝之为道"了。

据此，契嵩得出的结论则是：天地与孝同理，鬼神与孝同灵，从而成为天经地义的根本原则。然而仅有抽象的原则是不够的，因为"圣人之道，以善为用；圣人之善，以孝为端"。孝之为道仍然要落实到孝父母、报大恩上。契嵩认为儒家之孝以一世之孝为宗，佛教以七世之孝为宗。"故其追父母于既往，则逮乎七世，为父母虑其未然，则逮乎更生。虽谲然骇世，而在道然也。天下苟以其不杀劝，则好生恶杀之训，犹可以移风易俗也；天下苟以其陷神为父母虑，犹可以广乎孝子慎终追远之心也。"逮乎七世，以七世之孝为宗。为什么？这显然是佛教在原理层面，提醒人们虑及父母转生异类的可能性；其深远广大的推扩，显然涵括了移风易俗的善道目标。契嵩的结论为：道是"神用"之本，师是"教诰之本"，父母是"形生"之本。本可弃乎，源可断乎？

故此，契嵩在历史上有"一代孝僧"之称誉。今人学此，能不以儒佛之统而续孝风耶！

泥古不知变（佛日契嵩）

这是契嵩以佛教"适时合用"之观点批韩愈"泥古不知变"时所作的开示，契嵩着力批判的是韩愈的《原道》《原性》等篇章。

在《镡津文集》卷14所载契嵩《非韩上·非韩第一》篇中，契嵩如此开示道：

> 韩子泥古不知变，而不悟佛教适时合用，乃患佛、老加于儒，必欲如三代而无之，是亦其不思之甚也。夫三皇之时无教，五帝之时无儒，乃其有教有儒也，而时世人事不复如古。假令当夏禹之时，有人或曰，古之治也，有化而无教，化则民化淳。吾欲如三皇之世，用化而不用教。当此无教，可乎？当周秦之时，亦有人曰，古之为治用教也简，今之为治用儒也烦，烦则民劳而苟且。吾欲如二帝之世，用教而不用儒。当是时，无儒可乎？然以其时而裁之，不可无教无儒必也矣。比之韩子之说，欲后世之时无佛无老，何以异乎？

吕澂在《中国佛学源流略讲》中曾指出：北宋初期的禅教各家，面对儒者的排佛，是用"调和论"来缓和其态势的。诚如其所言："其初，一些儒家学者仍旧用传统的伦理观点，对佛教著文排斥，如孙复的《儒辱》、石介的《怪说》、李觏的《潜书》、欧阳修的《本论》等，都是其代表之作。佛徒对于此等攻击却是用调和论来缓和。如契嵩作《辅教篇》即以佛教的五戒比附儒家的五常，又说儒佛两者都教人为善，有相资善世之用。在这种说法的影响下，儒者间也出现了调和之说。如张商英、李纲等，都以为佛与儒在教化上不可偏废。"吕澂诚然洞察到其时的佛教徒是如何以调和论来缓和来自儒家的攻击。然而，总体上虽持调和论态度，并不代表没有个别较为彻底而明确的对儒家的批判。如契嵩针对宋仁宗明道年间古文运动的排佛的浪潮，尤其是韩愈的排斥佛教，就以相当明确的思路写成《非韩》30篇，阐明儒佛二教的思想实质，上奏朝廷，以斥当时文人们的辟佛之说，此举使上至仁宗，下至文人士大夫无不为之倾服，乃至产生了轰动效应。陈舜俞（？–1074）在《镡津明教大师行业记》中回顾北宋中期学术思想史上这场著名的论战时如此说道："当是时，天下之士学为古文，慕韩退之排佛而尊孔子，东南有章表民、黄聱隅、李泰伯，尤为雄杰，学者宗之。仲灵独居，作《原教》《孝论》十余篇，明儒释之道一贯，以抗其说。诸君读之，既爱其文，又畏其理之胜，而莫之能夺也。"而我们从契嵩的《万言书上仁宗皇帝》更看到他是如何言之凿凿的："某尝以古今文兴，儒者以文排佛，而佛道浸衰，天下其为善者甚惑。然此以关陛下政化，不力救，则其道与教化失，故山中尝窃著书以谕世。"实质上，契嵩之所以要作《辅教篇》，目的就在阐明儒佛两教虽然为人处世的方法有所区别，儒家在于治世，佛教在于治心，目标为一。

契嵩对韩愈《原道》的批判，内容广涉仁义定名、道德范畴、人伦天常与儒治世之法、三教地位、四民之说、怪力乱神等方面，且在总体上评判韩愈的文章未臻古来圣贤从容中道之境界。契嵩以如此篇幅撰文专门批评韩愈，古来僧人中确无第二人；故此为一份不可多得的资料，让我们深度理解古代佛僧对排斥佛教的儒者的真实看法。而这对二教关系之探讨，实有十分重要的学术史价值。其实，除了《非韩》篇，专章针对韩愈的非佛，契嵩在其他文献甚至在书信中也有非韩之开示，且篇幅不小。如其在《劝书》中所言："昔韩子以佛法独盛，而恶时俗奉之不以其方，虽以书抑之，至其道本而韩亦颇推之。故其送高闲序曰：今闲师浮图氏，一死生解外胶。是其心必泊然无于所起，其于世必泊然无于所嗜。称乎大颠则曰：颇聪明识道理。又曰：实能外形骸以理自胜，不为事物侵乱。韩氏之心于佛亦有所善乎，而大颠禅书亦谓韩子尝相问其法，此必然也。逮其为《绛州刺史马府君行状》乃曰：司徒公之薨也，刺臂出血，书佛经千余言，期以报德。又曰：其居丧，有过人行。又曰：掇其大者为行状，讬立言之君子而图其不朽焉。是岂尽非乎为佛之事者邪！韩子，贤人也。临事制变，当自有权道。方其让老氏则曰：其见小也，坐井观天，曰天小者，非天罪也。又曰：圣人无常师，苌弘、师襄、老聃、郯子之徒，其贤不及孔子。孔子三人行则必有我师，是亦谓孔子而师老聃也，与夫曾子问，司马迁所谓孔子问礼于老聃类也。然老子固薄礼者也，岂专言礼乎，是亦存其道也。验太史公之书，则孔子闻道于老子详矣。昔孟子故摈夫为杨、墨者，而韩子则与墨曰：孔子必用墨子，墨子必用孔子；不相用不足为孔墨。儒者不尚说乎死生鬼神之事，而韩子原鬼，称乎罗池柳子厚之神奇而不疑。韩子何尝胶于一端而不自通邪！韩谓圣贤也，岂其是非不定而言之反复，盖鉴在其心；抑之扬之，或时而然也。后世当求之韩心，不必随其语也。曰吾于吾儒之书，见其心亦久矣；及见李氏复性之说，益自发明，无取于佛也。"这里实已透露出契嵩必欲指出韩愈"胶于一端而不自通"之弊病，然言辞并不尖锐，尚能以极其平和的心态举扬韩子"心于佛亦有所善""韩子，贤人也"。此足可见其时的儒之辟佛、佛之批儒，判然二途。

晚年的佛日契嵩，之所以要花心血著《非韩》30篇，旨在系统地从理论上有针对性地对韩愈的排佛理论进行批驳，为佛学理论的发展打下深厚基础。其序言即明确提出，其"非韩"实为"公非"，目的在辨明真理而非对韩愈实施攻击。当然，他首先要驳斥的自然是佛家最不以为然的那篇《原道》，其为韩愈排佛的根据所在。契嵩的确以他贯通儒佛之眼光，在源头上批驳了韩愈的论点是如何地不符合儒家之道，这不仅在佛教教内，在儒家内部也引起了一定震动。

佛教禅师也能如此"适时合用"，如此严批"泥古不变"，此中深意，大须今日学人痛下功夫，理解历史，把握经典，方能悟解契嵩原意。

七、法眼宗

理在顿明，事须渐证（清凉文益）

这是文益的开示之语。

中国禅宗五家之一的法眼宗，曾是唐五代末期极有影响的禅系。而法眼宗之所以在南唐、吴越时期广受重视并得到较大发展，其最重要的缘由即在其文益禅师对经教都造诣颇深，又能在华严思想基础上形成自己一套顿悟渐修的禅法思想。其深受华严宗教义影响，且以之阐明禅宗的基本主张，体现了"禅教兼重"的趋向。

文益（885-958），俗姓鲁，浙江余杭人。7岁随全伟禅师出家新定智通院，20岁时受具足戒于越州（今浙江绍兴）开元寺，后至明州（今浙江宁波）育王寺从希觉律师学律。《景德传灯录》卷24评价其为："复傍探儒典，游文雅之场。觉师目为'我门之游、夏也'。"《宋高僧传》卷13亦载文益："又游文雅之场，觉师许命为我门之游夏也。"可见，文益不仅通大乘佛教各宗派，且涉儒家经籍，致使其师希觉誉其为佛门的子游、子夏。后南方兴禅，文益便南下福州长庆院向慧稜禅师学习。不久，文益在地藏院得桂琛禅师点化觉悟佛法。后至临川（今江西抚州）住持崇寿院。此地正是曹洞宗的创始地曹山，前来学禅者超过千人。文益终成一代宗师，南唐国主李璟对其十分看重，后主李煜即位后又为其立碑。

文益禅师不仅在其《宗门十规论》中强调了禅修之路的根本途径是"理在顿明，事须渐证"，同时亦指出了"次第修行""直到三祇果满"的基本方法：

> 古人道：离声色，着声色；离名字，着名字。所以无想天修得，经八万大劫，一朝退堕，诸事俨然。盖为不知根本真实，次第修行，三生六十劫，四生一百劫，如是直到三祇果满。他古人犹道：不如一念缘起无生，超彼三乘权学等见。又道：弹指圆成八万门，刹那灭却三祇劫。也须体究，若如此用多少气力！

文益这些禅修主张的提出，让我们充分理解他为何是一位禅宗史上禅教并重的重要禅师。事实上，所有的"悟"在获得的那一刹那，都可谓是"顿"；然而顿悟的真正获得并非易事，须从"事"上磨练而出，并经"事"上积累而得。文益倡言"仍旧""无事"，并非取消修行；其谓"事须渐证""次第修行"，是十分透彻而明白地指证了禅修的必要路径。杨曾文老师指出："从'理在顿明，事须渐证'，可见他是主张顿悟渐修的，要渐修就要修习禅法，并且要讲究传授禅法和引导弟子的方法，此皆属于'事'。于是在不同的派别中便形成种种'门庭施设'。他强调，施设虽可有许多，但作为禅宗，就应遵循一致的宗旨。他认为如果对佛经、一般教义没有什么知识，就难以认清并破除世俗情欲和见解，势必正邪不分，走入歧途，败坏风教，贻误后进。他之所以撰写此文（指《宗门十规论》）就是为了澄清宗门中的'诸妄之言'以救时弊。"确实，文益的《宗门十规论》对其时丛林的混乱提出严肃批评，并以自己的见解从十个方面提出了一套主张；从这些主张中完全可透见，文益禅师在根本上是立于顿悟渐修立场希冀对丛林加以整顿的："文益力图加以整顿，希望在制作上'俱烂漫而有文，悉精纯而靡杂'，适应文人的趣味，因而形成他以'万法唯心''事理圆融'调和禅教及诸宗的新宗眼。由此'宗眼'考察诸宗，则'曹洞家风则有偏有正，有明有暗；临济有主有宾，有体有用'；或'曹洞则敲唱为用，临济则互换为机，韶阳（云门）则函盖截流，沩仰则方圆默契'。他们之间，'如谷应韵，似关合符，虽差别于规仪，且无碍于融会'。文益的这一评论，多为后来的禅宗研究者所接受，并沿着他的这一思路探索。事实上，晚唐以来诸家的兴起，虽然处在同一个大的社会背景下，但由于历史地理和政治经济上的明显差别，它们反映的社会内容和弘扬的旨趣确实各有特点，不只表现为接机授徒等'规仪'上的不同。"这是杨曾文老师的基本结论。

风云际会，文益的这一套主张实有其历史渊源。另一理解文益禅师顿悟渐修理念的角度是，文益禅师在总体上是持空有不二理念的，从其著名的唯心偈亦可看出：

> 三界唯心，万法唯识；唯识唯心，眼声耳色。
> 色不到耳，声何触眼？眼色耳声，万法成办。
> 万法匪缘，岂观如幻？大地山河，谁坚谁变？

这种空有不二理念显然与其理事圆融主张分不开的。笔者以为，虽然从表面看，文益总在说着"著衣吃饭，行住坐卧，晨参暮请，一切仍旧，便为无事人也"之类的话语，似在对"见道为本，明道为功"的自然而然境界之强调。然而深入其里，我们不要忘了这其中还有他对"晨参暮请"修行的申张。可见，文益禅师想做的是空与有二者的统一、修持与自然的统一、妙察与无念的统一。

综观之，文益禅师顿悟渐修的禅观，在唐五代这一历史时期是颇有特点的，然而支撑这一禅修观的，则是其华严宗的理事圆融的理念基础，是青原一系的基因传承及曹洞义理整体圆融观的启示。

若论佛法，一切现成（清凉文益）

这是清凉文益与师父罗汉桂琛禅师之间的一个著名公案。

文益所受桂琛禅师的另一次重大启悟，就因桂琛禅师的一句："若论佛法，一切见成。"据《五灯会元》卷10《清凉文益禅师》载：

> 又同三人举《肇论》至"天地与我同根"处，藏曰："山河大地，与上座自己是同是别？"师曰："别。"藏竖起两指，师曰："同。"藏又竖起两指，便起去。雪霁辞去，藏门送之，问曰："上座寻常说三界唯心，万法唯识。"乃指庭下片石曰："且道此石在心内？在心外？"师曰："在心内。"藏曰："行脚人著什么来由，安片石在心头？"师窘无以对，即放包依席下求决择。近一月余，日呈见解，说道理。藏语之曰："佛法不凭么。"师曰："某甲词穷理绝也。"藏曰："若论佛法，一切见成。"师于言下大悟，因议留止。

清凉文益曾著《三界唯心颂》，亦是为"一切见成"观作诠释的。这其中所受青原曹洞一系影响是明显的，曹洞宗在禅宗史上可称得上是理论贵族。文益住持的崇寿院，在江西抚州，此地正是曹洞宗的创始地曹山，是曹山本寂（840-901）的传法之地。更重要的是，从法系传承看，文益本属青原下八世中的禅师，《五灯会元》将其作为"罗汉琛禅师法嗣"。而从禅法上看，实可追溯至石头希迁。从文益《宗门十规论》对其时的几家禅宗禅法的总结看，其对曹洞的概括是深中肯綮的："曹洞则敲唱为用；临济互换为机；韶阳（云门）则函盖截流；沩仰则方圆默契。"将曹洞禅法的特征列为其首。此中，对曹洞"敲唱为用"的特征概括准确到位。对此，杨曾文老师指出："作为宗师必须正确把握禅宗宗旨，又要适应不同场合、学人（时节），巧妙地运用语言文句，通过师徒之间充满机锋而又和谐的答问，启迪弟子或参禅者领会禅门心要（宗眼）。在这方面，曹洞宗则'敲唱为用'，即重视师徒间的问答，有着眼理事关系的'五位君臣'等。"事实上，文益禅师还在其《宗门十规论》中特以曹洞、临济两宗为例说："欲其不二，贵在圆融，且如曹洞家风则有偏有正，有明有暗，临济有主有宾，有体有用。然建化之不类，且血脉而相通。"此中足见曹洞一系对其的深刻影响。

　　此处必须强调的是，从义理承续关系上看，曹洞最重要的思想基础也许是石头希迁的"回互"观。可以说，文益禅师对石头希迁的整套禅法是非常熟悉的，下面这段话可以为证："出家人但随时及节，便得寒即寒，热即热。欲知佛性义，当观时节因缘。古今方便不少。不见石头和尚因看《肇论》云：'会万物为己者，其唯圣人乎！'他家便道：圣人无己，靡所不己。有一片言语唤作《参同契》，末上云：'竺土大仙心，无过此语也。'"实际上，希迁是曾受过道家魏伯阳《参同契》影响的，后自著《参同契》并以"明""暗"互摄来讲明理与事之相互关系；所谓"明中有暗""暗中有明"，意在告诫人们切不可偏于一隅。石头希迁的宗旨就在阐明对立二者的相反相成与互根其体，从而可通过"回互"来实现其统一。洞山良价则据以诠释"偏正回互"之义理，其最重要之核心仍在"融合"。于此亦可见石头希迁的回互观对整个南禅的意义所在。需要稍加解释的是，到了曹洞宗的所谓"偏正五位"，一般的理解是，正中偏、偏中正、正中来、兼中至、兼中到五种。这在创立之初即被视为修禅的五种境界。而所谓"功勋五位"是向（趋向佛道）、奉（信奉受持）、功（努力用功）、共功（继续用功）、功功（到达圣境）五种。此则被视为修行过程中逐步前进的五个阶段。曹山本寂在此基础上进一步提出的"君臣五位"，便基本成为事理交融的一种观念。所谓"君臣五位"，是指君位、臣位、君视臣、臣向君、君臣合，可见它实际上是一种哲学象征。曹山本寂对"五位君臣"之旨诀又作如此解释："正位即空界，本来无物；偏位即色界，有万象形；正中偏者，背理就事；偏中正者，舍事入理；兼带者，冥应众缘，不堕诸有，非染非净，非正非偏，故曰虚玄大道，无著真宗。"无疑，在这里"正"即"空界"，亦即"理"。而"偏"则为"色界"，亦即"事"。为作更好的说明，理与事的暂分是必须的。然重要的是，无论是一三两位的"背理就事"还是二四两位的"舍事入理"，都无法构成正确认识，因其偏于一隅。而第五位能理应众缘、众缘应理；所谓两边"兼带者"，则将是非正非偏的，从而可达到"事理双明，体用无滞"的高超境界。妙就妙在这个"五"，它是理解其理事回互的五位说的关键。综括言之，"五位君臣"的义理，"君相当理，臣相当事。在二者关系中，若只有君主一方面发挥作用，相当一'舍事入理'，反之，若只有臣民一方面发挥作用，就是'背理入事'，都是失'位'的表现，只有'君臣道合'，上下一心才是'事理俱融'"。在曹洞义理中，事理俱融才是合乎"大道"的。从总体上说，良价与本寂师徒二人共创的这一洞山宗旨，其特色前人概之为：君臣道合，正偏相资，鸟道（任运自然）玄途，金针玉线，内外回互，理事混融，不立一法。此中的任运自然，亦曾被文益禅师大加发挥；当然此中方法论上的"自然而然"之意味，很有些马祖洪州禅的道风。同时，又正如杨曾文老师所说："又依据般若空理，提倡'仍旧''无事'，因循自然。"

　　总之，"洞上玄风"的根本宗旨，是要体验在对立中可统一的、无矛盾的"绝对"整体圆融。必须强调的是，曹洞的辩证哲学观就建基于此。由此可透见，从华严到青原一系直至曹洞义理中的理事圆融，也都是其形上哲学观。从文益禅师对曹洞重视及其总结中，可看出其对文益禅思的启示。

　　若论佛法，一切现成，作为法眼宗的宗旨，其深厚的禅学义理根基却在理事圆融观中。据此，现代学人大可从"一切现成"之万象，悟出其原本如此深植之根基。

我向尔道，是第二义（清凉文益）

这是《文益语录》中所载文益对弟子的开示之语：

问："如何是第一义？"（文益）师云："我向尔道，是第二义。"

禅门公案中，多有此问。有时并非追问第一义、第二义之别，而是涵更深禅机、禅意。当然，所谓第一义、第二义之说，仅从学理形式看，确为相对之语；第一义为佛说，是佛理，第二义则为诠释之语，是对佛教真理的解说。然须知，在禅宗，禅旨微妙，只可意会，不可言指，故所谓"第一义"，是超越性的，超越了通常言句义理。第一义既是无可说，但又不能不说，这一说，即成第二义。此为解经，为诠释。

故文益打断弟子：你若硬要问何为第一义，我现在就告诉你，我无法陈述第一义，我向你说的，只能是第二义。故禅门中又常有"已落第二义"公案之出现。如晚唐五代时期得法于雪峰义存禅师的契璠，就有一公案传颂："上堂曰：'若是名言妙句，诸方总道了也。今日众中还有超第一义者，致得一句么？若有即不孤（辜）负于人。'时有僧问：'如何是第一义？'师（契璠）曰：'何不问第一义？'曰：'见问。'师曰：'已落第二义也。'"可见，出口便成第二义也。

禅宗之所以为"教外别传"之宗教，其根本原则即为"以心传心，不立文字"。第一义不可说，一说便落入"言筌"：硬要给出某事某物之定义，同时就是给它一种限制，这对禅宗来说，确落入言筌。而一落言筌，便为"表征"，即为第二义以下。故禅宗的"明心见性"，法门众多，绝无执一之规，更无固定形式，要在日常生活，随方就圆，一切现成，可行即行，可坐即坐。"一斧斫成"行得通，"一槌打透"亦尽可成。你硬问说个什么是第一义，那就如马祖所告知的：让你一口饮尽西江水，看成否？当然不成，实际马祖也就是说，第一义是无可言说的。禅门中的"一顿打""一趁喝"，都是向你传达：你的问题不可回答，无解！冯友兰先生曾说禅宗是一种"静默的哲学"，某种程度上是有道理的。

当然，现代西方哲学中发展出来的分支学科解释学，我们今天亦可视其为"第二义"以下之哲学。在西方学界又明确界定为诠释学（hermeneutics），它被视为一个解释和了解文本的哲学技术，也被描述为诠释理论并根据文本本身来了解学术与思想。西方学界又称其为"释义学"，我们亦可视其是对"第一义"之"释义"。此中倒是可透视到，早在人类远古文明时期，即存在着如何理解卜卦、神话、寓言意义的问题；事实上，古希腊时代亚里士多德的学说已涉及理解和解释的问题。"解释学"一词的词根 hermes 就来自古希腊语，其意为"神之消息"。当时，人们已把如何使隐晦的神意转换为可理解的语言研究看作一门学问。中世纪的 A. 奥古斯丁、卡西昂等哲学家在对宗教教义进行新的解释时，逐步把以往对解释问题的零散研究系统化。16 世纪的宗教改革家马丁·路德提出如何直接理解圣经本文的原则与方法的问题，对解释学研究起了较大的推动作用。可见，"第二义"的情形，在西方思想史上也同样出现过，只不过中西各有不同的表征罢了。

领悟禅宗的第一义、第二义之说，对今日学人之意义，不仅是在对诠释学的重新认识上，同时亦在对学科逻辑之分层上；如对哲学来说，原哲学如为第一层次，其他如西哲、中哲则为第二层次。更重要的是，人有时会处在"不可说"或"不能说"的状态下；此刻，保持沉默比随意诠解来得更有智慧。而有些事情，则是需要等待历史来开口的。

明还日轮，日还什么（报慈文遂）

　　这是报慈文遂与师父法眼文益之间的一则公案。《景德传灯录》列其为青原行思下九世，清凉文益禅师法嗣。

　　文遂（915—990），俗姓陆，杭州人，幼而好学，有出世之志。16岁开始游方，禅教并习；对《首楞严经》下过很深的功夫。

　　据《景德传灯录》卷25《金陵报慈文遂导师》载：

　　　　尝究《首楞严经》十轴，甄分真妄缘起，本末精博。于是节科注释，文句交络。厥功既就，谒于净慧禅师，述己所业，深符经旨。净慧问曰："《楞严》岂不是有八还义？"师（文遂）曰："是。"曰："明还什么？"师曰："明还日轮。"曰："日还什么？"师懵然无对，净慧诫令焚其所注之文。师自此服膺请益，始忘知解。初住吉州止观。

　　文遂禅师曾经一度研究《首楞严经》，能甄别会通真妄二种缘起，且对该经之本末纲要了然于心，并作出了分段与注释。这功德完成后，文遂禅师便去拜谒法眼禅师（清凉文益），说自己专门研究过《首楞严经》，所作疏注亦深契经旨。法眼文益听后便问道：《楞严经》中岂不是有个"八还"之义吗？文遂禅师回答道：是的。法眼文益便问道：明还甚么？文遂回答：明还日轮。法眼文益又问：日轮还什么？文遂被问得懵然无对。法眼文益接着就告诫他，让他把所注疏的文字全部焚烧掉。文遂十分钦佩，此后，他便在文益门下受教。

　　此中所谓"八还义"，见《首楞严经》卷二，"八还"是追溯"本因"、复归"本因"之义，也即从八个方面推究、还源事物的生起因缘。大意为：明还日轮，暗还黑月，通还户牖，雍还墙宇，缘还分别，顽虚还空，郁勃还尘，清明还霁。如此办理，世间万事万物都可追溯其本因：如室内可见的光明，其本因是太阳（日轮），黑暗的本因是黑月，内外能通的本因是门窗，内外雍塞的本因是墙壁等等。

　　"八还"的深意其实在：万事万物皆可推其成因，然唯有能现生一切万法的妙明真心（本体），却无从溯其本因；心体（自性）是法尔如是的，属无为法的范畴。公案中几个回合下来，文遂便懵然无对，可见文遂并没真正明白"本妙明净"之真心。据此，法眼文益才劝文遂把他所写的注疏烧掉。此后，经过法眼文益禅师不断地对这位弟子的解粘去缚,其悟性才大增,始呈显忘文字知解而直探心源之境。文遂悟道后不久即离开法眼游学,初住吉州(今江西吉安)止观寺。宋乾德二年(964),文遂禅师应南唐李后主(李煜)之邀请,住持金陵长庆寺,此后又相继住持清凉、报慈二大道场,署号"雷音觉海大导师"。李后主对悟境高超的文遂十分崇信。

此公案的启示意义在:自信不等于开悟。禅宗公案中多有此例,悟性很高的禅师往往在参学拜师前,对经教下过很深的功夫,自认"深符经旨",但在日常修行中却未能呈显禅悟境界;然一经点拨,则桶底脱落,大彻大悟。古人学道故事的流传,多有"点拨"一语,此极妙之助也!此亦可证:师徒间的思想交流、机锋相对,不仅必要,且非经此般锻炼,"证悟"几无可能;所谓"证悟"者,互证互动而开塞成悟也。故此公案,今日仍大可品味。

明镜当台，森罗为什么不现（抚州黄山良匡）

这是抚州黄山良匡禅师的一个公案。《景德传灯录》列其为青原行思下九世，清凉文益禅师的法嗣。

良匡，江西吉州人氏。据《景德传灯录》卷25《抚州黄山良匡禅师》载：

> 抚州黄山良匡禅师，吉州人也。上堂谓众曰："高山顶上空蔬饭，无可只待诸道者，唯有金刚眼睛，凭助汝发明真心。汝若会得，能破无明黑暗。汝若不会，真个不坏。"便起归方丈。
>
> 僧问："如何是黄山家风？"师曰："筑着汝鼻孔。"
>
> 问："如何是物不迁义？"师曰："春夏秋冬。"
>
> 问："如何是一路涅槃门？"师曰："汝问宗乘中一句，岂不是？"曰："恁么即不哆哆。"师曰："莫哆哆好！"
>
> 问："众星攒月时如何？"师曰："唤什么作月？"曰："莫即这个便是也无？"师曰："遮个是什么？"
>
> 问："明镜当台，森罗为什么不现？"师曰："那里当台？"曰："争奈即今何！"师曰："又道不现。"
>
> 问："如何是禅？"师曰："三界绵绵。"曰："如何是道？"师曰："四生浩浩。"

此公案中的对话直指涅槃，直问如何是禅、如何是道；而其中较富禅机的是"明镜当台，森罗为什么不现"一句。解此公案，我们不妨先看现代印光大师和弘一大师之间的一则公案：二人分别为当代净土宗和南山律宗的祖师，且是民国时期佛门的两颗巨星。二人之殊胜因缘，流传甚广。弘一律师乃严谨之人，眼光颇高，然而他对印光大师却至为佩服。印光大师为人严厉高洁，曾发愿不当住持，亦不收出家徒弟，然唯收受弘一大师一人为弟子，此非偶然。民国九年六月，弘一大师去富阳新城闭关，临行特请马一浮为自己的关房题写"旭光室"匾额，以示遥习蕅益大师，近效印光大师之志。弘一大师函请印祖赐闭关训言，印祖告知说："闭关用功，关键在于心要专一。未得一心之前，不能急着求感应，否则就是修道的第一大障碍。念佛得一心后，自然会有感应，并没有起心动念，心却如明镜当台，映照出森罗万象。"

219

最后两句告诫之言，正言正说：持本妙明净之真心，自可映照出森罗万象。

森罗万象是指自然界万事万物所呈显出的外在表象。森：众多；罗：罗列；万象：宇宙间各种事物和现象，指天地间纷纷罗列的各种各样的景象，并形容包含的内容极为丰富。南朝梁代的陶弘景，在其《茅山长沙馆碑》说："夫万象森罗，不离两仪所育；百法纷凑，无越三教之境。"其实，森罗万象最早是道家术语，涵括宇宙内外各种事物和现象，有象的，无象的；用来表征天地内外纷纷罗列的各种各样的景象，且形容宇宙含纳物象之丰富。

而此公案的弟子之问，恰与印祖的正言正说相反，印祖是说：心却如明镜当台，映照出森罗万象。而良匡禅师的僧徒则是正言反问：明镜当台，为什么反而森罗万象不显现？显然，此意不在"万象"之类，而在可统照万象的"明镜"——实质是问此"心"如何成得了"明镜"？若此心本为明镜，当可统照万象。须知，心体之"体"，若一起心动念，一出"分别"之心，明镜仍为明镜否？但公案中良匡禅师并不正面作答，却反问一句：那里当台？实是避开问题，明镜何处不可当台？此问纯属多余，然并非如此，禅宗答问，避其机锋，转其话语，是让问者省悟此问无效。何以无效？心体本明，明镜无台，统照万象，自可含纳。悟在自性，妙明真心，无起心动念之时，自心即佛，自性即佛。此后之问答，更是以禅道自然之境，呈显如何是禅，如何是道：如何是禅？三界绵绵。如何是道？四生浩浩。这实是在强调法眼宗"一切现成"之宗旨，能领悟一切现成之佛法，"三界绵绵"即是禅，"四生浩浩"即是道。

而当吾人知晓法眼宗有"疑山顿摧"、又有"闻声悟道，见色明心"之家风，就更能领悟其"明镜""森罗"答问之禅意了。心体本明，明镜无台。今日学人，大可从此公案而悟入六祖《坛经》"自性"之说。

参考文献

1.《大正藏》。

2.《续藏经》。

3.（南唐）静 筠二禅师编撰：《祖堂集》，中华书局 2007 年版。

4.（唐）道宣：《续高僧传》，中华书局 2007 年版。2014 年版。

5.（宋）赜藏：《古尊宿语录》，中华书局 1994 年版。

6.（宋）道原：《景德传灯录》，顾宏义译注本，上海书店 2009 年版。

7.（宋）普济：《五灯会元》，中华书局 1984 年版。

8.（宋）赞宁：《宋高僧传》，中华书局 1987 年版。

9. 净慧主编：《虚云和尚全集》，第二分册：开示，河北禅学研究所 2008 年版。

10. 印顺：《中国禅宗史——从印度禅到中华禅》，江西人民出版社 1990 年版。

11. 吕澂；《中国佛学源流略讲》，中华书局 1979 年版。

12. 青原山志编纂委员会：《青原山志》，方志出版社 2011 年版。

13. 杨曾文：《唐五代禅宗史》，中国社会科学出版社 1999 年版。

14. 杨曾文：《宋元禅宗史》，中国社会科学出版社 2006 年版。

15. 杜继文：《佛教史》，江苏人民出版社 2008 年版。

16. 杜继文 魏继儒：《中国禅宗通史》，江苏人民出版社 2008 年版。

17. 赖永海主编：《中国佛教通史》，江苏人民出版社 2010 年版。

18. 陈金凤等：《宜丰禅史》，宗教文化出版社 2011 年版。

19. 徐文明：《青原法派研究》，中国社会科学出版社 2016 年版。

20. 徐文明：《唐五代曹洞宗研究》，中国社会科学出版社 2012 年版。

21. 毛忠贤：《中国曹洞宗通史》，江西人民出版社 2006 年版。

22. 铃木大拙：《禅与生活》，光明日报出版社 1988 年版。

后　记

接受这样一项写作任务，确实是有些"吃力不讨好"。禅学向来就被人们视为玄之又玄的学问，而要对其公案与开示作探寻与诠释，更是勉为其难的事了。

好在"解释学"这一学科的出现，让诠释的空间在各种因缘条件下不断扩展自身，这无论如何让我们的学术情怀稍感慰安。再说，学术史上，对禅宗公案与开示的诠释，向来就路数不一，取向不一，甚至哲理不一，更遑谈命题、言语取得统一或共识了。然禅学的诠释意义仍将存续下去，人们仍不断在其中遨游、思考。当然，前提是：蕴涵着哲理思考的公案事实本身，我们当力求去其神秘色彩而保留原本。这是学术的态度而无涉价值取向。

历经两年，终于脱稿，精神上的如释重负可想而知。

需要向读者说明的是，本书所收江西禅宗史上的公案与开示，并非大而全之丝毫不漏，而是对能凸显禅思、禅悟取向的典型案例与开示作了选择。"大而全"，事实上是做不到也不必要的，除非是作辞典类的文献工作。但笔者尽量注意选取历史上早有共识者，或笔者关注较有深刻思想启迪的案例。另需说明的是，并非每一则公案与开示，仅"就地转圈"而不涉他例；相反，一些公案或开示的内容展开，包含多则案例：所谓公案中套有公案，开示中另含开示。如此一来，笔者就不再作题目上的增加了。这是有兴趣的读者需要注意的地方了。而对每则公案开示的篇章最后，笔者之所以要稍作一点所谓"现代"启示之谈，则是应江西音像出版社余编辑的要求而为之了。

感谢江西文化研究会的各位领导，本次江西禅宗文化书系的出版，是在他们的精心策划与反复讨论中完成的。

搁笔之时，脑海突显大慧宗杲禅师一语：禅乃般若之异名。诚哉是言，吾人当谨记在心——战战兢兢，学无止境。

江西省社科院哲学所赖功欧

2018 年 7 月 27 日